诺贝尔奖获奖者散文丛书

U1068581

生命的力量

（美）西奥多·罗斯福 著
王永斌 译

江苏凤凰文艺出版社
JIANGSU PHOENIX LITERATURE AND
ART PUBLISHING, LTD

图书在版编目（CIP）数据

生命的力量 / (美) 西奥多·罗斯福 (Theodore Roosevelt) 著 ; 王永斌译 . -- 南京 : 江苏凤凰文艺出版社 , 2017.10
（诺贝尔奖获奖者散文丛书）
ISBN 978-7-5594-0641-5

Ⅰ . ①生… Ⅱ . ①西… ②王… Ⅲ . ①散文集 – 美国 – 现代 Ⅳ . ① I712.65

中国版本图书馆 CIP 数据核字（2017）第 133903 号

书　　名	生命的力量
著　　者	（美）西奥多·罗斯福
译　　者	王永斌
责任编辑	黄孝阳　王　青
出版发行	江苏凤凰文艺出版社
出版社地址	南京市中央路 165 号，邮编：210009
出版社网址	http://www.jswenyi.com
印　　刷	三河市人民印务有限公司
开　　本	880 × 1230 毫米　1/32
印　　张	9.25
字　　数	246 千字
版　　次	2017 年 10 月第 1 版　2021 年 7 月第 3 次印刷
标准书号	ISBN 978-7-5594-0641-5
定　　价	49.80 元

（江苏凤凰文艺版图书凡印刷、装订错误可随时向承印厂调换）

目录　CONTENTS

第一辑　家书选辑

第二辑　从政生涯

第三辑　狩猎笔记

第一辑　家书选辑

给你的建议和最近的消息

1901 年 5 月 7 日　牡蛎湾

亲爱的特德[①]：

见到你我真是太高兴了，跟你在一起的日子是那么惬意！知道你一切安好，我便可以放心离开了。对你最近在学习和运动方面的表现，我非常满意。诚然，我非常希望你能在体育竞技上取得佳绩，但我更期待你能在学业上有所建树。不过这并不意味着你必须在这两个方面都独占鳌头，因为这样会使你过度劳累，不利于健康成长。我一直认为，不管是学习拉丁语、数学，还是练习拳击、橄榄球，都应该竭尽全力。但与此同时我也希望你能分清先后主次，知道轻重缓急。只有可以实现的目标，才值得我们冒大风险，下大力气。我希望你能不断培养自己的勇气，锻炼自己的毅力，因为终究有一天你会借助它们帮你在竞争中锲而不舍、勇往直前。希望你不要挥霍、浪费这些良好的品质。像你这样，橄榄球打得不错，在拳击和摔跤上小有名气，还担任第二小队的队长，学习成绩稳居班级前三甲，这已经很不错了。如果你的学习成绩下滑到班级中游，我会非常失望。因为这意味着你必须等到十九岁才能进入大学学习，比其他人晚一年开启美好的大学时光，所以我希望你尽可能以最佳状态做升学准备，不要耽搁这一年的时间。当然，我知道你完全能也肯定会保持住在班中的排名。我完全相信你，因

---

① 特德：即小西奥多·罗斯福（Theodore Roosevelt Junior），是罗斯福总统与第二任妻子伊迪斯·卡罗的长子，美国陆军军官，先后参与两次世界大战，屡立战功，于 1944 年逝世。

为你一直都是一个让人放心的孩子。

这边天气一直不错，令人心旷神怡。樱桃花开得正盛，桃花刚刚吐出花蕊，再过十天苹果也会挂满枝头；桂花和血根草早已凋谢，秋牡丹和桔梗花团锦簇，紫罗兰也含苞待放；各种各样的鸟儿聚集在这里，成群的刺嘴莺在林间穿梭，真是美丽极了。

让我更高兴的是，昨天我将克米特①放在"宝石②"上，出乎我的意料，他骑得很棒。尽管他坐在宽大的马鞍上，双脚踩在马镫上的皮革套里，身材上很是吃亏，但他却表现得像老手一样娴熟。显然，他已经在骑术上取得了实质性的突破。不过，你妈妈就可怜了，她被雅阁卡高耸的后背磨得很疼。因为雅阁卡仍需要训练，所以我还没给它装上马鞍。昨天我照例没装马鞍便领它出去了，却没想到一路上它步履轻盈，骑着它甚至比驾着装有马鞍的德克萨斯更舒服。我骑着它总共跑了三英里，非常尽兴。

小杜威是一只十分可爱的白色豚鼠。那天克米特带着小杜威和鲍勃·埃文斯去草坪上玩耍。他们玩得很开心，我多希望你也能看到。在所有孩子中，阿奇③最惹人喜爱，他一直记挂着你。现在他已经和尼古拉斯建立了深厚的友谊。不过这让玛米④很不高兴，因为她一心想让阿奇只和昆廷⑤玩。刚提到的小顽童今天早上干了件很不光彩的事情：他把石块扔到了妈妈头上。在他看来，这可能只是跟妈妈闹着玩，但我们大人却不能这样纵容他。在认识

---

① 克米特：即克米特·罗斯福（Kermit Roosevelt），是罗斯福总统与第二任妻子伊迪斯·卡罗的次子，年轻时期常与父亲外出探险打猎，先后参加两次世界大战，与富兰克林·罗斯福总统关系密切，于1943年逝世。

② "宝石"（Diamond）以及下文中的雅阁卡（Yagenka）、德克萨斯（Texas）都是罗斯福总统家饲养的马匹。

③ 阿奇：即阿奇博尔德·布洛克·罗斯福（Archibald Block Roosevelt），是罗斯福总统与第二任妻子艾迪斯·卡罗的第三个儿子，参与两次世界大战，多次获得勋章，和平年代从事经商活动，于1981年逝世，是罗斯福总统最长寿的儿子。

④ 玛米（Mame）：罗斯福总统家的一位保姆。

⑤ 昆廷：即昆廷·罗斯福（Quentin Roosevelt），是罗斯福总统与第二任妻子伊迪斯·卡罗最小的儿子，作为飞行员参与第一次世界大战并于1918年战死沙场。

到自己“罪行”的严重性后，小家伙大哭着跑到我身边，一下扑到我怀里，脸上写满了悲伤。埃塞尔为了攒够买《艺术杂志》的钱，最近忙着锄路边的杂草。艾丽斯[1]下午骑着没有装马鞍的雅阁卡出去玩了。等克米特骑过“宝石”后，我会尝试教埃塞尔[2]骑马，让他也体验一下在马背上纵横驰骋的感觉。

昨天吃晚餐的时候，我们谈到了布兰克夫人——她现在看上去十分可怜。就在这时，克米特突然向坐在一旁的埃塞尔说道：“哦，埃弗尔（克米特对埃塞尔的昵称），让我来告诉你布兰克夫人现在是什么样子吧。她就像戴维斯家死掉的那只母鸡一样。你知道的，老得连自己的窝都回不去了！”令人捧腹的是，说话期间，他竟然完全没有意识到我们都放下了刀叉，饶有兴致地听他说话！当然，家中类似的趣事还有很多，这只是其中一件而已。

---

① 艾丽斯，即艾丽丝·李·罗斯福·朗沃斯（Alice Lee Roosevelt Longsworth），是罗斯福总统与第一任妻子艾丽丝·海瑟薇·李·罗斯福唯一的孩子，为人独立、热情，积极参与美国各时期政治，于1980年逝世。

② 埃塞尔，即埃塞尔·卡罗·罗斯福（Ethel Carlo Roosevelt），是罗斯福总统与第二任妻子伊迪斯·卡罗唯一的女儿，参与第一次世界大战救护工作，共和党的坚定支持者，曾为支持理查德·尼克松竞选共和党总统候选人作演讲，于1977年逝世。

回家小插曲

1901 年 5 月 31 日　牡蛎湾

亲爱的特德：

在信封上，我附上了几张以菲律宾革命为主题的邮票，我想男孩子可能会喜欢这些东西。

你决定什么时候狩猎了吗？是在八月的第三个星期，还是七月的最后一个星期，或者是等你回来，我向普斯特先生确认一些事情之后呢？

在布法罗[①]参加泛美博览会时，我们多么希望你也能在场。这里的夜景简直美丽极了！我和艾丽斯在杰纳西奥[②]骑马时，也非常希望你能跟我们一起享受其中的乐趣。我骑的是沃兹沃思少校那匹名叫“特里顿”的良驹，你姐姐骑着一匹纯种母马。它们身轻如燕，任何障碍都能一跃而过。尽管这是你姐姐第一次跨上马背，但她骑得很好，驾着马跳过了所有“特里顿”跃过的栅栏。虽然我没有尝试跨越太高的地方，但仍然跳过了大约四英尺高的标杆和围栏，我想这足以考验你姐姐的坐姿了。当然，这两匹马跳得都非常棒，我们只需紧贴着马背，同它们一起享受跳跃的乐趣就可以了。在跃过前四五个栅栏的时候，我的身子都离开了马鞍，被弹得老高——对一名老手而言，这真的有点让我难以启齿，但不一会儿我

---

① 布法罗(Buffalo)：又译水牛城，是纽约州仅次于纽约市的第二大城市。1901 年，时任美国总统威廉·麦金莱(William McKinley)出席在此举办的泛美博览会时遭遇枪杀，后不治身亡，时任副总统的罗斯福继任新一届总统。

② 杰纳西奥(Geneseo)：美国的一座城市，位于伊利诺伊州。

就调整好了坐姿。我已经很多年没有骑马跨栏了。

你妈妈留在了奥尔巴尼[①]，你姐姐去了波士顿，因此周二下午我便独自回了家。在返程的火车上，我恰巧碰到了雕塑家圣·高登斯和邓恩（也就是杜利先生），便与他们两位共进了午餐。与他们偶遇真是一件快乐的事情，我非常享受与他们在一起的时光。我到家时已是深夜十点，惊喜的是，克米特依旧兴高采烈地迎接了我。吃饭时，他坐在我身边，与我交流了最近发生的奇闻轶事。埃塞尔睡觉前把闹钟放在了枕头底下，以确保我回家时他能按时起床。不过闹钟响起时，她还是没起来，仍继续呼呼大睡。昆廷亦是如此。阿奇一起床便跑过来告诉我，他又找到了一只小海龟，跟他原来珍爱的那只小宝贝一样乖巧可爱。今天早上，昆廷和布莱克·杰克一直粘着我。杰克还好，只是静静地蜷缩着身子躺在椅子上。昆廷就没那么安静了，他非常健谈，一直兴致盎然地和我谈话。有他在，我必须抖擞精神，加倍努力地排除干扰，才能回复完这段日子积攒下的信件。

阿奇告诉我们，他目睹了巴尔的摩金鹰捕鱼的过程。这听起来似乎很有趣，值得一听。但后来证明他描绘的只不过是家燕掠过水面的场景而已。

---

① 奥尔巴尼（Albany）：纽约州首府。

在白宫过感恩节

1902年10月28日　白宫

亲爱的克米特：

昨天是感恩节，我们都出去骑马了。一大家人浩浩荡荡，颇有坎伯巴齐一家出门的阵势。阿奇骑着他心爱的小马，埃塞尔骑着雅阁卡，你妈妈骑着乔克·鲁特，特德骑着一匹上等的战马，我骑着“出名”，同普罗克特先生一起外出打猎。跟我们一起出游的还有洛奇议员、道格拉斯叔叔、约翰·埃利奥特表兄、鲍勃·福吉先生和伍德将军。我们骑了三个小时，玩得非常高兴。

昨天我遇到了鲍兹先生，这是他来到华盛顿后我们的首次见面。他正努力适应这边的生活，见到故人自然是欣喜若狂。

看小狗杰克和小猫“石英”汤姆一起玩耍，是一件再有趣不过的事情了。“石英”是我们养过的最可爱的一只小猫。不过，刚才昆廷竟然将可怜的汤姆放到浴缸里，拧开水龙头往里边放水。虽然他没有恶意，但我还是严厉地批评了他。

昨晚，我们同洛奇先生一家及他们的各位亲戚一起在家里举办了派对。我们在新建的餐厅里用餐，共同举杯祝你和两家所有未能到场的人身体健康。晚餐过后，我们收拾好桌子便跳起了舞。你妈妈如画上的仙女般美丽，我邀请她为大家奉献了一首优美的华尔兹。我还邀请洛奇夫人跳了一支弗吉尼亚里尔舞。

在白宫过圣诞节

（写给詹姆斯·加菲尔德[①]）

1902年12月26日　白宫

吉姆金斯[②]：

我从你那里收到了最好的圣诞节礼物，对此我万分感激。我从小就十分敬仰你的祖父，也非常尊重你的父亲。我一直认为我和你们兄弟都是在同样的家庭环境下长大的。昨天，阿奇收到了很多圣诞礼物：我送给他一把小步枪，他妈妈给了他一双小马靴。小家伙明年夏天才到用枪年龄，因此现在还没法使用步枪。不过他还是高高兴兴地穿上马靴，骑上他的花斑小马阿尔冈昆——就是那天你骑过的那匹马，出去遛了一圈。

昨天早上七点十五分刚过，孩子们就起床打扮好，来到我和他们妈妈的房间敲门。我们房间的壁炉上挂着为他们准备的六只圣诞袜，里面塞满了礼物。袜子圆滚滚的，鼓起的地方奇形怪状。听到敲门声，我们赶紧起床，关上窗户，点起炉火，拿下礼物并用包装纸包好，准备让孩子们进来。但没想到，阿奇却先给了我和他妈妈一个惊喜。原来阿奇早就在一位木匠的帮助下赶制了一棵圣诞树，并把它藏在了一个大壁橱里。我们都迫不及待地跑过去欣赏，

① 詹姆斯·艾伯拉姆·加菲尔德(James Abram Garfield)：美国政治家、数学家，美国共和党人，参与南北战争，1880年当选为美国第20任总统，是美国首位具有神职人员身份的总统，就职仅四个月即遭暗枪，是美国第二位被暗杀的总统，也是美国历史上唯一一位数学家出身的总统。

② 吉姆金丝：据文中推断应为詹姆斯·加菲尔德家族直系第三代成员。

并从上面拿到了自己的礼物。

更令人意想不到的是，阿奇甚至为小狗杰克、小猫“石英”汤姆和小马阿尔冈昆准备了礼物。在他看来，它们都是这个家庭的一分子，都应该得到礼物。之后，孩子们便爬到我们的床上，打开各自的圣诞袜，拿到了属于自己的礼物。我们穿好衣服，吃了早餐，来到了书房。在这里，每个孩子都有一套用于盛放较大礼物的柜子。昆廷收到了一套非常精致、十分可爱的电气铁路模型，这是在白宫工作的电工朋友为他临时搭建的。他的这位朋友对小孩子非常好。之后，我、特德、伍德将军及鲍勃·弗格森先生（我所带团中的一位少尉）出去骑了三个小时的马。回到家后，我们与所有孩子及孩子们的姑姑考尔斯上尉夫人一起吃了午餐。阿奇、昆廷和他们的表兄谢菲尔德没有跟我们一起，而是单独在一张小圆桌上吃。傍晚时分，我、伍德将军和弗格森先生一起练了会儿击剑。我还打算把你父亲一起邀请过来，让他也尝试下这项运动。虽然我们已经努力地控制自己的出剑力度，让每一剑都尽可能打得又轻又准，但有时还是会很疼。今天我的一只眼皮便被戳了一下，起了个包，手腕也被打肿了。后来，我的家人和亲属以及洛奇议员的家人和亲属在白宫一起享用了圣诞晚餐。晚饭过后，我们便在白宫东厅跳起了舞，舞会最后以一支弗吉尼亚里尔舞结束。

西部的人文风情和自然风景

1903 年 5 月 10 号　加利福尼亚　德尔蒙特

亲爱的埃塞尔：

很感谢你在信中讲了那么多奇闻趣事，它们带给我很多欢乐。但现在我已经筋疲力尽了。接下来的四天里，我还要前往旧金山，连续的奔波让人疲倦厌烦。但请不必担心，我的身体还是很好的。周日，我们在一家漂亮的旅馆里待了一天。旅馆设有花园和一条十七英里长的车道。车道临近海滩，两边散落着许多岩石，耸立着成排的松柏树。看到如此美景，我不禁又跨上了马背。这次，我的坐骑尽管长得并不俊俏，但看上去精神饱满，动作敏捷迅速，脚步十分稳健，耐力也很出众。按照这里的习俗，人们在缰绳和马笼头上镶入了很多银片，在马鞍上雕刻出各式各样的图案。我骑着它飞奔了好几次，感觉棒极了。顺便替我向你妈妈转告一声，从密西西比河畔到太平洋沿岸，我沿路观察，发现几乎所有的女孩子和成年女性都是跨骑在马背上的。我必须得说，在我看来，这种坐姿对马背的损伤是最小的。我非常希望也十分确信，等到你长大成人、身为人母的时候，侧骑这种坐姿基本可以消失。不过，我一时想不起你喜欢哪种坐姿了。

穿过新墨西哥州，欣赏这里古老奇异的沙漠文明真是一件趣事！第二天，我们又来到了亚利桑那大峡谷，它的壮丽和秀美简直难以言表。我真想在这里坐上几天几夜，将这美景尽收眼底。整个峡谷是一个巨大的断裂带，有一英里深，好几英里宽。峭壁上雕刻着此起彼伏的城垛、宏伟的圆形剧场、耸立的高塔和奇形怪状的尖峰。之后，我们穿过浩瀚的沙漠，翻过高耸的塞拉斯山，来到了加利福尼亚南部。这里属于亚热带气候，种着棕榈、橘子、橄榄等作物的果林随处可见，数不尽的花儿竞相开放。

想家的总统

1903年5月10号　加利福尼亚　德尔蒙特

最亲爱的小昆廷：

很高兴能收到你的来信！我非常想念你们和妈妈。我也很享受这周的旅行。我去了橘树园，树上的果子如红灯笼般挂满了枝头。这里的花种类繁多，很多你都没见过。我这里有一个金陀螺，如果你妈妈同意，我就交给你保管。当然，如果妈妈不同意，我还可以送你一颗银铃铛作为补偿。我们的队伍每路过一个地方，都会有人驻足观看。每当在车上看到男孩子在爸爸妈妈的带领下观看我们的队列时，我就会想起你和阿奇，就会特别想家。有些小男孩骑着自己的小马行走在我们的队伍中，那架势跟阿奇驾着阿尔冈昆的样子简直一模一样。

孩子们的爱和运动

1903 年 8 月 6 日　牡蛎湾

艾米丽·卡罗小姐：

今天是伊迪斯的生日，孩子们一直都在绞尽脑汁地思考好玩的庆贺方式。埃塞尔亲手为伊迪斯绣了一块抽丝花边小手帕，并将自己和其他孩子的礼物一起带到了自己房间，用白纸把礼物包裹得整整齐齐，并在外面系上了丝带，看起来特别精致。早饭时，孩子们把大部分的礼物都拿到楼下，放在妈妈的盘子旁边。午饭的时候，克米特和埃塞尔一起端出蛋糕，上面插着四十二根燃烧的蜡烛。每根蜡烛上都系着一张便笺纸，上面写着家中小动物和一些物件的名字，以此送上它们对女主人公的生日祝福。所有的小狗和马(包括“出名”、布蕾斯顿、雅阁卡、阿尔冈昆、“水手男孩”、“野蔷薇”、赫克托等)、小猫“石英”汤姆、几只名字很气派的母鸡(像“斯巴克男爵”、“好战者”)，甚至是小船和伊迪斯送给克米特的石榴“圣地亚哥”都无一例外地写在了标签上，挂在一根特别准备的蜡烛上。

今年夏天伊迪斯身体一直很好，她看上去既年轻又漂亮。她经常同我们一起外出骑马，她还是一如既往地喜欢雅阁卡。有时我们也会带上午饭和一两本书，一起外出划船。伊迪斯为孩子们呕心沥血，奉献所有，自然受到了孩子们由衷的尊敬和爱戴。孩子们都很聪明，也很可爱。特德已经跟我差不多高了，只是长得有点瘦，但体格很结实，性格也很坚强。他是个非常棒的骑手，竞走、跑步、游泳、射击、摔跤和拳击等运动都不在话下。克米特还是那么可爱，他也成长了不少，每天都跟菲利普待在一块，形影不离。那天晚上，两个人穿着最好的衣服外出参加露营，不料途中遇到了狂风暴雨，不得不赶回家。他们在暴风雨中前行了十二个小时，回家的时候已是夜里九点。尽管被淋成了落汤鸡，样子狼狈不堪，但这显示出了他们面对困难时大无畏的勇气、娴熟的技能和准确的判断力。阿奇还是喜欢骑自己的小马阿尔冈昆，喜欢和尼古拉斯一起玩。特德现在的朋友主要有乔治、杰克、普林斯顿的亚力克·拉塞尔和在“精灵号”服役的哈姆纳上尉。他们几个有时摔跤，有时射击，有时游泳，有时打网球，有时甚至还会乘船进行远程探险。

小昆廷已经不再需要保姆照看，他已经成长为一个积极向上、勇敢无畏、性格温和的小男子汉了。孩子们在这里过得很开心，这里也成了他们健康成长的理想乐园。这三对表兄弟一直寸步不离。他们都这么大了，还把我当作他们的玩伴，这让我觉得很尴尬。就拿今天下午的事情来说吧，因为外面下起了雨，所有孩子——从年长的乔治、特德、洛兰、埃塞尔到年幼的阿奇博尔德、尼古拉斯和昆廷，再加上亚力克·拉塞尔和哈姆纳上尉，一起来找我，让我陪他们到旧谷仓玩。他们一直苦苦哀求，缠着我不放，我实在没什么办法，只好妥协。但说实话，我不确定总统花两个小时跟孩子们一起乱蹦乱跳、嬉戏打闹是否说得过去。谷仓里堆满了干草，很适合活泼好动的孩子们玩捉迷藏之类的游戏。昆廷同其他人一样乐在其中，他喜欢从一个草堆纵身一跃跳到另一个草堆上。即使两个草堆之间的落差高达十五英尺，他也依然毫不畏惧。

上周的一个夜晚，我带着克米特、阿奇、菲利普、奥利弗和尼古拉斯一起划着两只小船外出野营。跟往常一样，孩子们都玩得很开心，最后都卷着毯子睡着了。第二天，所有人竟然无一例外地起了个大早。我给他们做好了早餐。他们一边吃，一边像往常一样对我的厨艺大加赞扬，我听了非常感动。其实我只是做了一道家常小菜：首先在营火上煎好牛排，然后用熏肉的油炸了份土豆。但他们还是吃得津津有味，或许这确实是发自内心的肯定和赞扬，而非礼貌性的奉承。

写给狩猎中的特德

1903年8月25日　牡蛎湾

亲爱的特德：

我们当然非常想你。我很高兴你能随身携带我送你的那支步枪。小调皮，你曾跟我说过，在不久的将来，当你老得再也用不上它的时候，这支步枪会让你回忆起种种过往，因此你将倍加珍惜它。现在你还是这么想的吗？我希望在这次旅行中你不要进行大量的运动，如入河捕鱼、猎杀普通的飞禽走兽，这些都没有多少锻炼价值。但我觉得，这次旅行可以教会你很多东西，比如如何在野外照顾自己，如何管理马匹和野营用具，以及如何与边远地区的居民相处等。经过这次锻炼，你以后就可以定期进行野营旅行了。

我坚决不同意你妈妈骑怀俄明外出，因为它总是单步行走，跑得很快。本身你妈妈就十分抵触这种骑马方式，我也不想让她出什么意外，因此几次外出，她都是骑雅阁卡，我骑布雷斯顿。我们骑了很长时间，玩得很开心。今天早上，克米特同我们一起去骑马。刚开始，他骑得很棒。不过当我们加速的时候，怀俄明误以为要进行赛马便飞奔起来，克米特一时间手足无措，过了好一会儿才将它控制住。

周日，做完礼拜、洗过澡后，我又和你妈妈划船来了劳埃德水域的最远处。那里离你最喜爱的营地很近。在那里，我们享用了午餐，读了几个小时的书。其实看书的时间很少，大部分时间都在俯看碧波荡漾的水面和奇美的海角，欣赏迷人的白色海滩。夕阳西下，水面波光粼粼，给人一种奇幻的感觉。后来，我们便在余晖下划着船回家了。

自从你离开家后，我只打了几次网球。在与温特·钱德勒的比赛中，我以一比二败北。与亚历克斯·拉塞尔的比赛是一场拉锯战，最终拉塞尔在长盘局中以十比八胜出。今天少儿组的比赛也纷纷决出了冠军。尼克通过长盘决胜局战胜了阿奇。让我颇为吃惊的是，在双打比赛中，奥利弗和埃塞尔连战两局，完胜克米特和菲利普。比赛中，我司职主裁，并为获奖选手颁发了袖珍折刀作为奖品。

一封说教信

1903 年 10 月 2 号　白宫

亲爱的克米特：

很高兴收到你的来信。知道你最近在打橄榄球，我很开心，但我对你和特德把大部分精力投入到运动中感到遗憾。至少在大学期间（如果你们能通过升学考试的话），我不会特别要求你们在体育竞技方面有太出众的表现，因为在我看来，这样会占用你们太多时间。不过我也希望你具备男子汉气概，能从事艰苦、激烈的运动。相比体育竞技，我更希望自己的孩子能在学业上名列前茅。但是与高智商和强体魄相比，我更看重勇敢刚毅的男子汉品质。我坚信你和特德都会把自己锻炼成真正的男子汉。

读到这里，你或许会想，怎么全是说教之词。可能因为最近工作太忙，压力太大，我也觉得自己现在很容易对别人进行说教。我喜欢担任总统一职，喜欢自己的工作，也很享受总揽全局的感觉。不过在工作中我经常不得不面对各种各样的攻击和谣言，这让我很烦恼、困惑，但我也只能狠下心来默默承受。阅读亚伯拉罕·林肯的传记和信件，我倍感欣慰。这位伟人不仅拥有非凡的能力和敏锐的洞察力，还有不厌其烦的耐心和坚定不移的决心，这些伟大的品质每时每刻都在影响着我。

给运动定好位

1903年10月4日　白宫

亲爱的特德：

尽管你在信封上写了“尽快回信！尽快回信！”，但我还是想跟你妈妈商议商议，再三斟酌后再给你回信。坦白地说，孩子，我觉得不应该在这个时候给你回信。但如果不回信，我怕你会很失望。关于你今年离开二队的决定，我全力支持。我知道你是勉强接受这样的决定的，我为你有这样的勇气而骄傲。虽然我不具备打橄榄球的天分，但我还是非常喜欢这项运动。克米特同我一样，不具备这方面的能力。但你不一样，你有这方面的天赋。不过这是一项对抗性强、竞争异常激烈的运动，队员很容易像你一样受重伤。如果是在为有价值的事情而努力，比如进入格罗顿[①]校队或考入哈佛后进入班级队，那么即使你卧床休息一个赛季，我也不会有任何异议。我认为现在的你还不具备升入校队的能力和资本，尚处四年级的你为了进入二队参加比赛，而甘冒卧床不起的危险，这实在不值得。不过如果是五年级，那就另当别论了。我不知道冒这个险会不会得到同等的回报。我已经跟校长说过了，在打橄榄球方面，你不会作出任何让步。因为在我看来，如果不能参加比赛，你精神上的痛苦要远远超过身体上的疼痛。你要知道，如果你因为一些本可以承受的委屈而痛苦不已，我会认为你没出息。在这件

---

① 格罗顿学校(Groton School)：位于美国马萨诸塞州格罗顿镇，美国最著名的高中之一，向来以高质量的教学著称。

事上，我还得看你的表现，但我相信你不会让我失望。如果教练认为你不适合留在二队，让你立马离队，那就毫无怨言地离开吧。

我很高兴让你参加了橄榄球运动。我相信这些运动可以锻炼你的意志品质，培养你的男子汉气概，让你大受裨益。如果这些运动仅仅是你生活的唯一目的，那么我认为它们不会为你带来任何好处。我不希望你因为过度崇尚运动竞技而荒废了自己出众的学业。相比智力和体力，人生成功与否更大程度上取决于一个人的品质。对此，我想无须赘述。运动竞技同其他兴趣爱好一样只能作为一种附属能力来培养，在这方面实力出众确实可以给你带来很多好处，但如果它占据了你生活的全部，对你则百害而无一益。你读过普林尼[①]写给图拉真[②]的信吗？他在信中提到，让希腊人专心竞技运动是非常明智的，因为这样可以分散他们的精力，让他们失去从军这样正经的追求，从而永远威胁不到罗马帝国。在布尔战争[③]中，英军部队在战争初期屡战屡胜，所向披靡，但后来却效率低下，屡战屡败，最后溃不成军。我确信，其中一个很重要的原因就是英军后期过度沉迷于运动，从而忽略了自己的职责。一个人必须不断锻炼身体，以拥有强健的体魄，但在此之后，他必须将精力转移到更重要的事情上来。在我统领的部队里，百分之九十的士兵在骑术上胜过我，三分之二的人射击比我强。从总体上讲，他们比我能吃苦，耐力也比我好。但是几次并肩作战后，他们便意识到，当然我也很清楚，没人能比我指挥得更好。我很高兴你会打橄榄球，会拳击，能骑马，懂射击，能远足，会划船。如果你没接触到这些运动，我也会为你感到非常遗憾。但是你不能钻牛角尖，认为自己必须把所有或者大部分精力都投入到这些运动中去。

---

① 盖乌斯·普林尼·塞孔都斯（Gaius Plinius Secundus，公元 23 或 24—79）：又称老普林尼，古代罗马的百科全书式作家，以《博物志》一书出名。

② 图拉真（Trajan，Marcus Ulpius Nerva Traianus）：古罗马帝国安敦尼王朝第二任皇帝，在位期间安内侵外，最大程度拓展了罗马帝国疆域，被誉为最佳元首。

③ 布尔战争（Boer War）：英国人和布尔人为了争夺南非殖民地而展开的战争。

是的，在年度颁奖日那天，我会去你们学校演讲。尽管你跟克米特都在格罗顿读书，我也时常想去学校看望你们，但碍于总统身份实在不便前往。这次你们的校长希望我能去致辞，我便欣然接受了。

顺便提一下，最近我努力让“出名”适应汽车。现在它一碰到汽车，就变得桀骜不驯，难以驾驭，我跟你妈妈骑马出去的时候都只好躲着汽车走。当然如果是我自己或者与一位男士同行，那就无所谓了，但跟你妈妈出去，我总是提心吊胆。昨天我引导布雷斯顿进行了跨栏练习。第一个栅栏又高又硬，这个老家伙跳了还不到六英寸，最后马蹄打在了板上，勉强跨了过去。后来我又骑着它试了一次，这次它干净利索地一跃而过。

我现在每天都很忙，平日里总是为各种政事而烦恼，还要面对一个接一个的困难和阻碍。但是我一直竭力以亚伯拉罕·林肯总统为榜样，下定决心便坚定不移，不达目标誓不罢休。不管是面对不讲理的流氓无赖，还是面对善良无知的普通人民(不管是受过教育还是未受教育，他们都会因为无知给那些流氓无赖们以可乘之机)，我都耐心谨慎、任劳任怨、镇定自如。

论“受伤”

1903 年 10 月 11 日　白宫

亲爱的特德：

我分别收到了来自院长、伍德先生以及比林斯先生的来信。在信中，他们一致认为，你还是适合留在三队比赛，伍德先生跟我说你已经答应了。这是我第一次为你做评判，并且我确信，在这件事上我的判断是正确的。现在受重伤可能会影响到你后面的比赛。正如我在以前写给你的信中所提到的，如果目标真的有意义，比如为了能在格罗顿校队踢比赛或是在升入哈佛大学后为班级比赛踢球，你受了重伤，那么我不会发表任何反对意见。但如果仅仅是为了能打上二队的比赛而甘冒受重伤的危险，那我认为这实在是太不值当了。

同现在为你做评判一样，在我年轻的时候，我也会进行自我评价。那时我身体轻盈，体格健壮。如果我骑马穿过乡间，不小心摔断了胳膊或是肋骨（这也确实发生过），这都没什么大碍，别人也不会说我什么。但现在不一样了，我上了年纪，四肢没以前灵活了，身体也已发福。发生在我身上的任何意外事故都会招来巨大的舆论压力，所以我不会再去冒风险。原因很简单，因为这实在不值得。但如果现在国家需要我统领大部队亲赴战场，那么我会不顾一切，全力以赴，因为这是值得的。换句话说，我力求达到的是，一件事的危险程度要配得上它的意义和价值。

玩与学

1903年10月24日　白宫

亲爱的特德：

知道你在班中名列前茅，我由衷地为你高兴。我敢保证，今年你会在现在的位置上有更出色的表现。鉴于你身体瘦弱难以坐镇后场，或者担任中场对抗那些大家伙，我想明年你回到边锋的位置上比较合适。我想再次重申，我非常满意你在班级中的表现。在体育竞技方面的异常天赋可以让你从中获得极大的满足感，对此我深有体会。对你取得的优异成绩，我心里非常高兴。但有时我也会担心自己没强调清楚，一个人决不能为了提高运动能力而舍本逐末，从而忽略了学业和工作。顺便说一句，很遗憾地告诉你，这几年我的身体状况一直不好。在过去的两三年里，我陆续患上了风湿病、痛风类似的病症，四肢也没以前灵活了。

现在"出名"碰到汽车之类的东西已经比以前镇定多了。我想它的进步很大程度上要归功于我驾驭它的方式和方法。"出名"天性善良，性格温顺，只是有点胆小，又不太聪明，所以一旦受到惊吓，它便乱蹦乱跳，劲头很足，几乎没人能驾驭，因此它无法快速适应一些东西。但如果条件允许，给它一点时间，让它慢慢熟悉它所害怕的东西，情况就会好很多。在它表现好的时候，我会探过身去，喂它一块方糖，以至于现在我一伸手，这个老家伙就迫不及待地转着头，问我要糖吃。我很少骑布雷斯顿外出，因为我感觉它有一只前腿力气不足，我想让它尽量多调养调养。我和你妈妈经常骑马外出，享受最美好的时光。

军队生活和内政生活各自的优点

1904年1月21日　白宫

亲爱的特德：

这封信很长，主要是想同你商议一些事情。我随信附上了西点军校[1]和安纳波利斯军校[2]的入学考试题，希望你有时间提前了解一下。我是经过深思熟虑，并跟你妈妈详细讨论后，才决定这样做的。我感觉，一方面我应该竭尽所能给你提供建议；但另一方面，我又不希望让你感觉到我是在让你放弃和违背自己的志向。如果你已下定决心，要不惜一切加入海军或陆军，确信自己对这项职业的兴趣远超过其他职业，认为它才是你心之所属；确信你被这项工作深深吸引，通过它你能最大限度地追求幸福，实现自己的人生价值，那我就没什么好说的了。但我认为这并不是你内心的真实感受，在我看来，你是对其他任何职业都不感兴趣，不知道自己这辈子该做什么或者说这辈子该从事什么职业，不知道自己将来能否成功，所以才选择加入海军或陆军的。你之所以选择加入海军或陆军，可能主要是考虑自己就此可以获得一份前途光明、收入稳定的工作，不用冒很大风险就可以稳步晋升。如果现在你真是

---

① 西点军校：即美国西点军事学院（The United States Military Academy at West Point）。西点军校是美国第一所军事学校，位于纽约州西点。该校是美国历史最悠久的军事学院之一。它曾与英国桑赫斯特皇家军事学院、俄罗斯伏龙芝军事学院以及法国圣西尔军校并称世界"四大军校"。

② 安纳波利斯军校：又称为美国海军军官学校，是美国海军培养初级军官的一所重点学校，也是美国海军惟一一所正规军官学校。

这样想的，那我想让你听听马汉队长的一段话。曾经有人问马汉队长，为什么不送自己的儿子去西点或安纳波利斯军校，马汉队长说：“我对儿子非常有信心，在我看来，最适合他的发展方向是进入陆军或海军服役，而非进入这两所名校进修。”

我对你也是信心百倍。我相信你有能力，最重要的是，有精力，有毅力，也有知识成为内政生活中的佼佼者。毫无疑问，你也会碰上棘手的事情，经历失意的时刻，但这会使你与普通群众同甘共苦，拉近你们之间的距离。尽管跟我相比，你的工作方式会截然不同，但你也需要像我一样辛勤工作，同我一样熬过情绪低落的时期。我相信你的能力，更相信你的品质，我相信你会成功。

一般来说，在陆军和海军中服役，一个人在众多同事中展现自我、脱颖而出的机会少之又少。在我南下征战圣地亚哥时，我看到很多士兵思想僵化、不知进取、一事无成，实在令人悲哀。他们中的大多数年龄和我相仿，有些甚至比我还大，一辈子都在陆军服兵役。过去几年间，海军的情况相对有所改善。但内战后的二十年里，整体而言，与陆军相比，海军给士兵的锻炼机会和立战功的机会更少。我知道海军和陆军中有爷爷级的中尉，他们在当上队长之前，孩子都已经结婚了。当然，如果一个人在西点或安纳波利斯军校毕业后加入陆军或海军，在服役过程中，有幸遇上了大规模战争，那他还有晋升的机会。但在这种情况下，我认为一个人如果在军校接受完训练后便离开陆军或海军，那么他会比继续待在军队的人有更多的晋升机会。而且，即便他不是西点军校的毕业生，只要同我在美西战争中一样英勇作战、奋勇杀敌，他同样可以升职。

最后一个问题是关于你将来的规划，你可以选择先进入西点或安纳波利斯军校接受专业训练，毕业后再加入陆军或海军，按规定服四年兵役（我想应该是四年）。按照这个计划，你会接受最高等的教育，具备较强的纪律意识。同时，与在普通高校进修相比，这两种经历可以更好地锻炼你一些方面的能力。但另一方面，除了工程师从业资格外，你接受不到任何专业技能训练。在军校和部队里，你只能服从安排，所以你的独立性会差一些。你也不会面对很多诱惑，但相应地也就少了更多锻炼自己克服诱惑、发挥主观能动性的机会。假设你在十七岁的时候进入军校学习，一心一意地按照这个规划执行，那你将在二十五岁的时候从陆军或海军退伍。可此时你并没有接受法律或专业技术学校的技能培训，因此等接受完类似的培训时，你会比现在同级的同学晚三年或四年参加工作，因为他们在大学毕业后就直接工作了。

当然，在这种情况下，你可以在毕业后的四年里学习法律。但我认为一个人只有对某件事有浓厚的兴趣，并愿意将其当成一生的事业时，才会在这方面有所建树。同时也有可能会因陆军或海军军官人员不足，需要你继续服役，这样你就无法如愿退伍了。

我希望你能严肃认真地考虑我提出的这些问题。否则，如果当你真正踏入军队，开始自己的军人生涯后，才发现这不是自己想要的，后悔当初自己没考虑清楚便做了选择，那么对你来说，这将是很大的不幸。

除非你真心喜欢这种生活，渴望把它作为毕生的追求，否则你不应该进入军校。

今天罗波先生告诉我，十七岁的时候，他曾经尝试参军，但失败了。有一天，罗波先生偶然遇到当年把他挤下去的竞争对手。当时战争已经结束，但他仍然只是个上尉。罗波先生说，当年自己渴望加入军队是因为自己不知道该干什么，无法预见自己人生能否成功，而军队可以给他一个生计，给他一种职业。如果这就是你现在内心的感受，那我建议你还是不要盲目地进入军队。我非常支持某些男孩子参军，但不支持你，因为我非常信任你，我相信你可以在内政生活中取得更大的成功。

鲁特和塔夫特

1904年2月6日　白宫

亲爱的特德：

鲁特秘书周一离职了，州长塔夫特接任了他的职务。这几天我非常想念鲁特，将来也会想他。他才能出众，为人慷慨大方，做事公正无私，是所有总统都渴望拥有的朋友和助手。离任后不久，他便在联邦同盟俱乐部[①]发表了一次演讲，言简意赅地表达了我想让他表达的一切。毫无疑问，他帮了我一个大忙。更重要的是，面对公众，他的话语分量十足，这是其他同时期议员都望尘莫及的。塔夫特也是一位出色的伙伴，我相信他会在将来的各项工作中给予我帮助和支持。但如你妈妈所言，他跟我性格太相似了，所以提出的建议可能没有鲁特好。我和鲁特在性格上有很大差异，正好可以互补。

如果深思熟虑后，你仍然执意参军，那也非常好。但我还是会为你感到遗憾，因为我对你非常有信心，相比进入军队，我相信你在内政生活中可能会取得更多成绩。当然，一个人也可以在军队中有所成就。我很清楚在将来的内政工作中你会遇到棘手的事情，有时候日子会很不好过。同样地，很多大学或研究生刚毕业的同学如果选择就业，在工作的前几年里，他们也会有很多不适应，

---

① 联邦同盟俱乐部：美国第一个私人俱乐部，1862年建立。建会宗旨是维护美国联邦的统一和支持林肯总统反对南部的分裂。该俱乐部系会员制，具有浓厚的共和党色彩。有千人左右成员，需有人推荐才能入会。成员在费城政商届有举足轻重的地位。纽约艺术博物馆就是由纽约的联邦同盟俱乐部所建。

心情会比较低落。一般情况下，工作之初，他们会感觉自己一无所获，而且事业刚刚起步，他们压力很大，要攀登到巅峰还有很长的路要走。但我相信，一旦找到心之所向，开始从事自己热衷的事业，精力充沛、持之以恒、能力出众、意志强大的你一定会出人头地的。不过等你复活节回家的时候，我和你妈妈还会再跟你认真讨论这件事的。

对白宫的爱

1904 年 5 月 28 日　白宫

亲爱的特德：

我总是有很多工作要做，需要操心的事就更不计其数了。但不管怎么说，在白宫的生活还是非常愉快的。在我看来，白宫的乡间特别美丽，没有人会比我和你妈妈更享受在白宫生活的日子了。我们很喜欢白宫及其附属建筑，它们从里至外彰显着肃静、简约。我们非常喜欢白宫的花园，当然我们也喜欢华盛顿这座城市。现在我们几乎每天都会在南门廊享用早餐。你妈妈穿着夏装，美丽大方、优雅迷人。吃过早餐，我们会在花园里散十五到二十分钟的步，欣赏院中百花，观看露天喷泉，仰望参天大树。之后我便开始工作，直到下午四点多才结束。期间通常会有官员来家里吃饭，有时是几个议员，有时是几位大使，有时是位文人，有时是位商会或工会领袖，有时是位科学家，有时是位声名远扬的猎人。如果你妈妈想骑马，我们便出去骑上几个小时。我回家后曾同你妈妈一起骑马去过弗吉尼亚海滩，那次我们玩得非常开心。昨天我们又骑马去了洛克溪[①]，然后沿着崎岖的小路返回。一路上刺槐丛生，花白如雪。刺槐花开过后，年内要想再见到花开满丛，就只能等月桂盛开了。但现在也有其他的很多花开得正盛或刚吐出花蕊，其中最惹人的是金银花。白宫的南门廊现在花香四溢。再过不久，茉

① 洛克溪(Rock Creek)：流经华盛顿，波多马克河的支流，以水流湍急著称。

莉也将盛开。如果不骑马，我会选择远足或者打网球。但我想特德你现在已经不用再向我学打网球了，你的水平肯定已经在我之上了。

提名总统之夜

1904年6月21日　白宫

亲爱的克米特：

今天我们一天都待在诺克斯家，他们住在一个农场里。农场风景秀丽，广阔无边，可以任你奔跑。菲利普诺克斯尽管身材瘦小，但精明能干、办事效率极高。他用一流的方法一个人默默地把农场打理得井井有条，让我和你妈妈在这里过得非常愉快。

明天全国代表大会[①]就要召开了，如果没什么意外的话，我将被提名。虽然很多人满腹怨言，但他们只是对我演说中的部分内容感到不满，对我个人没什么恶意。对我的提名，他们也不敢提出反对意见。我认为任何让代表大会向某个人一边倒的图谋都是不可能实现的。选举结果究竟如何，现在无人知晓。当然我非常希望当选，但我也很清楚地认识到自己一路走来有多幸运。我不仅当上了总统，而且在任期间取得了不少成就。不论结果如何，对上帝的眷顾，我很是知足，更由衷感激。自从离开巴拿马之后，我取得了一些成就，这些成就将在美国历史上产生深远而持久的影响。顺便说一句，我认为在历届总统中，我们罗斯福一家最享受在白宫的时光。早上我同你妈妈在门廊享用早餐，之后我们便在风景秀丽的院子里一边散步，一边欣赏这座庄严、极富历史意蕴的古老建

① 美国全国代表大会：美国两大政党，即民主党和共和党，选举党内总统及议员候选人的会议。

筑。期间我一直认为能在这里生活、工作，真的是上天对我的馈赠。我想我应该保持一颗平常心，如果明天提名失败，我不会自怨自艾、怨天尤人，而是心怀感激，因为上帝已经给了我太多太多。

选举之夜

1904年10月15日　白宫

亲爱的克米特：

最近一周天气很不错，微风徐徐，空气中弥漫着秋的气息。我和你妈妈骑马经过乡间小路，一直来到洛克溪上游。一路上欢乐不断，各种植物应接不暇，我从不知道树叶竟可以变得如此美丽。弗吉尼亚地区的爬行植物以及部分枫叶和桉树都变成了猩红和深红色；橡树变成了深红棕色；桦树、山核桃呈现出闪亮的金黄色。写这封信的时候，我同你妈妈正在赶往诺克斯议员女儿婚礼的路上。乡间姹紫嫣红的景色，让我们大饱眼福。我想这是我在同纬度地区见过的最美的风景。特德和马特·希尔工作都很努力。马特是个很优秀的小家伙，现在已经融入到我们的大家庭中了。她性格温和，言行举止颇似知书达理的大家闺秀，我非常喜欢她。她聪明伶俐，非常讨人喜欢。最近住在这里，她看上去也非常开心。平日里她对阿奇和昆廷很上心，照顾方式也很得法。

在我和你妈妈的要求和监督下，昆廷每天都骑着阿尔冈昆练习骑术。阿奇刚给自己买了一套橄榄球服，不过我发现他最近没打过橄榄球。周末阿奇都是在雷克西医生家度过的，特德则跟马特·希尔、康利先生还有我一起打网球。我们同丹·摩尔的比赛总是难分胜负，我相信只有你能击败他。昨天我给自己放了一下午假，一家人出去登山。我们从链子桥出发，沿波特马克河[1]另一岸返回家中。明天(星期天)我们会早点吃午餐,因为下午我要开车带着全家(包括埃塞尔,但不会带阿奇和昆廷)去拜访伯恩特·米尔斯,然后再回来。我刚才说我们沿波特马克河攀登,当然仅仅是指马特、特德和我,另外还有三四个男同胞和我们在一起。

当前政界看上去风平浪静,只是民主党人一直在散布各种谣言。毫无疑问,他们试图在竞选结束之前制造各种耸人听闻的假新闻。对于能否成功当选,我现在毫无把握。竞选之前,我会再给你写信,谈谈我对各州投票分布的预测。那封信你可以存好,看看我猜得准不准。当然你要记住,那只是我个人的猜测,因此可能会与最终的结果完全相悖。不管怎样,即使我竞选失败,你也必须牢记,我们罗斯福一家已经在三年的总统任期内获得了无尽的欢乐,能拥有这些,我们已是非常幸运了。

昨天晚上,我和你妈妈、特德、埃塞尔、马特·希尔一起去剧院看了一部非常有趣的片子——《美国领事》。

中午我一般都是和宾客共进午餐,好在晚上通常只是我们家里人一起吃饭。尽管晚上还会有人来拜访,但通常情况下,我会抽出一个小时的时间陪你妈妈和家人在书房坐会儿,跟他们说说话,和他们一起看看书,或是守着烧得正旺的炉火发会儿呆。跟小时候一样,特德、埃塞尔、阿奇以及昆廷都会在你妈妈更衣前在我们屋里待上二十分钟或是半个小时。

---

[1] 波特马克河(Potomac River):美国中东部最重要的河流,流经华盛顿,注入大西洋的切萨皮克湾。

大个子吉姆

1904 年 12 月 3 日　白宫

亲爱的克米特：

前几天，吕福乐少将跟平时一样为我整理会客表。客人众多，职业不一，有来自英格兰、德国以及太平洋沿岸各州的客人，有来自偏远地区的热情仰慕者，还有几对新婚夫妇。此时，一个身高六尺四寸、肌肉发达的中年男子走了进来，说是我的一位老朋友，想要见见我。我接见他的时候，他自称是怀特先生。我如往常一样礼貌地向他打了招呼，这位身材魁梧、面容粗犷的汉子羞怯地说道："罗斯福先生，你可能不记得我了。二十年前，我同你一起在牧场赶过牛羊。我们所在的牧场正好相邻。"我仔细瞅了瞅他，立马认出了他："你是大个子吉姆！"他是一位出色的牛仔，现在仍在内布拉斯加西北部的牧场放牧。我认识他的时候，他极其好斗，不过一直对我欣赏有加。曾经有两次，要不是我上前阻止，他差点就杀死了在我牧场工作的几个牛仔。中午我留下他，与其他海内外的贵宾们共进了午餐。

孩子，不要为功课担心。我知道你学习很努力，不要沮丧，因为不管是在学校，还是在之后的生活中，运气不会一直站在你这边。但如果你能坚持不懈地努力，不灰心丧气，事情总会向好的方向发展的。

孩子们的玩伴

写给埃姆伦·罗斯福夫妇[①]

1905 年 1 月 4 日　白宫

我们两家的孩子都把我当作他们的朋友和玩伴，对此我非常感动。昨天，男孩子们都来找我，非要让我带他们沿洛克溪远足。当然孩子们完全可以自己去，但显然他们认为如果我这个大人能一起去的话，这次游玩将会更有趣，于是我答应了他们。同我前往的孩子有拉塞尔家的两个小男孩——乔治和杰克，还有菲利普、特德、克米特、阿奇，以及阿奇的一位朋友。阿奇的朋友是个小男孩，身体很结实。阿奇告诉我，去年秋天，他的队伍与这个男孩所在的队伍展开比赛，男孩踢的是中锋。我想在他们眼中，作为总统的我跟身为孩子的他们是一样的，因此即便我和他们一样弄得满身泥巴，起身弯腰走过凹凸不平的大石头，紧缩着身子穿过细细的裂缝，攀上不高的悬崖壁，他们也觉得没什么不妥。不管在何种项目上击败了我，他们都会满心欢喜，高兴得不得了，如同战胜了同龄对手一样。

---

① 埃姆伦·罗斯福夫妇：即富兰克林·德拉诺·罗斯福（Franklin Delano Roosevelt）与安娜·埃莉诺·罗斯福（Anna Eleanor Roosevelt），富兰克林·罗斯福后来当选为美国第三十二任总统，埃莉诺·罗斯福则亦颇有政治影响。夫妻二人均来自罗斯福家族，与西奥多·罗斯福总统均为亲戚。

关于数日子和摔跤

1905 年 2 月 24 日　白宫

亲爱的克米特：

我实在没想到你会考出这样的成绩。至于其中的缘由，我宁愿相信是你太想家，而不是你没有全身心地投入到学习中。正如你在信中所写的那样，回家前你每天都会倒数着回家的日子，还有三十三天、二十六天、十九天等等。这再正常不过，我也非常理解。但在我看来，这同时意味着你并没有用心努力学习。因为如果确实用心了，那你就不会有那么多时间和精力想家，而是心无旁骛地刻苦学习，这就是俗语所说的"一心不能二用"。当然，在以后的生活中，你随时都有可能因为工作的需要而离家一两年，如果在此期间，你整天只想着何时能回家的话，我想你很难做好本职工作。也许，这种想家的情绪在一定程度上影响了你的成绩吧。

周三是华盛顿总统的诞辰，我前往费城的宾夕法尼亚大学做了一次演讲。中午我同费城城市军队共进了午餐，当天下午便回到了家中。相比以前的大多数外出，这次出行轻松很多。我没有参加无聊的晚宴，又不用晚上坐火车回家，否则光这两项就会把我逼疯。从周日开始，我就没机会外出骑马了。但我仍然同格兰特练习拳击，他现在已经是全美中量级的冠军了。昨天下午，我邀请山下教授到我这里同格兰特切磋摔跤技术。比赛很有趣。当然，日本的柔道和我们国家的摔跤是两项截然不同的运动，因此很难对两者做出比较。摔跤同网球等传统运动差不多，规则简单，易于操作；而柔道则以杀死对手或使对手伤残为目的。因此，格兰特只能对山下教授背摔，而山下却根本不吃这一套。不到一分钟，山下便扼住了格兰特的喉咙；又过了一分钟，山下又反扣起格兰特的胳膊，力度之大足以将胳膊掰断。毫无疑问，山下完全可以将格兰特踢出局。到此为止，这场较量证明，柔道选手可以制服一般的摔跤运动员。

但在实际的摔跤和背摔比赛中，格兰特同日本运动员却平分秋色。相比之下，格兰特身体更为强壮，因此在与日本运动员对抗时，完全可以以体力制胜或迫使对方受伤认输。我相信，只要在这方面多加练习，美国的摔跤或拳击大力士们可以很轻易地击倒这些日本柔道运动员。我们的运动员身材魁梧、力大无穷、身手敏捷，并且受过专业训练；而日本运动员虽然技术出众，但身材娇小，因此很难与我们的队员相抗衡。

猎狼人阿伯内西

1905 年 4 月 20 日　科罗拉多州　科罗拉多温泉

亲爱的特德：

我多希望这次外出你也能同行。我们很喜欢这次狩猎。在灵缇犬的帮助下，我们一群人在俄克拉荷马州总共捕到了十七头土狼。在这次狩猎中，除了猎狼者阿伯内西之外，只有我、兰伯特医生、罗利·福特斯丘三个人一直穷追不舍，最终我们三个东部人满载而归。之所以出现这种情况，是因为这次骑行路程有九公里，所有的牛仔骑了三四公里便停下了，而我却像克米特在玩撒纸追踪游戏①一样紧追不舍。最后我及时赶到，目睹阿伯内西擒狼的非凡壮举。只见他一跃而起，跳到狼背上，将戴着手套的手插入狼嘴中，当场便将狼制服。在猎狼的过程中，他从未用过刀具或绳索，而是以迅雷不及掩耳之势抓住它们，然后将强有力的手插入狼嘴，使狼无法咬人。如果这次你与我们同行，我想你会非常喜欢一个叫汤姆·博耐特的小伙子的，他的父亲是一位身材高大的牧牛人。汤姆今年三十岁左右，能力出众，具备了一位优秀的年轻牧牛人所应该具备的一切。

在北上的过程中，我们开了个好头。陪伴我们的是两位优秀的向导，一位是我的老向导约翰·戈夫，曾经和我一起进山狩猎过狮子；另一位是杰克·博拉，长得有点像塞斯·布洛克。我们带了

---

① 撒纸追踪游戏(paper chase)：一种户外游戏，即某人扮兔子在前撒纸屑，一群人扮猎狗在后面追踪。

大约三十只猎犬，其中还包括一只小猎狗，身子大概只有杰克一半高，名叫“跳跃”。小“跳跃”整天跟着其他猎犬跑来跑去。不过有时它会不住地祈求斯蒂沃特先生、兰伯特医生或我把它拿到马背上，让马载它一程。它很有灵性，也很聪明。面对被逼入绝境的熊或山猫的攻击时，它便拿出斗牛犬般的气势加入到战斗中，不过我想它的战斗力可能还比不上你所饲养的日本老鼠。我打算把它带回家，送给阿奇或昆廷。它将整天跟在他们俩屁股后面，也会借他们的光骑着贝特西或阿尔冈昆遛遛弯。

在外出的第三天，我捕到了一只体型巨大的黑熊。它是一只老得都爬不了树的公熊，不过仍在密西西比河上与猎狗们做殊死搏斗。整个追捕持续了将近两个小时，最终它踉踉跄跄地爬到了山谷边上。在它奋力突破猎狗的包围圈时，我朝它开了一枪。这一枪打得很准，一击致命。搏斗中，猎狗一死三瘸，不过我认为三只受伤的猎狗还会恢复过来。另外，其它猎犬也受到不同程度的抓伤。我的 M1903 春田式步枪性能不错，帮我精确地击中了黑熊。

我想现在你一定忙于学业，考完试后才会有少许时间放松心情。我大约在十八号回家，到时候我们又可以一起打网球了。代我向马特问好。

总统厨师

1905 年 6 月 11 日　白宫

亲爱的克米特：

我和你妈妈刚从松树林庄园[①]回来，我们在那儿玩得非常开心。庄园占地面积不大，但非常舒适，你绝对没见过比那儿更美的地方。你妈妈看到这儿的美景，比小孩子看到玩具还要兴奋。她在周四的时候先到了庄园，我比她晚一天，周五早上才到。热情的乔·米尔乐先生在车站迎接了我，之后我们便一起骑马来到了圆顶山庄。在这儿我们见到了你妈妈和威利·米尔乐先生。我们喝了会儿茶，然后便到正大光明庄园吃晚餐。这两个庄园我都非常喜欢，两位米尔乐先生也非常慷慨大方、小心谨慎、体贴周到、谦虚低调，所有人都愿意与他们成为朋友。晚饭过后，我们来到松树林庄园，整理好东西便睡觉了。第二天，我跟你妈妈单独留在了松树林庄园。早上我煎了培根和鸡蛋，你妈妈烧了水，泡了茶，将桌子摆好，早饭我们吃得很开心。吃完后，你妈妈洗刷好盘碟，承包了大部分活，我只是打了打下手。然后我们绕着庄园散了会儿步。整个庄园有十五公顷，里面设有温泉，栽满了高大的松树和橡树。之后，你妈妈躺在吊床上休息，而我则砍了几棵树，以使我们在游廊上能有更好的视野。那条游廊是整个房屋真正吸引人的地方，它既宽又长，屋顶很高，延伸下来便成了墙壁。在游廊里坐着摇

---

① 松树林庄园(Pine Knot)：罗斯福总统的度假胜地，占地面积仅有十五英亩，绿树成荫，空气清新，后成为旅游景点。

椅，白天可以听鸟儿鸣叫，夜里可以倾听夜莺、猫头鹰以及森林里其他小动物歌唱，这真的是再惬意不过了。

房子里面很空，只有一面白墙。房子看上去不错，但如果再安几个烟囱，两边配个壁炉就更完美了。通往楼上的楼梯很陡。楼上有两个房间，中间用走廊隔开。尽管我跟你妈妈都是亲自下厨，但我们享用的所有食物和牛奶都是两位亲爱的米尔乐先生送过来的。因为是亲自下厨做饭，所以我们不用担心别人的打扰。后来我们发现洗盘子花费的时间太多了，于是我们决定每天只吃两顿饭。周六晚上我炸了两只鸡作为晚餐，你妈妈沏了茶，我们还吃了樱桃、野草莓、小点心和玉米面包。你妈妈非常喜欢我做的炸鸡，并承认孩子们说我很会做炸鸡确实是真的，这让我非常欣慰。晚餐过后，我们在游廊上坐了很长时间，然后回屋读了会儿书才睡觉。周日早上，我们九点才起床。我用两只锅为你妈妈煎了块牛排和几个鸡蛋，这两样你妈妈都很喜欢。早饭过后，我们便去教堂做了礼拜。教堂很小，米尔乐兄弟的父母便是在这里结的婚。下午两点一过，我们便在正大光明山庄吃了午餐，然后司机开车把我们送到了回华盛顿的车站。在庄园的这段日子，我骑的是一匹名叫"首领"的高大黑马，玩得非常尽兴。总的来讲，我们度过了一个非常愉快的假期。

我很幸运能有这样一个假期，因为在过去的两个星期中（实际上早在很长时间之前），我一直在俄国与日本两国之间斡旋，同时还与德国、法国以及英格兰举行会谈，尽力阻止当前的战争。如果让我评判的话，我认为，目的已经达到了，因为通过不懈的努力、灵活的外交手腕以及正确的判断，我最终成功说服日本人和俄国人，他们同意见面就和平协议进行商议。至于双方最终能否达成一致协议，我尚不能妄下定论，但只要和平还有一线希望，那我所做的努力就是值得的。促使两个大国能面对面就协议内容进行磋商，并签署协议，这是获得和平的唯一途径。当然，日本肯定会得寸进尺，而俄国也会据理力争，双方或者其中一方的要求可能会不切实际。但他们也有可能会保持理智，并最终达成和平协定。就当前情况而言，这符合任何一方的利益。总之，不管怎样，任何方法都值得尝试。到目前为止，我成功保守了这个秘密，尤其是我与日本的交涉内容，到目前为止仍无人知晓，因此本次谈判将会给其他各国人民带来一个不小的惊喜。

就如何应对新闻报道的骚扰所提的建议

当小西奥多·罗斯福作为新生进入哈佛大学时，他不得不应对身为总统子女所带来的影响。新闻记者关注着他的一举一动，尤其是在运动竞技方面。对他行为的报道很多都是凭空捏造的，小罗斯福成了这些报道的受害者。他的父亲曾多次写信给他，表达自己对新闻报道的不满和对儿子的同情。以下是其中的两封：

1905年10月2日　白宫

亲爱的特德：

你只需要如平常一样就好了，该做什么就做什么，尽量保持低调。你没必要跟那些新闻记者以及扛长枪短炮的摄像师们斤斤计较，他们只是一群白痴而已。你可以厌恶他们，或者直接避开他们，但不要露出任何不满而给他们留下可趁之机。这样的话，我相信他们很快就会把你放在一边置之不理。但对你而言，要求你保持低调，尽量别引起他人的注意，这对你太不公平了。特德，在人生的不同阶段，很多时候我也不得不选择被他人遗忘，这确实是不愉快的遭遇。你的不幸现在才刚刚开始。我注意到，周六的时候你并没有出现在橄榄球赛场上，对此我非常高兴。很显然，那些可恶的白痴们肯定都在翘首企盼你的出现。但不管什么时候，如果确实要去打橄榄球，你得充分意识到，肯定得有那么一两次这些人会让你很恼火。这个时候，你只能忍，因为你毕竟不能为了躲避他们而耽误了自己想做的事情，不管是橄榄球，还是其他事情。只要你按部就班，做好自己的事情，快快乐乐地生活，把他们当成空气，一般情况下，过段时间他们自己就会感到厌烦。他们不仅不会把这种不良情绪强加到你身上，还会对你深表敬佩。同时，我想让你知道，我们每时每刻都在想你，给予你支持。你对自己充满信心，对此我很欣慰。我知道，虽然这些人给你带来了困扰，让你心情低落，但你并不会被他们左右，也不会改变自己既定的人生道路。

1905年10月11日　白宫

亲爱的特德：

在过去的几次来信中，我感到你的生活并没有因为新闻记者和摄像师而受到干扰，仍然过得很开心，对此我非常高兴。我想现在这种烦心事已经少很多了。这些人总爱时不时地做些令人讨厌的事情，但我想从现在开始，你完全可以对他们置之不理了。

我很想知道你的其他情况。首先是学习方面，看起来你已经有了一个好的开始。在橄榄球方面，你会发现自己很难跟其他队员竞争边锋的位置。在暑假的几个星期里，你的活动量太大，体重有所下降。而他们中的大部分人都比你强壮，因此相比之下，体重减轻进一步增加了竞争的难度，这对你很不利。就这一点来说，在牡蛎湾的最后几天，你需要加紧训练，不断夯实自己的基本功。不过，这样一来，你就无法尽情享受假期了，这无疑是个坏消息。

下面谈谈马球俱乐部。在我年轻的时候，我们对所有新生社团都持怀疑态度。社团的建立者或显要人物在后来的班级生活中都没什么大作为。我当时正好听到了有关马球俱乐部的负面报道，当然，这也许是我碰巧听到的。三十年过去了，大学中的佼佼者对新生俱乐部的态度可能已经发生了翻天覆地的变化，我的经验也可能已经没有参考价值了。因此，你必须认真思考，做出正确的判断，了解班级里优秀生对这一问题的看法。不管他们多么讨人喜欢，多么平易近人，多么受人欢迎，你都不要想当然地认为尖子生的思想都很单纯。虽然有人缘是件好事，但决不能为此而牺牲了学习、运动的时间和精力，更不能因此而改变自己的立场。有时，越渴望得到就越容易失去。当然，这些话所指的对象并不是你，而是指那些意图借早先打下的人脉基础去博得新同学好感的人。

面对种种事宜，我只能给你提供一些建议，最后做决定的还是你自己，因为只有你认识那些人，只有你知道大学里的总体氛围。你进入大学的真正目的是为了让自己举止优雅得体，为了在学业上名列前茅，为了尽情展示自己的体育才华，为了通过正当方式获得同学的尊重和喜爱。至于如何达到这些目标，就全靠你自己了。

小说和游戏

1905 年 11 月 19 日　白宫

亲爱的克米特：

关于你在信中对尼古拉斯·尼克尔贝①的人物分析以及整部小说的解读，我深表赞同。在阅读小说时，我通常只关心结局是否圆满。跟你一样，我也认为，如果根据情节需要，小说中的英雄必须死去的话，那他就应该死得其所。这样当我们对悲剧结尾扼腕痛惜时，也会因为主人公英勇地完成了使命而感到骄傲。现实生活中充斥着各种悲伤、遗憾、苦难和卑鄙，因此小说无需再将这些作为描写的重点。作为警署总督，我的职责是处理各种不幸事件，与骇人听闻、令人发指的恶劣行为做斗争。如果在本职工作面前退缩，那我连个懦夫都不如。不过作为警署的我没必要再仔细阅读有关描写人类痛苦、人性卑鄙以及各种犯罪的小说，最起码不用经常浏览。有时我们也会读到鼓舞人心、令人潸然泪下的故事，这些故事让我们在笑声中受益匪浅。但通常情况下，健康向上、趣味丛生的书决不是仅仅有各种笑料就可以的，它们还应该在必要的时候，既能描绘出人性的丑恶和人类的痛楚，又能表现出人的高贵伟大，给读者带来欢乐和鼓舞。

这里秋高气爽，晴空万里。最近我经常同法国大使打网球，他的表现越来越稳定，水平已经跟我相差无几了。我还时常和你妈

① 尼古拉斯·尼克贝：狄更斯小说《尼古拉斯·尼克贝》(*Nicholas Nickleby*，又译《尼古拉斯·尼古尔贝》)中的主人公。

妈外出骑马。上周一你妈妈去了纽约，我便和赛鲁斯待了一整天。他是一位伟大的非洲猎人，为人淳朴、坦诚、风趣。下午，我、赛鲁斯、鲍勃·培根、吉福·品修特、迈耶大使以及吉姆·加菲尔德一起外出远足攀登。回来之后，我们一起享用了晚餐。就座之前，我特地找了赛鲁斯，请他抽出四十五分钟的时间为埃塞尔、阿奇、昆廷讲述他猎杀狮子和土狼的惊险故事，他欣然接受了。赛鲁斯讲得绘声绘色，几个小家伙听得如痴如醉，而且意犹未尽，以至于第二天晚上，我不得不亲自给他们讲更多类似的经历。

今天是昆廷的生日，他非常喜欢收到的礼物。不过他最喜欢的或许还是施特劳斯送给他的那只小猪。它身材微小，可爱极了，你肯定从未见过这样的动物。菲利普·斯图亚特夫妇和他们的小儿子沃尔科特（跟阿奇差不多大）在我们家住了几晚。一天下午，我们正在捉迷藏，加菲尔德先生和他的孩子们闻声赶来，加入到游戏中。阿奇和其他橄榄球队员也特地请了一天假来玩游戏。我们举行了障碍跑、捉迷藏等各种游戏。孩子们沿着楼梯跑上跑下，到处乱窜，穿过甚至跳过各种障碍物。我在旁边看着，感觉游戏有时还是很危险的。

每天吃过早餐后，我和你妈妈依旧会绕着院子散步。当然，现在的花园百花已经凋谢，有点杂乱，只有金鱼草依旧迎风绽放。

狄更斯与萨克雷

1906 年 2 月 3 日　白宫

亲爱的克米特：

我非常赞同你对《大卫·科波菲尔》的解读，朵拉[1]确实非常可爱，也很有魅力。但我认为她的丈夫对她不够尊敬，也没有给她应有的生活，这真是个异常残忍的讽刺。我认识很多像朵拉一样的女人，在我看来，她们比自己的丈夫优秀。但就我所知，她们中只有一部分人的家庭比较幸福。如果一个男人选择不断奋斗，最终闯出属于自己的一片天地的话，与朵拉相比，苏菲类型的女人会更合适做奋斗型男人的妻子，这一点我们再次不谋而合。还记得书中大卫·科波菲尔与特拉德尔同时在场的那次晚餐吗？书中写道："穿着红色天鹅绒的贵妇怒视着大卫，特拉德尔在无言的忧伤中挣扎。"很高兴你喜欢萨克雷。《潘登尼斯》、《名利场》这几部著作我百读不倦。

今天特德突然回来了。我觉得这个学期他的学习成绩一直很出色，现在他只剩下最后一门考试了。特德希望你也可以在体育竞技上多下点功夫，这也是我的想法，比如：打冰球，每天坚持跑一英里，尽量使身体强壮起来。我知道对你而言，这个距离太短了。不过，你可以先尝试做猎犬追兔游戏，之后再跑上一公里。这样坚持下去的话，在你进入哈佛大学时，应该可以增加到两公里了。

---

① 朵拉：同下文中的索菲、特拉德尔都是狄更斯小说《大卫·科波菲尔》中的人物。

这个星期刚开始的时候天气还很温和，但现在开始变冷了。不过，昨天我还是跟你妈妈出去骑了会儿马，过了把瘾。下午我和特德也出去骑了一会儿，这次特德骑的是“灰色黄昏”。

昆廷趣事一则

1906年4月22日　白宫

亲爱的克米特：

特德现在身体非常好，眼部手术后，他已经完全康复了。尽管动过手术后，眼睛看上去还有点吓人，但特德兴致很高，今天就要回哈佛了。

……

就在我给你写信时，我看到昆廷和阿奇正在网球场的另一头忙着玩沙箱①，这绝对是上帝赐给孩子们真正的宝物。在周一复活节滚彩蛋大赛②上，看这些小孩子们兴高采烈地玩耍真的是一件趣事——今年我们决定只有小孩子才能参加比赛。下午一点，所有小孩子必须放下手中的事情，准时参加比赛。正因为如此，这次比赛进行得非常顺利，没发生一点意外，完全成了孩子们的狂欢节。

现在，苹果树已进入花期，鲜艳的花儿开得正盛，喷泉旁那棵枝繁叶茂的树特别引人注目。平日里我和你妈妈喜欢坐在树下的石凳上聊天。你妈妈对这棵树情有独钟。

昆廷写了几首诗，但我记不清是写在你走前还是你走后，也不知道你有没有读过。昆廷是世界上最有趣的小大人。前几天，我们讨论了刚刚发生的一次可怕的意外事故：乔治城的一个年轻人带着一位少女在河上划独木舟，后来独木舟不幸翻了，女孩被淹死

---

① 沙箱：是一个装满小球的容器，是一种儿童玩具。

② 滚彩蛋大赛：复活节的传统活动。鸡蛋预示新生命的降临，是复活节的象征。人们相信，彩蛋在地上来回滚动可以使恶魔不断惊颤、倍受煎熬，为人们带来好运。

了，这个年轻人回家之后，只是给女孩的父母写了封信，告知了少女的死讯，然后便不管不问了。在我们看来，年轻人这么做简直一点人性都没有。就在我们对年轻人的做法表示谴责和鄙夷时，昆廷一本正经地接过话，说道："是啊，他这么做浪费了十美分钱啊。"一时间我们面面相觑，无言以对。片刻的沉默后，我们纷纷竭力向昆廷解释，我们所反对的绝不是年轻人的挥霍无度，而是他的毫无人性！

你妈妈在盒子里种上了各色各样的风信子，并将盒子放在了阳台低矮的石墙上。现在，进出办公室的时候，我总能闻到沁人心脾的花香。

参观华盛顿总统的故乡

1906 年 4 月 30 日　白宫

亲爱的克米特：

周六下午，我和你妈妈乘坐“精灵号”向目的地前行。你妈妈执意要我休息一天半的时间。于是我便给自己放了假，同她一起度过了一段快乐时光。她还是那么可爱。周日我和你妈妈在岸上待了大约四个小时。吃过午餐，我们爬到了一块纪念碑前，伟大的华盛顿总统便出生在此处的一间房子里。纪念碑实际上是根柱子，房子已经变为废墟了。虽然这里早在一百多年前就被遗弃了，但花园里原来种下的各种花儿仍然充满生机，这不禁让人在惊叹的同时又唏嘘不已。花园里百花丛生，有鸢尾花、水仙花，还有少许的兰花，气味淡雅，散发清香，让人觉得没能将这些花儿同薰衣草一起放入亚麻箱子中永葆香气真是一件憾事。

这里水仙遍地，铺青叠翠。各种红色野花如上了彩的耧斗菜和伯利恒之星[①]般鲜亮耀眼。这个地方处在海角之上，视野很好，可以俯瞰整个波特马克河宽阔的入海口。此外这里还有一处古老的墓地或是墓园，华盛顿总统的父亲、母亲以及外祖母都长眠在此，不过墓园现在基本也都化成废墟了。天气温暖宜人，我和你妈妈穿过古老可爱的乡间。一路上，云雀、皇苇鹪鹩、红雀、野麻雀欢快地歌唱，趣味丛生。夜幕降临，我们沿着江边，漫步回了家。今天

① 伯利恒之星(Star of Bethlehem)：三月十九日生日花，是被用来祭祀耶稣的养父——圣约瑟夫的花朵。

早上我跟你妈妈同往常一样在白宫庭院内散步。我认为自己对这些草木的喜爱之情一年更胜一年。整个院落姹紫嫣红，欣欣向荣，处在一年中最美的时节，这美景还将持续两个月。七叶树花团锦簇，粉红的山茱萸和馥郁的紫丁香在花丛中最为耀眼夺目。其他的花儿也竞相开放，繁花似锦，其中便包括铃兰。

我在办公室里给你写信，阿奇正在外边的沙箱旁玩水管。他先是将水管往头上一挥，然后尽力避开落下的水珠。抛三次，他只能躲过两次，现在肯定已经变成落汤鸡了。我刚才把他叫进来看了一下，发现他的样子比我预想的还要狼狈。现在他出去洗澡了，并向我保证马上回来换衣服。

昆廷是你见过的最有趣的小家伙，他很有创意。昨天昆廷在女教师的橱子里留了一大束鲜花，还附带了一段话，大意是这束花是仙女们送来的作为她照看两位绅士的嘉赏。

关于狄更斯

1906年5月20日　白宫

亲爱的特德：

你妈妈给我们读了你的笔记，听过之后，我非常想跟你聊一聊狄更斯。他笔下的人物在很大程度上都是某一品质的化身，而不是具体指某个人。因此尽管与萨克雷不同，狄更斯并没有在小说中塑造我们生活中所熟悉的人的原型，但我们还是可以从身边许多人的身上找到小说中人物的性格特点，只是现实中没有小说原文中塑造得那么充分罢了。狄更斯在塑造人物方面可以与班扬①相提并论，对后世影响深远，比如杰弗逊·布雷克②、伊利亚·伯格拉姆、汉尼拔·乔乐普都是美国人生活中典型的坏蛋形象。我经常用上述三个人的名字称呼或借此影射某些报纸编辑、议员或者十恶不赦的杀人犯。尽管我从没遇到过和尤来亚西普一模一样的人，但有时我会在其他人的身上发现他的影子。同样的道理，《大卫·科波菲尔》中的米考白亦是如此。现实生活中，根本没有与尼克利贝夫人一模一样的人，但她集合了很多人的性格特征，因此每当遇到这些人时，我都会想起她。狄更斯在他的六本书中塑造了众多普通人的形象，这些人就生活在我们周围，我们经常会遇到，

---

① 约翰·班扬（John Bunyan）：英国著名作家、布道家。所著的《天路历程》（*The Pilgrim's Progress*），成功塑造了众多人物形象，语言简洁平易，被誉为“英国文学中最著名的寓言”。

② 杰弗逊·布雷克：与下文的伊利亚·伯格拉姆、汉尼拔·乔乐普以及尤来亚西普等都是狄更斯作品中的典型人物形象。

他们一般都会与受过教育的人同时出现，以形成巨大反差。在同时期出版的其他作家所著的作品中，此类人物形象在数量和质量上都无法与之媲美。

阁楼上的快乐

1906 年 6 月 17 日　白宫

亲爱的埃塞尔：

收到你的来信，我非常开心。我仔细阅读了两遍，边读边笑。待在阁楼上是什么感觉，我与你感同身受！小孩子们爬上阁楼，躲在弯弯曲曲的走廊里，任凭大人如何威逼利诱都不出来，在紧张的同时还产生一种犯错所带来的快感。现在那些快被遗忘的宝物曾经都是我们的挚爱。在这里，你还可以捕捉到小时候对和平与战争的情感，以及对童年玩伴的记忆。凡此种种，我都明白。

我对心理感应的存在一点都不感到诧异。其实还有很多类似的现象都是真实存在的，只是当前我们还弄不明白其中的机理罢了。其中一个巨大的阻碍便是，人们很容易将这些现象同各种假象混淆在一起。

很高兴音乐让年老的布雷斯顿重新焕发活力，它对生活一直充满强烈的好奇心。我们以前遇到过一位拉手风琴的意大利人，他身旁有一只熊。听到琴声，这只熊镇定自若，毫无畏惧之心，而"闻名"则落荒而逃，模样狼狈不堪。

听说你要到星期日学校[①]教学，我实在太高兴了。我想我以前告诉过你，我在那边教了七年。多数时间我都在给传教班上课，与学生待在一块，我总是精力充沛。

---

① 星期日学校：教会利用星期日对儿童进行宗教教育的学校。

路上反思

11 月 13 日　路易斯安那号

亲爱的克米特：

到目前为止，这次旅行十分成功，我想你妈妈也玩得非常开心。对我而言，每次坐船都会有些无聊，这次也不例外，不过我随身带了许多不同类型的书。在给你写信之前，我还在读弥尔顿的散文《塔西佗》和一本名为《约翰·乌尔》的德语小说。我和你妈妈或是到甲板上走上几圈；或是坐在船尾的遮阳篷下休息片刻；或是躲在船舱里，打开炮门读会书。我还经常到船首驾驶台上去，有时也去船尾桥楼，当然还要同船长一起视察军舰。检阅这样一艘巨型军舰感觉真是棒极了，我不禁为自己的祖国感到骄傲。军舰上的官兵团结一致、规整如一，没有辜负我们的期望。

三艘巨型战舰向南呈一字型排开，成为一道亮丽的风景线。到了晚上，从船尾望去，战舰灯火通明，黑暗之中船身若隐若现，美丽极了。现在我们已经驶入了热带地区，我不由得想起八年前我率领舰队和运送部队驶向圣地亚哥的场景。现在身为总统的我前往视察自己亲手打造的巴拿马运河，不禁感叹不已。

每到周末早上，你妈妈都会穿上美丽典雅的夏装到军舰上视察、检阅（可能他们有不同的叫法）军队。在你妈妈换好衣服之前，我一般都会在甲板待上半个小时。之后我们单独吃早餐，午餐也是如此，不过晚餐我们一般会与两三个军官一起享用。雷克西医生一直陪在我们身边，他是我们最好的伴侣。

哥伦布发现美洲以来的大事记

11月14日

应该说出发的第四天最有趣，在航行过程中，整个上午，古巴都在我们的右边，上午大部分以及下午小部分时间里，海地在我们的左边，我们就这样在两个国家间穿梭。古巴和海地属于热带岛国，两岸郁郁葱葱，灌木丛生，高山峻岭遍布。不过在这雄壮与秀丽的背后，还隐藏着不为人知的罪恶，这些水域见证了历史上的许多重大事件。我和你妈妈一直都在考虑，自哥伦布登陆圣萨尔瓦多（我们也经过此处）以来，这片水域发生了什么。曾几何时，这片水域是暴乱、荣耀和邪恶的代名词，西班牙探险者、加勒比海盗、英国荷兰的老水手及探险家都曾踏足这里。它见证了英法舰队之间的殊死搏斗，见证了胜利的喜悦与失败的痛楚，见证了大瘟疫的猖獗。此外，这里还滋养了西法英荷大农场主和奴隶主荒淫放荡、腐化不堪的生活。他们对印第安人实行种族灭绝，进行黑奴交易，使众多岛国的文明覆灭，将海地沦落为巫毒教[1]与食人主义横行的野蛮之地。现在，我们正同心协力帮助古巴和波多黎各摆脱落后与贫穷，使他们不断向前发展。

整个行程期间，阳光明媚，风平浪静，今天也不例外。我看到巴拿马高地就在前方，下午两点我们就能靠岸了。从我们离开华盛顿那天算起，整个行程不到六天。

---

① 巫毒教：崇拜鬼神和符咒。海地的巫毒教起源于西非的贝宁。

我以美国为傲

11月14日　路易斯安那号

亲爱的特德：

尽管同以往一样，这次航行依旧十分无聊，但我还是很高兴能参与其中。一切都进行得非常顺利，有你妈妈在身边真是太好了。军舰本身配备了发动机、火炮及其他各种优良设备，官兵素质强硬、本领高超。乘坐这样一艘伟大的战舰出国视察访问，我深深地为自己的祖国感到骄傲。你读过斯摩莱特[①]的小说吗？在《蓝登传》或是《亨弗利·克林克》中，他描绘了一名水手的生活。小说给我的印象是，在那个时代军舰就像是一个漂浮的地狱：脏乱不堪、疾病肆虐、军官专制、士兵受压。而现在，军舰上所有设施既干净又卫生，人们随时都可以洗澡冲浴。船上伙食不错，官兵也自尊自重、遵纪守法。我认为时代一直在进步，现在肯定比过去好，而且我敢保证现在我们海军官兵的战斗力远胜过德雷克[②]和纳尔森的时代。与他们相比，我们占尽天时地利，享尽政通人和。

很高兴你能在华盛顿待上两三天。亲爱的孩子，这个秋天，你的校园生活并不顺利，但这也是没办法的事，随着年龄的不断增长，苦痛与欢笑都将如约而至。你唯一能做的就是微笑面对，在命运面前毫不退缩，坚持不懈地前进，等待好运的降临。

---

① 斯摩莱特(Smollet)：英国著名作家，被誉为继菲尔丁和理查逊之后十八世纪英国最有才的小说家。

② 德雷克：海盗王，英国探险家、著名海盗。

总统在巴拿马的所见所闻

1906 年 11 月 20 日　路易斯安那号　海上

亲爱的克米特：

巴拿马的出访非常成功，也非常有趣。我们在那里待了三天，从早忙到晚。第二天，我五点十五就起床了，直到凌晨十五分才休息。我到现在都不敢相信，在此期间，除了穿衣，我工作时连续休息的时间竟然没超过十分钟。两天以来，这一热带地区阴雨绵绵，不见天日。查格里斯河[①]水位暴涨，达到了十五年来的峰值，洪水泛滥成灾。这次，我们正好赶上了天气最坏的时候，不过那也正是我期望看到的景象。

当然，阅读历史书籍、欣赏如画美景也会平添一点乐趣。周三，在我们靠岸的途中，丛林遍布的高山渐渐清晰，最后连海岸线也近在眼前，海浪滚滚袭来，拍击着岩石。放眼望去，没有发现人类居住的痕迹。期间我一直在想，过去的四百年间巴拿马地区一直充斥着野蛮与血腥，伴随着卑鄙与苦痛，这些书写了这个海峡国家的历史。直到三年前，情况才有所改变。在这里，我可以看到巴波亚币[②]在达连港[③]区域流通，西班牙人与印第安人之间的恶战，古色古香的西班牙城堡及居民聚集点。数不尽的金银珠宝通过大型帆船运送到大洋彼岸，再通过装货船和河道独木舟输送到内陆各地。之后加勒比海盗，雷克、佛罗比舍、摩根等英国水手，以及许许

---

① 查格里斯河(Chagres River)：巴拿马境内的主要河流之一。

② 巴波亚币(Balboa)：是巴拿马本国货币，但仅仅是铸币，巴拿马不发行纸币。

③ 达连港(Darien)：加勒比海最南部的海港。

多多来自其他地区的入侵者给这里带来了毁灭性的破坏。面对压迫，首先映入我脑海的便是反抗。在西班牙的专制统治之下，当地人奋起还击。伴随而来的便是接连不断、暴力血腥的战争。这种混乱状态直到我当选总统后才结束。人们为了纪念开启战争胜利之门的英雄，便将他们画进了巴拿马城宫殿内古老房间的壁画里。类似的壁画在其他国家首都的宫殿中也屡见不鲜。这些地方人口稀少、人种混杂，有着独特的文化，崇尚武力。与此同时，早在半个多世纪前，美国人便在巴拿马修建了铁路。但正是为此，人类付出了惨痛的代价，众多工人在工程中死去，因此，有人说，铁路下的每块枕木都代表一个亡灵。当然，这种说法有点夸大其词。之后，来自法国的运河公司开始在这里施工，工期大概有两三年。期间公司确实做了很多工作，成果斐然，显然，仅凭一人之力根本无法完成如此浩大的工程。再后来，由于这些探险者贪婪无度，偷工减料，加上计算失误，工作效率低下，公司声名狼藉，丑闻不断，最终倒闭。

现在美国人接手了这项工程，当然我们也会遇到各种困难。毫无疑问，完成这项工程所耗费的时间和精力比人们预想的要更长、更多。但是我相信，在工作中工人们既能保证高效率，又能诚实负责。参与此项工程建设的美国员工不仅管理有方，而且技艺高超、头脑灵活。这些优秀的品质让我感到深深的震撼。在蒸汽挖土机上、运土火车和机械车间里以及其他类似的地方，都可以看到美国工程师、管理者、机械师、锅炉制造商以及木匠的身影。从上层管理人员到下层劳动者，人们无不辛勤工作，高效办事，充满干劲，目睹他们工作真是一种莫大的快乐！总工程师斯蒂文斯身材魁梧，体格结实，做事大胆勇敢，判断力强。这些人能力出众，令人生畏。如果战争需要，他们可以应征入伍，像德雷克和摩根的船员一样在战场拼杀。但在当下，相比奔赴战场，他们现在所做的工作意义更加深远。德雷克与摩根的丰功伟绩早已湮没在历史长河中，他们的所作所为对现在没有产生实质性的影响，但斯蒂文斯及其同事们却正在改变着整个美洲大陆的面貌，完成人类历史上跨时代的伟大工程。只要人类文明一息尚存，他们的功绩就会被不断地传颂下去。在自由支配的时间里，我尽可能地视察各项工作。我拜访了已婚、单身、白人及黑人的驻地，视察了加通和拉博卡大坝的地基，游览了巴拿马和科隆。此外，我还在库赖布拉待了一天，一项伟大的工程正在这里施工建设。巨大的蒸汽挖土机开足马力，轰轰作响，将事先通过钻孔机和爆破炸药弄松的岩石、碎石以及土挖出来，放到火车车厢里，通过火车将土石运到倒石场。倒石场一般建在荒无人烟的灌木丛中，或是建在未来修筑大坝的地方。挖土机一点一点地作业，稳步前进。山头越挖越矮，坡上留下了一条条车印，石头也被纷纷炸开。重达九十五吨的挖土机如过山炮般一路向上，在山上找到合适位置后便利用自己的优势开始"吞噬"山体。工人和机器都干劲十足。白人监督管理，操控机器，数以万计的黑人则忙着完成不需要使用机器的重体力活。这一丰功伟绩足以彪炳史册，必将产生深远重大的影响。

连绵的大雨使许多村庄严重积水，雨水漫过膝盖，泛滥的河流以雷霆万钧之势穿过热带雨林。这是一片真正意义上的热带雨林，棕榈树、香蕉树、面包果树、竹子遍布，木棉树高耸入云，色彩艳丽的蝴蝶和色泽鲜亮的鸟儿拍着翅膀在兰花丛间飞舞，各种花儿争相斗艳，十分美丽。

此种景象重新唤起了我年轻时候对博物学的热情。如果时间允许，我真希望在这里多停留几天，尽可能多地收集一些样本。巴拿马也是狩猎者的好去处，野鹿随处可见，有时还能看到美洲虎、貘以及当地人叫做野火鸡的大鸟，河中还有美洲鳄。去年八月份，一位刚毕业的医院男护士到池塘里洗澡，被一只鳄鱼咬到了腿。幸运的是，就在鳄鱼拼命将他拖入水中时，前来支援的人及时赶到，把鳄鱼吓跑了，但是这个人还是受了重伤。

我踏着泥泞的小路到处视察工作，但你妈妈就不用吃这个苦，因此她有充分的时间欣赏美丽如画的风景，享受生活的乐趣。你妈妈玩得很开心。

顺便提一下，加通大坝建成后，坝上将会出现一方数英里长的人造湖，现在铺设铁路的地方届时将成为湖底。一想到几年之后，巨型轮船可以在一百英里上方的水面上平稳行驶，我就惊叹不已。

总统在波多黎各的所见所闻

1906年11月23日　路易斯安那号　海上

亲爱的克米特：

我们在波多黎各度过了非常有趣的两天。我们在岛南面靠岸，美国地方长官及其政府人员（其中包括友好的劳伦斯先生）热情地接待了我们，此外我们还受到了庞塞市长和当地民众的热烈欢迎。然后我们乘汽车径直穿过岛屿，来到了北部沿岸的圣胡安市。整个行程大概有八十英里，一路上充满了乐趣。这儿道路曲折，盘旋而上，直通并穿过岛屿中部的高山区，之后便一路向北，直抵北岸的广阔平原。虽然与巴拿马同处热带，气候同样湿热，但波多黎各景色宜人，更适合人类居住。棕榈、蕨树、香蕉、芒果、竹子等树木丛生，而且百花齐放，一片万紫千红的景象。这里有一种叫梦藤的藤类植物，花纯白如雪，大如睡莲，花苞白天紧合，夜间怒放。其他藤类植物也开满了颜色鲜丽的花朵，有紫色的，也有粉色的；还有一些上面披满了白色的小花，芬芳四溢。凤凰树之类的树早在六月份就已开满了猩红色的花儿，当时我正驻扎在圣地亚哥，目睹了那一胜景，但是现在它们都已经凋谢了。不过，我个人认为所有植物中最美的是蕨树。这里的城镇与你在古巴所看到的没什么不同，建筑物古色古香、色彩亮丽。广场被鲜花包围着，广场对面是古老的教堂。当然城镇卫生条件一般，但比意大利城镇干净舒适。这边的人们有些无知，看起来很可怜。在我们的管理下，整个岛屿井然有序，繁荣昌盛。参与管理的年轻的小伙子们，是我见过的最棒的管理团队。美国驻地省长比克曼·温斯罗普先生和秘书长里格斯·普斯特先生组成了当地的领导层。而我的至交，你认识的格雷厄姆先生负责协助工作，格雷厄姆先生英俊潇洒，体格健壮，在任何方面都能独当一面，绝对是一个加拉哈德骑士[①]类型的人才。在任何不公，尤其是残酷行为面前，他都义愤填膺，无畏无惧。他很擅长处理与当地人的关系，颇受波多黎各人的喜爱。他在一次政府舞会上穿了一件苏格兰短裙，这让当地人困惑不解。在我们抵达宫殿当天举行的接风晚宴上，我特地请求他穿上了那件苏格兰短裙。你是知道的，他是玫瑰庄园的后裔，尽管出生在加拿大，但他父母都是苏格兰人，他接受的也是苏格兰式教育。下次给鲍勃·弗格森先生写信的时候，一定要记得提一下格雷厄姆先生和他的短裙的故事。

晚上我们都是在宫殿度过的。所谓的宫殿其实一半是住宅，一半是城堡，其中住宅部分是之前西班牙殖民者的居住地，到现在大概有四百年的历史了。整个建筑看上去很舒服，配有古色古香的花园，还建有一处用于观赏海湾美景的古老海堤。工作人员逐个点亮了挂在花园里的各色各样的灯笼，作为欢迎我们的礼物。从花园中放眼望去，整个海湾在月光的映照下显得格外静谧祥和。我们住的房间温馨舒适，只是有一点不是非常理想：房间是开放式户型，通风实在太好了，这让我们有点不适应。不过这倒也不是什么大问题。上午我们很早就出发了，晚上到时天已经很晚了，我们躺下后不一会儿就睡着了。

第二天早上我们又坐汽车回到了驻地，这次乘车路线与上次不同，和以前相比，路边景色有过之而无不及。我们经过、翻越一座座高山，山上流水潺潺，景色迷人，简直可以称得上是热带的瑞士。期间我们渡过了几条河流，在过河时，角上套着轭的奶油色公牛会拉着汽车帮我们蹚过河水。中午我们在一个小村庄的空地上席地而坐，吃了鸡肉、鸡蛋和面包，还喝了点酒。这酒是一个家境

---

① 加拉哈德(Galahad)：亚瑟王传说中的一名骑士。他在亚瑟王朝中的地位是独一无二的，因为只有他才能寻找到圣杯的下落。

充裕的西班牙小伙子特意从附近一家咖啡农场送过来的。

昨天下午，我们再次登上战舰，踏上行程。晚上舰员们在后甲板上举办了一场精彩绝伦的演出，演出最后以三回合的拳击比赛结束。我会将相关节目表一起发给你。整个晚会歌声与表演兼备，精彩纷呈。歌曲中，有的歌颂我们伟大的祖国，有的吟唱水手们对母亲真挚的爱；表演中，有各种笑话，也有根据船上各种人和事改编的小品短剧。观众们既为歌声而伤感，也为笑话和短剧而疯狂。从某种程度上讲，这种言论自由让我想起了古罗马人的节节胜利，当时所有优秀的传奇故事都被人们改编成小说和散文，为人们代代传诵。晚会的舞台建在甲板最靠近船尾的位置，灯光效果很好。我们同各位军官一起坐在前排，全体士兵统一坐在我们后面。士兵有的坐在甲板上，有的坐在炮塔最后方，有的站在桥楼上，有的甚至爬到了战斗桅楼的桅杆上。看到灯光照射下他们的一张张笑脸，我感到很欣慰。

顺便说一句，我忘了告诉你，为了迎接我们抵达波多黎各，工作人员还挂起了各色横幅，准备了各种题词，其中有一条横挂在路中间，上边写着“热烈欢迎西奥多总统和夫人”。昨天晚上，我的经历相当有趣。一支主要由士兵和军官组成的海陆联军昨晚在战舰的鱼雷室召开紧急会议，与会人员加上我和船长大概总共五十个人。在介绍我的时候，船长说道：“这是西奥多·罗斯福船员同志，也是美国总统。”与会的官兵都很好相处，跟他们在一起真的很开心。他们自尊自重，以诚待人，真正代表了美国军队和优秀公民的高尚品质。这次会议让我想起了之前在牡蛎湾一家小旅馆召开的会议，说实话，与会人员其实只是我在旅馆碰到的几个造船工匠、铁道员和渔民，但正是他们在政治上给予了我莫大的支持，也正是他们铸造了真正的国家脊梁。

黑木将军

1907 年 5 月 12 日　白宫

亲爱的克米特：

昨天晚上，我们举行宴会正式接待了黑木将军一行。尽管他说的每一句话都需要翻译，但由于我对他指挥的战役非常熟悉，因此同他的谈话不存在什么障碍，而且还非常有趣。他同所有日本陆海军军官给我留下了深刻的印象。日本有一支令人生畏的军队，我想美国最好尽力同它保持好关系，千万不要引起不必要的误会。与此同时，我想美国海军也需要始终保持高效的作风，以备不时之需，因为他们才是真正的和平守卫者。

总统旅行中的烦心事

1907 年 10 月 1 日　密西西比号

最亲爱的埃塞尔：

我们在基奥卡克①登上轮船继续前进。在此之前，我们的旅行一直是顺风顺水，没有发生意外。行程开启后，我不停地跑出船舱，向河岸上城镇里的人们挥手致意。这些城镇都通火车，每当火车停下来的时候，我都得对着车厢内的几百号人做一次简短的演讲。很显然，这些人非常喜欢我，我从心里也很喜欢他们，但我实在不知道该对他们说什么。跟平常一样，我在坎顿和基奥卡克参加了隆重的欢迎仪式。我要接待当地委员会，检阅仪仗队，乘着敞篷马车不断地向两边热情的民众鞠躬致意，不断地面向他们发表演讲。我感觉每次演讲效果都比预想的好很多，现在我感觉自己可以脱稿即兴发挥了。登上船后，情况有所好转，我也不用再那么劳累了。不过我还是得不断地走出船舱，站在甲板前面，向在河岸上及挂有美国国旗的蒸汽船上的人群挥手致意。这些由艉外轮驱动的蒸汽船载满了热情的旅行者。尽管事务繁多，我还是有很多自由活动的时间。在空余时间里，我不喜欢谈论有关沙滩、大坝、每立方英尺水的含沙量、每个沿河城镇究竟应该负责供应多少产品等这种费脑子的问题。在这一点上，我很坚持，招待我的人应该有所了解。

---

① 基奥卡克（Keokuk）：爱荷华州的一座城市。

三百年来的巨变

1907 年 10 月 1 日　密西西比河　船上

亲爱的克米特：

早上在基奥卡克演讲完之后，我们登上了一艘崭新的蒸汽船，开始往下游行驶。这艘船由艉外轮驱动，在密西西比河流域很常见。我爬到了最高的甲板室，禁不住地向领航员问起关于马克·吐温在这里经历的奇闻逸事。密西西比河河面很宽，河水很浅，河底积满淤泥。不过有些地方的河面也很窄，仅容轮船只身通过。不过对我这个毫无水上生活经验的人来说，整个河流看上去更像是条海峡。伊利诺伊州与密苏里州隔河相望，有的河流两岸长满郁郁葱葱的树林，有的是一望无垠的麦田。这里的房屋鳞次栉比，村庄密密麻麻，城镇星星点点。每到一处，乡里的村民都会聚集在一起，欢迎我的到来。城镇前的滨水区人山人海，有男人、妇女、孩子，他们挥舞着国旗，欢迎我的来访。前来迎接我的不仅仅有小村庄当地的居民，还有从十几里外携妻带子驾车赶来的农民。他们跟去年夏天你和骑兵部队路过爱荷华州时赶过来看望你的农民一样，热情十足，情绪高涨。

这是我第一次在密西西比河上航行，因此我对这条大河充满了好奇之心。相比旧世界漫长的历史，我们国家的历史实在是太短了。但就是在这短短的几百年间，我们经历了如此大的巨变！在过去数不清的岁月里，这条大河就这样孤独地在这片大陆上流淌着，从更新世①末期开始就不曾有大的变化。过去的数万年间，河岸被草原和森林覆盖。年复一年，成群的水牛和麋鹿在这里漫步、生活。印第安猎人们或徒步沿河岸长途跋涉，或乘舟渡过河水。或许一千年后我们依然看不出有任何的变化。真正的变化始于三百年前。第一个世纪里，变化微乎其微，只是偶尔有法国舰队或是几个野蛮的法裔加拿大探险者，乘着印第安人的独木舟，沿主河道或支流顺流而下抑或逆流而上。之后便有了第一次微妙的变化，法国皮毛商贩们在这里建起了一两个小村落，几个英国军官乘船从这里经过，偶尔还会出现几个粗俗的山区美国佬。

此后变化进程骤然加快。早期移民者最先到达了俄亥俄州的上游水域，平底船和龙骨船开始顺流而下，抵达密西西比河河口。印第安人和他们追逐的猎物踏上了最后一次西部大迁徙的征途。多少年来，他们跟随着这些猎物来回迁徙，但这次却不再回来。然后以蒸汽船为主的交通时代到来了。美国第一批沿河城市和大州逐渐成长、发展起来。不断雄厚的财力、日益败坏的道德以及油然而生的自豪感也随之而来。此后无所不能的蒸汽船交通发展到了顶峰，然后便由盛转衰，风光不再。在接下来的几十年里，有些城镇依托铁路的发展迅速崛起。相比之下，沿河城镇数量急剧减少，地位也一落千丈。在乘船顺流前进的过程中，我一直都在思考这些问题。

我们正沿河顺流而下，河两岸分别是田纳西州和阿肯色州。岸边的森林越靠近河边越茂密，房屋看上去修缮得并不理想。但不管怎么说，一路走来，还是没有太大的变化。同我们一起航行的还有十几艘蒸汽船，上面载满了来自多个不同沿岸城市的代表团。人们纷纷走到岸边，向我们表示欢迎。晚上，不管我们何时经过，

① 更新世：地理学名词，是第四纪的第一个世，距今约二百六十万年至一万年。更新世冰川作用活跃。

城镇都灯火通明，有时还会传来汽笛声和嘈杂的欢呼声，此时我们的蒸汽船同样会拉响汽笛以示回应，熟睡中的我们经常会被各种声音吵醒。陪在我左右的是来自十七个州的州长，虽然他们分开，每人单独乘坐一艘船，但在这之前我已经见过他们中的大部分人。后来证明，这对我很有帮助，尤其是有几次面对棘手问题时，他们帮了我大忙。经过圣路易斯时，人们纷纷外出迎接我们，一时间万人空巷。我们的队伍在滂沱大雨中行进。我站在甲板上，面带微笑，挥舞着湿漉漉的帽子，向这些拒不打伞、甘冒风雨的壮士们致敬。在开罗我曾经也受到过如此热情的接待。不过我惊奇地发现，这里的城镇居民仍然过着六十五年前狄更斯在《马丁·朱淑尔维特》中所描绘的那种难以言表的苦难生活。

汤姆·品奇

1908年2月23日　白宫

最亲爱的克米特：

我非常赞同你对汤姆·品奇的评价，他的确是一个卑鄙下流的家伙。但他却是狄更斯钟爱的角色，因为狄更斯有一点多愁善感，正如有人所讲的那样，“正是这种多愁善感使他在别人的叹息中陨落”。一直以来我都很想知道狄更斯到底写了多少一流的作品，他又是如何将这些一流作品同低贱的二流人物有机结合起来的。我非常喜欢他的作品。他创造了众多耳熟能详的人物形象，他们是罪恶、美德、愚蠢的代名词。他的写作风格与班扬如出一辙。因此，我认为直接忽略那些胡话粗话、废话假话，从剩下的精华中汲取营养，这才是明智之举。当然，萨克雷和狄更斯的一个本质区别是：萨克雷颇具绅士风度，而狄更斯毫无修养。不过，一个人即使没有绅士风度，也照样可以写出彪炳史册的作品。

《马丁·朱淑尔维特》

1908年2月29日　白宫

最亲爱的克米特：

我当然非常同意你对《马丁·朱淑尔维特》这本书的见解。但是在我看来，书中对颠倒是非、人性险恶的描写在很大程度上恰好反映出了狄更斯自身的性格特点。我丝毫不关心他的人格，我看重的是他所刻画的美国人卑鄙、愚蠢等人格缺陷，这些性格描写在文学史上永垂不朽。深入研究这些人性的描写，我们会获益匪浅。狄更斯心术不正，自私自利，是一个卑鄙小人。他对何谓绅士根本一窍不通，对他人的热心好客、盛情款待也毫无感激之情。他目光浅陋，毫无洞察力。在美国期间，他丝毫没有察觉到周围美国人的崇高理想和伟大情怀(当然也包括其他卑鄙的负面性格)。在美国茁壮成长的年轻人身上具备众多优良的品质，正是这些品质帮助他们征服西方列强，赢得民族独立；正是这些品质激励他们奋战到底，最终取得内战胜利；也正是在这些品质的熏陶下，诞生了像林肯、爱德华·李、格兰特等众多伟大的领导者，而狄更斯却对此视而不见、置若罔闻。他认为纽约一个绅士都没有，即使碰上了，他也不会承认。他谴责所有的美国人，是因为他根本没有用心去观察美国人都在做什么。不过他用真实和苦痛刻画出了斯卡德、杰弗逊·布雷克、伊利亚·伯格拉姆、汉尼拔·乔乐普、霍米妮夫人以及其他众多栩栩如生的人物，他们或伟大高尚，或平凡无奇。这些描写使我在阅读《马丁·朱淑尔维特》时始终乐在其中，大部分人物都可以在我们的现实生活中找到相应的身影。

关于昆廷的更多趣事

1908 年 11 月 22 日　白宫

最亲爱的阿奇：

我把你写的便笺和两美元大钞给了昆廷，他高兴得不得了。这次之所以这么容易满足，是因为可怜的昆廷脚上打着石膏，一直在卧床休息。我想，你给他的两美元能补贴他的零用钱，他会拿去买自己非常喜欢的小发动机之类的东西。尽管脚上还打着石膏，但他今天还是找朋友去了。在力学方面，他真的很有天赋。

1908 年 11 月 27 日　白宫

亲爱的阿奇：

很高兴能收到你的来信，知道你过得很好我就放心了。告诉你个好消息，昆廷现在已经完全融入到学校生活中了。他感觉自己是一名真真正正的公教高中[①]学生，对学校的一切都充满浓厚的兴趣。昨天是感恩节，他邀请了很多朋友到白宫玩。腿上的石膏摘掉后，他可以随心所欲地活动了，滑旱冰，练橄榄球，干工程，当电工，跑遍了整个纽约城，翻遍了整个白宫。最后还去了屠宰场，为感恩节的晚餐抓了头猪。

埃塞尔非常宠爱“王牌[②]”，“王牌”也十分仰慕自己的主人。前几天，它失踪了一小会儿。原来，它跑到了一条小巷子里，正好看

---

① 公教高中(Episcopal High School)：位于弗吉尼亚州，成立于 1839 年，是一所全寄宿学校。学校师资力量雄厚，采取小班制教育制度，是美国贵族学校。

② “王牌”：罗斯福总统家饲养的一匹马。

见一处马厩里躺着只猫，于是它就疯一般地冲过去把猫撞死了，结果被人绑在那里，最后我们中的一个人在那里找到了它。

我知道你妈妈有点想念“小淘气[①]”了，也可能没想，因为现在所有松鼠都非常温顺可爱，整天在草坪和小路上蹦来跳去。每次外出散步它们都会出现，而且一点都不怕我们。

1908年12月3日　白宫

最亲爱的阿奇：

我有一种强烈的预感，圣诞老人肯定会把手表带给你的！周一的时候，昆廷和雷克西医生一起打猎，打死了三只野兔。我认为战果相当不错。回来的时候，昆廷浑身脏兮兮的，但脸上却是一副得意洋洋的神情。你妈妈也十分兴奋，拿着他的猎枪和三只猎物到办公室向我展示成果。现在多数日子里，他通常都是骑着阿奇里斯上学，不过很快他就要住校了。他很喜欢学校，现在都不想去格罗顿了。但是你妈妈会积极劝说，帮他逐渐放弃这种想法。他有很多来自各行各业的朋友，有些和他一起在市曲棍球队打球。这支队伍只是偶尔打场比赛，实战机会很少，大部分时间都是在训练自己的球员。

---

① “小淘气”：罗斯福总统夫人养的一只宠物松鼠。

给克米特的礼物

1909 年，总统任期结束之后，罗斯福上校到非洲打猎旅行，期间还是如往常一样给孩子们写信。

1909 年 11 月 13 日　在内藻河上

亲爱的埃塞尔：

我们正在一条真正的热带河流上行驶。周边猎物遍布，人烟稀少，在这几天的行程中我们都没有看到人类的足迹。晚上土狼会在营地周围虎视眈眈，不停地嚎叫。有几次我们还听到了狮吼，不过很遗憾没有见过真身。克米特昨天射死了一头非洲豹，干得非常漂亮！很少有男孩子能像他这样，既热爱体现高雅品位及其他优点的文学，又热心于运动，而且胆大勇猛，身强体壮。不过总的来说，他还是过于鲁莽。但在我的悉心照顾下，我保证会让他毫发无损地走出非洲大陆。敏锐的目光、清醒的头脑、出众的骑术、刚毅的性格、十足的耐力、开阔的眼界使他成为一名独当一面的野地猎人。我们非常喜欢与卡宁汉姆、塔乐顿、三位博物学家（尤其是海勒）以及那些有趣的黑人随从为伴。这些黑人搬运工们总能让我们欢笑，带给我们快乐。现在大约有三十个搬运工为我们抬来了营火用的木头，以保证整夜都有木材可烧。搬运工们边干活边齐声高唱，歌词只有一句："木头，足够燃烧的木头！"

祝你圣诞快乐！也同样祝福阿奇和昆廷！不管萨加摩多有多冷，我都希望能与你们在一起。但不一会儿，我想我们就只能在乌干达的蚊帐里汗流浃背了。

渴望归家

1909 年 12 月 23 日　坎帕拉[1]

最亲爱的埃塞尔：

你聪慧过人、和蔼可亲的老父亲马上就要结束最后一段行程了，整个旅行我都乐在其中。不过我想克米特可能会认为我有点柔弱，因为我急切地期盼旅行赶紧结束。因为这样我就能见到我的爱人和宝贝——我漂亮的妻子和我最棒的女儿。女儿你真是个可爱的小姑娘！还记得吗？你曾经有点恼火地跟我说，你当然希望特德能留在家里，因为除了他，你没有任何真正亲密的伙伴，而你妈妈则有"老父亲"陪着。对我而言，可以在信中向女儿倾诉各种有趣的事情，真是一种莫大的安慰！

这个地方很有趣。我们乘着舒适的蒸汽船，花了二十四个小时，穿过广阔的尼亚萨湖[2]面，目睹了夕阳落入浩瀚水面的壮丽景观。夜晚的月光也很迷人。这里同赤道一般炎热，绿色的草地上点缀着色彩鲜艳的花朵，有的开在树上，有的落在树丛里，有的挂在树藤间。而更为有趣的是这里举止奇怪、尚未完全开化的人们。王国的总理是一个奇怪的小黑人，衣着鲜亮，能力很强。看到他，克米特不由想起了另一个开化程度较高的民族乌姆斯洛帕嘎。我

---

① 坎帕拉(Kampala)：乌干达首都，全国政治、文化和经济中心，地跨赤道。

② 尼亚萨湖(Lake Nyasa)：非洲南部大湖，位于东非大裂谷的最南端。

是按照你拼写英雄祖鲁(莱特·哈葛德[1]作品中的人物)的方法拼凑出了这个民族的名字。

在这个当地的小城镇里,我们乘着黄面包车四处游览。每辆车都有四个人负责推拉,他们每隔几秒就会一起发出奇怪而铿锵有力的呼喊声。

① 亨利·莱特·哈葛德(Henry Rider Haggard):英国维多利亚时代受欢迎的小说家,以浪漫的爱情与惊险的冒险故事为题材,代表作为《所罗门王的宝藏》。哈葛德常年住在非洲,担任过南非纳塔尔省省长秘书。

瑞摩斯叔叔的艺术

写给乔尔·钱德勒·哈里斯[①]

1901 年 12 月 12 日　白宫

亲爱的哈里斯：

我的小女儿能够得到你的亲笔签名，这让我觉得当总统还是非常有价值的。当我比女儿还小的时候，来自佐治亚州的安妮·布洛克姑姑经常给我讲兄弟兔的故事，尤其是关于兄弟兔和柏油宝贝的冒险经历。不过尽管我非常喜欢兄弟兔系列故事，但我还是更钟爱你的其他作品。我想在人类文学史上，没有比《自由的乔治》更感人肺腑、令人神伤的故事了。在我看来，你所有的作品都拉近了人与人之间的距离。当然，我知道，在对艺术家进行评价时，人们通常会完全以其艺术成就为标准。但我没那么多讲究，我倾向认为艺术应当为某一正义目的服务。你的艺术不仅为美国民族史画上了浓墨重彩的一笔，而且增强了整个民族的正义感。最重要的是，它消解了不同派别之间的敌意，增强了我们的民族凝聚力。

---

① 乔尔·钱德勒·哈里斯(Joel Chandler Harris)：美国著名黑人作家，代表作是《兔子拉比的故事》，文中关于兔子的内容便是指此作品；《瑞摩斯大叔讲故事》，题目中罗斯福总统借用了这一经典名著。

昆廷第一次落马

1903年10月24日　白宫

亲爱的克米特：

昨天我有点发烧，感觉糟透了，这是我在圣地亚哥战役中唯一不愉快的回忆。于是整个下午我都待在家里，躺在沙发上休息。炉火烧得很旺，你妈妈就坐在我身旁的摇椅上织毛衣。想到今天不用外出到野地远行或打猎，也不用白天冒雨行进或骑行，更不用夜晚在草丛中露宿，我就非常开心、满足。

我一直迷迷糊糊的，都不知道艾伦是什么时候从教员那里回来的。人们都认为罗纳德是只非常不错的狗，并给了它很高的评价，这着实让我大吃一惊。平克尼先生非常喜欢它，直接赐给它人类才有的待遇——让它乘坐快运货车出行。

昆廷正在学骑小马，还摔了一跤。不过他颇为镇定地说，这一跤还没有在枕头大战中我用沙发垫打他疼。我想他很快就能驯服小马驹了。

你妈妈刚带着三个小家伙去了雷西克医生家的农场，在那边待了一个下午。我正忙着写给国会的咨文，因此下午或晚上都不会外出，也不会见任何客人。有时这些工作实在是令人费神，不过我会坚持不懈，把它做完、做好。每当排除一处障碍，解决一个难题，我都会环顾四周，长舒一口气，此时一股小小的成就感便会油然而生。

我认为你考虑得非常周全，表现得十分出色。作为橄榄球队的队长，你很称职；作为班里的学生，你的成绩很出色，因此你完全对得起大家对你的赞誉。

对总统保护不力

1903年11月28日　白宫

亲爱的克米特：

我们怀着沉痛的心情参加了格雷西叔叔的葬礼。不过令人欣慰的是，他的老朋友悉数到场，他生前工作多年的单位里的所有同事也纷纷前来参加，其中还包括来自报童之家和整形外科医院等单位的众多老朋友和员工。吉米叔叔性情温和，极富爱心，做好事时认真投入，毫不张扬。在这一点上，其他人望尘莫及。我不知道他到底做了多少好事。在我担任州长和总统期间，你妈妈一直考虑得很周全，总是将吉米叔叔放在心上，经常提醒我邀请他到我们家做客。后来我发现，吉米叔叔因此对你妈妈充满感激之情。从这件事中，我学到了很多。因为如果是我自己，我很可能永远都想不到这一点。当然，如果一个人未能做好分内之事，却用粗心大意作挡箭牌，拒不承认自己的错误，那他是无法让人信服的。

教堂的警力部署实在差，差到令人发指。街道里里外外一共部署了五百多名警察，这架势就好像是会有穷凶极恶的暴徒发动武装袭击一样。另外教堂内也挤满了警察。尽管这样，还是有个举止古怪的老人混了进来，跑过来向我呈递了一封关于如何为德意志皇帝治疗癌症的荒唐请愿书。实际上，这位老人并没有恶意，但此事却证明了保卫工作真的很失败，因为我们需要做的不是预防暴乱，而是提防这种怪人出现。按理说，组织者只需要在教堂外面安排五十名警察、内部部署两三名优秀的侦探即可。我所到之处，所有警察都表情严肃，无目的、无组织地列队保护我，这让我感觉自己像个傻子。让我又好气又好笑的是,这些警察竟然连个老人都拦不住。

顺便说一下,我随信附上了尼克和阿奇自创的两首诗。在诗中,他们引用了我针对他们两个人的缺点所提出的几点建议。我曾经也因为这些缺点而受到你妈妈的鄙视。过去的三天里,尼克整天都跟阿奇待在一起。后来我提议,他们可以在深夜探访夜色中的白宫,没想到,两个小家伙真的去了。他们披着白色床单,赤着脚,酷似两个小侦探。回信的时候,记得再把诗寄回来。

汉纳议员之死

1904年2月19日　白宫

亲爱的泰德：

可怜的汉纳去世了，真令人悲伤。就在去世前，他还给我写了一封信，在信中他还说自己身体状况良好。这是他在世时写的最后一封信，对此我万分感激。汉纳慷慨无私，凭着自己无穷的精力、惊人的毅力和出众的能力，一生中取得了伟大的成就，因此他的去世让他的家人和亲密友人十分痛心。

几天前，我和布法罗·比尔、我的老猎友约翰·威利斯共进了午餐。布法罗·比尔一直都是我的挚友。我还记得，在竞选副总统时，我到堪萨斯州的一个小镇拉选票，恰好碰上一场关于开发西大荒[①]的演出。借此机会，威利斯跳上我汽车尾部的车厢盖，发表了一个简短的演说，号召大家支持我的竞选。演讲的最后他说道："西部的飓风已经来临，难怪老鼠都躲进了地窖！"

关于你未来的出路，我认为接受西点军校的教育可以让任何人都受益终生。不过，在我看来，我还是更愿意你加入军队。即使在和平年代，凭借你巨大的自身潜能，你也会不断取得进步。

自从回到白宫，身为总统的我一直忙着国会会议收尾的相关事宜，来不及顾及其他事。不过，幸好你妈妈事情比较少，可以帮忙照应。但因为要照顾亲爱的小阿奇，她最近过得也很辛苦。阿奇是个好孩子，很有耐心，也很可爱。昨天淘气的昆廷对保姆说：

---

① 西大荒(Wild West)：早期尚未开发、处于无政府状态的美国西部。

“要是我能同时具备阿奇的性格和我的智商,那该多好呀!”

尽管阿奇一直卧病在床,但他还记得今天是保姆的生日,并送去了他的爱和祝福。听到这些,心地善良的保姆禁不住落了泪。

在詹姆斯敦博览会上的所见所闻

1907 年 4 月 29 日　白宫

最亲爱的克米特：

我们的詹姆斯敦之行非常愉快。一同前往的贵宾有你妈妈的朋友约翰森夫人，她来自弗吉尼亚州，她让我想起了我妈妈的姐姐安妮阿姨。在我的整个童年期间，安妮阿姨一直跟我们家保持着密切联系，她就像是我的另一个妈妈。另外还有穆迪法官，他还是一如既往地讨人喜欢，能有机会再次同他交谈真是一大趣事。鲍勃·培根夫妇，是所有宾客中素质最高的一对。不管在什么时候，在什么场合下，他们都是那么友善，平易近人。埃塞尔很乖，一直在照看昆廷，这给你妈妈减轻了不少负担。不用说，阿奇和昆廷都过得十分开心。不管是跟军官在一起，还是与士兵同座，他们都上蹿下跳，照吃不误。我们周四下午离开，周五早上检阅了外国舰队以及我们国家的巡洋舰和十六艘巨型战舰。这是一次鼓舞人心的视察，幸好我没有错过。之后我们参加了博览会的开幕式。按照惯例，我做了演讲，举办了招待会，吃了午饭等等。

晚上，我和你妈妈登上"精灵"号，到诺福克吃晚餐。"精灵"号靠岸后，格兰特将军迎接了我们，并护送我们到住处。我快换完衣服的时候，你妈妈走出船舱，坐下同格兰特将军聊起天来。一两分钟后，我走出船舱去找我的礼帽。你妈妈笔直优雅地坐在那里，看着我四处找寻。刚开始她还很有耐心，但后来就不耐烦了。最后，她起身摘下自己的斗篷，准备去吃晚饭。此时我发现帽子原来一直都在她身子底下。虽然你妈妈坐姿很优雅，但帽子却被结结实实地坐扁变皱了,看上去就像是长了皱纹的馅饼。这时你妈妈还没意识到自己的所作所为所带来的后果,因此我便一声不吭地将帽子拿到她面前。但她还是没弄明白我的意思,以为这只是我对她莫须有的嘲弄。你妈妈便说了句“我知道这是你的帽子,亲爱的”,然后不紧不慢、举止优雅地转过身,同格兰特将军出去了。

第二天早上,我们乘着“精灵”号沿詹姆士河逆流而上。回来的路上,我们参观了舍莱、韦斯托沃、布兰登这三个极其可爱的地方,我敢保证你肯定没见过这样的美景。我不太确定自己究竟是喜欢这些地方本身的美景,还是钟情在这里生活的古典高雅的弗吉尼亚贵妇。这里的房屋、庭院、主人,一切的一切都实在太迷人了,我们非常喜欢。当天晚上,我们回到了“五月花”号上,并在昨天,也就是周日下午,回到了这里。

今天春天的气息越发浓郁。午饭过后,我和你妈妈坐在喷泉旁的苹果树下,一只紫色的金丝雀在枝头歌唱,白色的苹果花瓣簌簌落下。下午,我和你妈妈打算同洛奇议员一起外出骑马。

玩耍时的总统

写给艾米丽·卡罗小姐

1903年8月16日　牡蛎湾

阿奇和尼克依旧形影不离，我多希望你能见到那天他们俩在一起的场景。那是在一次野餐之后，他们两个一起携着篮子，另一只手里拿着一只刚捉到的乌龟，郑重其事地向我们走来。阿奇是个热情体贴、极富爱心、非常可爱的小家伙，而昆廷则是个天生的乐观派。昆廷现在已经完全融入到孩子们中，热心地参加他们的各种游戏，包括大闹旧仓库那次。在埃塞尔过生日那天，她给我指定的任务是：我必须参加并监督大闹旧仓库这项娱乐活动。罗斯福家所有的孩子、在"精灵"号服役的汉姆纳少尉、鲍勃·弗格森以及亚力克·拉塞尔都参加了。我当然不忍心拒绝。但是说实在的，让一个又矮又胖、年事已高的总统在干草堆之间蹦来跳去，并与一个活力十足、九岁大小的对手一决高下，实在有点儿怪异。不过，这项游戏确实很有趣。

托伊迪斯的福，我们最近举行了一次别出心裁的野餐。我们有的乘马车，有的骑马，一起来到了风景秀丽的简之山，这里离我们的住所仅有八英里远。我们把马拴在了半公里外的一处老农舍里。我和德国驻美大使斯贝克、伊迪斯全副武装，骑马外出，看上去颇像汉斯·克里斯蒂安·安徒生童话里的锡制玩具兵。斯贝克驻美大使的任命书终于审批下来了，之后他便同州务长官代理一起赶赴牡蛎湾提交文件。当时他穿着一身华丽花哨的骑兵服，很吸引大家眼球。任命仪式一结束，我便告诉他应该换一套更正规体面的服装，他照做了。之后的几天，他一直跟我在一起。我们一起伐木，一起练习射击，一起外出骑马。他对坐骑怀俄明的表现非常满意，对孩子们也是一如既往地友好。

前几天，洛林和特德组织所有孩子自编自演了一出出搞笑的喜剧，演出是在劳拉·罗斯福的网球场内进行的。孩子们演得有模有样，尤其是昆廷饰演的丘比特。他穿着小小的粉色棉布紧身衣和束身衣，可爱极了。特德和洛林分别饰演乔治·华盛顿总统和埃及艳后，他们将剧本演绎得淋漓尽致。最后所有的演出人员手牵手一齐载歌载舞，这一章节是为我写的。我爱所有的孩子，跟他们在一起的日子总是乐趣无穷。他们一直把我当成一位特殊的朋友，看作他们坚强的后盾和无话不谈的伙伴，对此我很感动。

今天，三家的老老少少同我们一起参观了“奇尔沙治”号战舰，明天我还会检阅这艘战舰。此次参观让人印象深刻，我相信孩子们会永生难忘。参观结束后，多数男孩子都跟着穆迪秘书到“海豚”号上吃午饭。特德一直很用心地观察着弟弟妹妹们的言行举止。回来之后他对我说，阿奇、尼古拉斯和奥利弗在公共场合根本不注重个人形象，在他们眼里，午餐更像是个疯狂的茶话会。

记一次打猎

1905 年 4 月 14 日　科罗拉多州　科罗拉多斯普林斯

亲爱的克米特：

我希望你在佛罗里达州的旅行能像我在德克萨斯州和俄克拉荷马州的旅行一样顺利。按照惯例，旅行的前六天我都要履行总统的日常事务职责。不过这次比以往任何时候都轻松有趣，我不必再四处演讲，因为这已不再是我的分内之事。至于为什么，可能是因为我不想再竞选连任总统，也就不用再遭受人们对候选人无休止的猜疑和心怀不轨的评判。不过在肯塔基州，尤其是在德克萨斯州，我还是受到了当地民众热情而真挚的接待，这让我受宠若惊。在圣安东尼奥，昔日的“莽骑兵团①”重聚一堂，真是棒极了。

接下来的五天，我们都在俄克拉荷马州猎狼，这的确是一件快乐的事，只是期间我一直在为你贝姨和可怜的小舍菲尔德担心。杨将军、兰伯特医生和罗利・弗特斯丘各有所长，都是极好的伙伴。在德克萨斯州，招待我的朋友都很友善，他们热情好客、坦诚直率。明年冬天，我打算邀请他们到华盛顿做客。我们整个团队一共猎杀了十七头狼、三只浣熊和很多条响尾蛇。由于其中六只狼是由其他成员在猎狗的协助下猎得的，所以我只参与了剩余十一只狼的猎杀过程。不过只要我在场，我都会策马飞奔，直到跑完全程，目睹猎杀的全过程。在凹凸不平的河岸边、土拨鼠遍布的草

---

① “莽骑兵团”(Rough Riders)：罗斯福总统在 1898 年西美战争开始时组建的，成员多为西部老牛仔。

原上、低洼泥泞的沼泽里以及溪边的平地上，纵横驰骋的感觉真是棒极了。其中有一次奔袭长达九英里，除了职业猎狼人阿伯内西外，只有我跑完了全程。阿伯内西真是个厉害的家伙，他善于将戴着手套的手直插进狼的口中，使它们无法咬人，以此活捉野狼。在这次狩猎中，他便活捉了一头，并将野狼捆绑起来，挂在了马鞍上。随后在猎狗的指引下，他狂奔了七英里，帮其他人又杀死了一头。阿伯内西有一位非常漂亮的妻子和五个十分可爱的孩子。他曾经跟我说过，五个孩子是他的骄傲。我非常欣赏这位猎狼人。狩猎期间，我们每天都得在马背上颠簸八九个小时，疲惫不堪，所以在科罗拉多猎熊之旅开始之前，我很高兴中间能有三十六个小时的休息时间。

第二辑　从政生涯

生命的活力

回顾过去，在孩提时代，与父母对自己的了解相比，一个人对自己往往有着更为客观的感知和认识。在自己看来，那孩子似乎不是现世的自己，而是一位有着父母映像的祖先。从某种意义上讲，谚语“孩子是父亲的延续”与常人理解的意义完全相反。这句谚语意在说明：一个人的性格特点在孩童时代与长大成人后截然不同。这或许可以从一个方面解释为什么一个人在谈起自己的童年和少年时代时，往往会饱含一种超然的生命意蕴。

小时候，我在体格上没有得到上帝的眷顾，是个体弱多病的孩子，几乎每天都待在家里，很少跟他人交流。因此，刚开始接触野外活动经验丰富的孩子们时，我有些紧张和羞怯，遇到事情也没有自己的主见和立场。之后通过阅读自己崇拜的人物（包括弗吉山谷的士兵①、来自摩根的步枪手蒂莫西・墨菲②以及我最喜欢故事中的各路英雄）的英雄事迹，听别人讲述南方祖先和亲戚们的丰功伟绩，加上对父亲的深入了解，我渐渐地对勇敢无畏、自力更生的人产生了一种敬仰之情，并强烈渴望成为他们那样的人。但直到十四岁那年，我才通过自己的努力将这种渴望从白日梦慢慢地变为现实，当时发生了一件让我受益终身的事。由于哮喘复发，我被送到了穆斯海德湖畔，一个人在那里静养。在湖边乘坐公共马车

---

① 弗吉山谷的士兵：美国独立战争期间，军队在山谷驻扎，在恶劣的自然和社会环境下，士兵靠着超乎想象的坚毅和英勇渡过困难。

② 蒂莫西・墨菲：一名摩根肯塔基步枪手，在美国独立战争的关键之战萨拉托加战役中，他在五百码外，射死了英军的西蒙・弗雷泽将军，这成为此战的转折点。

时，我遇见了几个男孩儿。他们虽然年龄与我相仿，但能力却比我强百倍，也比我淘气。我知道他们毫无恶意，但他们终究是男孩儿，活泼好动是他们的天性。在他们看来，懦弱无能的我是上帝赐给他们的玩物。于是他们便开始兴致勃勃地折腾我，让我不得安宁。最糟糕的是，当我最后忍无可忍、决定反抗时，我发现他们中的任何一个都可以不费吹灰之力，就能把我玩弄于股掌之间，既保证伤不到我，又让我毫无还手之力。

那次惨痛的经历教给我很多，这是书上的金玉良言所不能比拟的。我下定决心一定要努力学习，不再将自己置于这等无助的境地。但很快我便认识到了一个残酷的现实：在体格上，我根本不具备安身立命的资本。因此，我决定通过训练来弥补我在体格上的先天不足。于是在父亲的大力支持下，我开始学习拳击。由于天资愚钝、笨手笨脚，练了两三年，我才取得了一点点进步。约翰·朗先生是一名职业拳击手，是我的拳击启蒙教练。直到现在，他的房间里还挂满了许多彩色照片。这些照片记录了拳击史上汤姆·海与扬基·沙利文、黑楠与塞耶斯以及其他选手之间的经典战役。有一次，为了引起拳击赞助商的兴趣和注意，约翰举办了一场拳击锦标赛。比赛分为不同的重量等级，奖品是一只锡制的马克杯（至少在我的等级是如此），我估计也就值五十美分。教练和我都没抱什么希望，但我还是报名参加了最轻重量级的比赛。比赛中，我连续碰到几个比我还差劲的瘦小子。最终，出乎所有人的意料，我夺得了所在级别的冠军，赢得了马克杯，它因此也成了我一生中最珍贵的财产之一。起初，我一直将它留在身边，后来为了防止自己借此自吹自擂，便收了起来。很多年过去了，现在我只想知道当初自己把它藏到哪儿了。数年之后，我读了一篇关于一位小人物的报道：他曾在一项五级残疾比赛中赢得了一枚劣质的锡制奖牌，但正是这枚奖牌给他带来了无限的欢乐。坦白地说，当我读到这个故事的时候，我感觉我们是知音。

在体育竞技上，我取得的胜利寥寥无几。如果我没记错的话，这应该是其中唯一拿得出手的一次。在哈佛期间，我在拳击和摔跤上都下了很大的功夫，但还是没有在任何一项运动中跻身一流选手的行列，甚至在我的级别里都未能称雄。有一次，在哈佛体育馆举行的大型竞赛中，在这两项运动上我都止步于半决赛(或者是四分之一决赛，具体哪一个我忘记了)。除了参加比赛之外，我还担任了几个朋友和同班同学的陪练。他们实力雄厚，有可能在这次锦标赛中脱颖而出。

我也非常喜欢骑马，但跟拳击一样，学得也很吃力。我在练习了很长一段时间后才成为一名像样的骑手，但之后就再也没有取得很大的进步。我的意思是，在骑术方面，我远不及风驰电掣般的猎场骑手，更比不上脱缰驯服野马的西部牛仔。其实只要下定决心，任何人都可以磨砺出骑马所需的胆量和勇气，掌握坐姿和手握缰绳等必要的技术要领。然后人们就可以体面地骑着马穿过乡间，轻松地完成牧场里的日常工作。关于在牧场上的种种经历，我会在下文中提到。大学毕业后，只要一有时间，我便带着我的梅多布鲁克猎犬到长岛狩猎。关于骑马，唯一一次有趣的经历是：我把胳膊摔断了。当时我还没有多少钱，骑不起昂贵的种马，只能从别人那里买了匹拉车的马。这匹马平日里拉车的时候，会时不时地趴在地上，赖着不起来。但只要装上马鞍，它便不会偷懒。我把它牵出来喂草的时候，它经常一跃而起，跨过栅栏，跑到不该去的地方。尽管速度一般，但跳跃的特性注定了它天生就是一个跳跃者。这次狩猎中，在意外发生之前，我们配合得一直很默契。但这匹拉车的马在跨越栏杆的时候脚踩空了点，连人带马直接翻了个大跟头。重新跨上马背后，我发现自己的左手无法动弹了。当时我以为只是扭伤了，就没放在心上。我给马匹安了个马嚼子，以让它保持镇静，时刻受我的控制。狩猎过程中，我不停地敲打马屁股，又跨过了三四个栏杆，此时我仍未发觉到自己的胳膊已经断了。随后，我又一次重重地跌下马背，猛烈的撞击使手上的骨头错了位，幸好其他地方没有受伤。尽管骑在马背上摇摇晃晃很舒服，感觉同坐在摇椅中一样，但为了它，我差点把命都给丢了。

这次意外发生后，我才觉得奥古斯特·贝尔蒙特是真正的狩猎大师，另一次探险进一步验证了我的结论。在一次外出狩猎中，一名猎人摔下了马，一只脚挂在马镫里，最后被自己的坐骑活生生地拖死了。因此为了以防万一，我特地买了一副安全系数较高的马镫，下次狩猎便安上了。但是骑上马跑了不到五分钟，我便发现新买的马镫实在是太“安全”了，脚根本就踩不住它。马一跳这一只脚滑出来了，再一跳另一只脚又滑出来了，这“安全”的马镫害得我摔了两次。但是我又不想这么早结束，于是便卸下马镫跑完了剩下的路程。没有了马镫，我的坐骑比以往跑得快多了。毫无疑问，一流的骑手在有无马镫的情况下都能应对自如，而两次落马的我还远未达到这一水平。发生意外时，我总是习惯性地用装有马刺的鞋后跟紧紧勾住马肚子，这样马就会拼尽全力飞奔。但聪明的马很快就发现了，由于高速奔跑时我无法拉马嚼子，所以根本就无法限制它的速度，因此当我们走下坡路时，它通常是越跑越快。此时，如果斜坡底部出现一排栅栏，马只能来个急刹车，我便本能地向前倾。如此一来，我想起了里奇的小说《矮胖的人》中蠢货汤姆骑着他的母驴跨越栏杆的情景：蠢货汤姆在前，母驴紧随其后。我跟我的马也是如此。这次我差点又丢了性命。

我还喜欢远足和攀登。少年时代，我经常在秋日和冬季徒步前往缅因州的北部树林。在那儿，我结识了两位终身挚友，一个是威尔·道，另一个是比尔·斯沃尔。秋天，我与他们一起泛舟，一块徒步穿越树林；冬天，我们穿着雪地靴去拜访林中的伐木工棚。之后我们又一起去了西部。在那里，威尔·道不幸去世。在我的帮助下，比尔·斯沃尔成功收集了有关阿鲁斯托克边界风土人情的材料。除了在狩猎途中攀登之外，我很少特地外出攀登，只在去瑞士的几次常规旅行中攀登过马特洪峰和少女峰。

我没怎么练过滑膛枪，但在步枪上下了很多功夫。在萨格摩尔山，我有一个步枪打靶练习场，经常带朋友来这里练习射击。南非战争结束后，有那么一两次，重获自由的布尔人[①]组团来拜访我，我同他们举行了射击比赛。在所有到此练习过射击的人中，手枪和步枪枪法最好的是斯图尔特·爱德华·怀特。我忠实的朋友——斯柏克·范·斯特恩伯格，也是众多绅士中的一位。后来，在我就任总统后，他担任德国驻美大使。我的朋友既是一位神枪手，又是一名优秀的骑手，还是一个不错的竞走运动员。他办事效率极高，为德意志共和国鞠躬尽瘁，死而后已。斯特恩伯格在普法战争中英勇杀敌，年纪轻轻就立下了赫赫战功。他还是阿奇博尔德·福布斯[②]回忆录中猪狗故事的男主人公。同时也是他先找到我，就招募农产经营者和西部草原牛仔建立步兵骑手团的事宜，与我进行了有益的探讨。在担任驻美大使期间，这位心地善良的勇士不幸死于一种疼痛难忍的慢性病，从此再也无法与我们一起练习射击了。但在他生前，疾病带来的巨大痛苦丝毫没有影响他的日常工作。同我一起练习射击、骑马和竞走的还有塞西尔·斯普林·赖斯，前不久他刚被任命为英国驻美大使。他是我最好的伙伴，我结婚时他担任我的伴郎。婚礼在圣佐治汉诺威广场举行，这让我感觉自己仿佛生活在萨克雷的小说之中一样。

在枪法和骑术两方面，我的经验差不多。根据我的经验，有些人眼明手快，信心十足，可以百步穿杨，平常人再怎么练习也达不到这一高度。但也有些人却怎么学也学不会，准星极差。我们多数人能力一般，处于这两种之间。如果我们下定决心练习射击，通过努力练习和培养判断力也能成为相当棒的步枪手。具备勤奋和判断力这两种特质的人在克服一定困难之后，便可以成长为一名拿得出手的猎人，我便属于这个层级。但是一个人用步枪打靶打得准，绝不意味着他有能力在野外狩猎中能成功地击毙猎物（尤其

---

① 布尔人（Boers）：特指居住在南非的荷兰、法国和德国白人移民后裔形成的混合民族，现已改称阿非利卡人或者阿非利堪人。

② 阿奇博尔德·福布斯（Archibald Forbes）：英国《每日新闻报》著名记者。普法战争期间，他率先使用电报使新闻事件三十六小时之内尽快刊登上报纸，后写成《回忆录》。

是危险性猎物)。一个人要想成为一名优秀的士兵,除了有过硬的步枪技术外,还需要具有其他方面的品质。同样的道理,除了好的枪法外,精神和身体上的某些品质也是一名优秀猎人(尤其是追踪危险猎物的猎人)所应该具有的。面对危险的猎物,在熟练掌握步枪的使用后,最重要的是要有冷静的判断力,面对猎物不能慌了手脚,乱了方寸。初猎者见到猎物后往往会出现"猎鹿狂(莫名的紧张兴奋,以至于无法做出准确的判断)"的症状,因此他们不适合追捕危险猎物。

"猎鹿狂"指的是一种极度紧张、兴奋的状态,与胆怯截然不同。它可以影响一个人首次登台面对众多观众演讲时的情绪,也可以影响一个人第一次看到雄鹿所做出的判断以及初次踏上战场的感受。要摆脱这种状态,"患者"要做的不是拿出足够的勇气,而是平复自己紧张的情绪,保持冷静的头脑。由于这种能力只有在实际操练中才能获得,因此"患者"必须养成良好的习惯,反复锻炼自制力,以便自己在面对紧张局面时能应对自如。在很大程度上,可以这么说,持之以恒的努力与意志力只是一个习惯养成的过程。如果一个人拥有过硬的心理素质,随着一次次的练习,他的内心会变得越来越强大。如果一个人不具备良好的心理素质,那他最好不要从事危险猎物的狩猎活动及其他任何存在生命危险的运动或工作。

谨慎警惕的性格、迅速正确的判断力、紧张情绪的控制力,在练就这一系列能力后,他便可以如平时打靶练习一样精准地命中猎物,追捕危险猎物之旅也就可以开启了。在狩猎过程中,他会发现,其实狩猎危险的动物跟外行人所想的有所不同,根本不需要这些超乎常人的能力。一个人只要能在几码之外击中苏打水瓶,便可以在相同射程内直接将狮子、熊或大象等动物爆头。即使在瞄准猎物后没能击中头部,也至少可以将它们放倒在地。他所要做的只是像平时进行苏打水瓶射击练习一样,给猎物致命一击。要做到这些,他需要拿出敢于实践的勇气。但是,即便有了这份勇气，猎人也千万不要想当然地认为自己可以冒大风险跟猎物殊死一搏了，因为不同的人熟练程度不同。对狩猎技术还可以的猎人而言，一次自认为安全、合理的尝试可能是一次不自量力的探险，他的熟练程度还远没有达到探险的要求。一个人的枪法如果确实精准到一定程度，那么即使在开阔的草原上，面对被逼入绝境的狮子，他也能在百码之内安全地伏击猎物。如果狮子没有发觉，也没有反抗，那么猎人应该在百码之外直接将其射死，不给狮子留下发动反攻的机会；如果狮子已经发觉，并准备进攻，猎人则需要在百码的距离内将其制服。即使猎人能够毫发无伤地完成这一壮举，也绝不意味着他的能力已经达到了登峰造极的地步。对猎人而言，尾随一头受伤的狮子进入茂密的丛林还是很危险的。据我所知，曾经确实有几个能力平平的猎人侥幸完成了这一危险的任务，但失败的人居多，并且下场都很惨。只有猎术出神入化的猎人，才有能力多次尾随受伤的狮子进入密丛中，并将其制服，而其他人最终很有可能会被猎物伏击而受伤。

前几次我刚看到雄鹿时，既兴奋又紧张。但之后通过追捕普通猎物，我积累了丰富的经验，后来再去追捕危险猎物时并没有受到“猎鹿狂”的影响。经过深思熟虑后，我下定决心一定要克服这一症状。之后，通过针对性的训练，我终于实现了自己的目标。但天性活泼的人不会受到这方面的困扰，也就无需下任何决心，做任何努力。这一事实表明，相比这些奇人异士，平常人或许可以从我这里获得更多的借鉴经验。

严格地讲，我只射杀过五种真正称得上危险的猎物，它们是非洲狮、非洲象、非洲犀牛、非洲野牛和二十五年前分布在落基山区的大灰熊。综合个人及其他众多老猎人的经验，我认为上面提到的四种非洲动物，尤其是非洲狮、非洲象和非洲野牛，要比大灰熊危险得多。然而我唯一一次死里逃生的经历，却发生在狩猎大灰熊的过程中。在非洲的狩猎中，射杀距离最近的猎物是一只朝我发起进攻的非洲犀牛。这些事实表明，一个人决不能仅靠自己的经历便以偏概全，妄下结论。总体而言，我认为这五种动物中非洲狮对人的危险最大。换句话说，我个人认为，在狩猎方法得当的情况下，相比射杀其他动物，射杀相同数量的狮子，猎人的死亡率或受伤率要高一些。但就个人而言，我在射杀狮子上颇有心得。我曾经两次射杀狮子，当时它们已经被逼入绝境，并准备向我发起攻击，其中一只是长满鬃毛的雄狮，射杀时正全力向我进攻。两次捕猎中，我都有很大的回旋余地。尽管未能一枪毙命，但狮子离我很远，我有足够的时间补上几枪，将它射杀。毫无疑问，非洲野牛是个极其危险的家伙，但在我仅有的几次捕猎活动中，它们都没有攻击我。曾经有一只离群的公象残忍地杀死了当地村子里的几位村民，我和儿子克米特闻讯前往。公象在被射杀前，向我们发起了猛烈的反攻，我和儿子在四十码之外直接将它放倒。我所追捕的另一只公象被射伤后也向我发起攻击。当时，这只公象像一架蒸汽引犁，横冲直撞地穿过茂密的灌木丛，窜到了我的左边。所经之处，树木像轻飘飘的雪花一样东倒西歪，灌木丛瞬间被夷为平地。当时它离我特别近，差点用鼻子砸到我。我从它身旁一滑，躲到了一棵树的后面，用大口径的双管步枪连发了两颗子弹，把它射倒在地。这也是我第一次见到野象。后来有人问我，在这千钧一发之际，我是怎么想的。我的回答始终如一，我想跟其他的有同样遭遇的人有相同的感受吧。在这种紧要关头，猎人根本没有时间害怕，他唯一要做的就是，装上子弹，再次射击。

犀牛虽然生性好斗，凶猛无比，但却是我所知的危险猎物中最蠢、最笨的。犀牛给人们的整体印象是愚蠢迟钝，喜欢虚张声势。但事实上，在受伤甚至是无人挑衅的情况下，它们也会向人们发动攻击。第一次捕杀犀牛时，在离它几尺远的地方我开了一枪。犀牛受伤之后，便毫不犹豫地向我猛冲过来。当时它离我仅有十三步，幸亏我和同伴同时朝它开枪，我们才侥幸将它制服。在另外一次狩猎中，我一直不确定犀牛是否会向我发动攻击，于是我们便紧跟着它。听到我们这边有动静，它便呼哧呼哧、摇头晃脑地穿过厚厚的灌木丛向我们冲过来,但当时我根本无法确定它是不是怀着敌意攻击我们的。实际上,现在回头想想,以我现有的狩猎经验揣测,如果我最后没有开枪,它很有可能在最后关头畏缩,或者折返回去,或者直接从我身边跑掉。但在当时,我根本读不出这只犀牛的心思。于是我又朝它开了几枪,趁着它在地上挣扎之时,我走上前去,终结了它的生命。我射杀的这些动物的皮毛均陈列在华盛顿的国家博物馆中。

但是正如上文中所提到的,到目前为止我唯一一次死里逃生的经历,并不是发生在追捕这些危险的非洲猎物的过程中,而是拜一只大黑熊所赐。大约二十五年前的一个黄昏,夕阳西下,我在一片扭叶松林[①]中打伤了一只大黑熊,然后我一路紧追。当它逃到灌木丛另一端的时候,我又给了它一枪。此时这只气急败坏的庞然大物竟以风驰电掣般的速度穿过丛林,气势汹汹地向我扑来。尽管我竭尽全力调整准星,但光线阴暗,还是未能瞄准目标。情急之下,我对着黑熊一阵乱射,用尽了弹匣中的弹药。当时正是黑火药盛行的年代,开枪产生的烟雾四处缭绕。在我打完最后一发子弹后,迎面袭来的是大黑熊粗壮的左掌。眼看就要被击中了,我快速地闪到了一边。然而大黑熊尚存一口气,试图转身跃起,再次反击。但就在此时,它像一只被击毙的野兔一样,猛然倒在地上。

顺便提一下,剥这只黑熊的皮也让我费尽心思。把大黑熊射死后,我便独自徒步穿过树林,牵上那匹性格温顺的山区小马,让它帮我把熊皮驮回去。小马对自己驮什么毫不在意,即便是熊或其他庞然大物也无所谓,所以一直很配合我的工作。我很快就将皮放在了马背上,但经验尚浅的我却没有意识到,将刚从庞大的尸体上剥下来的湿滑厚重的熊皮稳稳地放到小马的背上有多难。不过幸亏我当时非常擅长系菱形索结,这是在我那个年代里落基山

---

① 扭叶松:属于松科,喜光,生长紧密,主要分布于美国黄石国家公园。

区包装工们的必备技术。但是，系菱形索结需要两个人才能完成，因此我只能选择系“女人结”。但就算是用这种简单的系法，湿滑的熊皮还是给我带来了不少麻烦。费了九牛二虎之力，我好不容易才将熊皮搭在马背上，然后用绳子捆了一圈又一圈。直到将熊皮捆得紧紧的，看上去没有问题了，我们才出发。但大概只走了一百码，我发现湿滑的熊皮开始从两根绳子中间往下坠，于是我便调整了其中一根绳子的位置。但不久以后，熊皮又开始从其他地方往下掉，于是我不得不重新调整绳子，但厚重的熊皮还是如岩浆一般慢慢地向下滑落。我知道，照这样下去，熊皮迟早会从马背的一侧掉到地上。于是我直接将自己的麦克莱伦骑兵鞍①临时改装成了驮鞍，找了个合适的地方将湿滑的熊皮放在上面。小马很配合，一直纹丝不动地站在那儿，等我把熊皮装好。接下来的三天里，我一直都忙着调整熊皮的位置，防止它从马鞍上滑下来，最后终于成功地把熊皮驮了回来。相比这一壮举，前几天射杀大黑熊简直是小巫见大巫。

射杀大黑熊，是我第一次也是唯一一次孤身一人在深山里狩猎。之所以一个人去，是因为我跟自己的向导合不来。他是一个跛腿老人，一直生活在深山里，根本不把“童子军”放在眼里。可能是因为我近视，还戴着眼镜，他尤其鄙视我，因为在当时的当地人看来，近视的人品德是有缺陷的。他之前从没做过向导，用他的话说就是“从没护送过童子军”。从他向我炫耀的各种猎物中便看得出来，他狩猎技术很高，但跟他待在一块的日子实在不愉快。他患有非常严重的风湿病，早上喜欢赖床。通常情况下，都是我早起准备早餐。实际上，营地里边大部分的活都是我干的，而他什么都不管。直到有一天，他干脆跟我说身体疼得厉害，没法陪我出去狩猎了。当天下午回到营地后不久，我便明白他到底哪儿“疼”了。这次外出狩猎，我们都轻装上阵，我只带了牛皮睡袋、洗刷用具以及

① 麦克莱恩骑兵鞍：又称为美国骑兵鞍，以他的发明者美国著名军事家麦克莱恩命名，是美洲地区除民用西部鞍外，另一主流鞍型。

一双袜子。除此之外，我还带了一瓶威士忌以应对突发状况，但从未出现过紧急状况。而且我认为冷或困的时候，喝茶往往比喝酒效果好，因此二十年前我便丢掉了带威士忌外出打猎的习惯。我回到营地的时候，这个老家伙正直挺挺地坐在一棵树干上，步枪放在两膝之间。我朝他点头打招呼，但他只是瞟了我一眼。我把步枪靠在树旁，因为需要找点东西，我便回到了自己的睡袋里。就在翻东西的时候，我发现威士忌酒竟然被喝得一滴不剩。我立马走到他面前，指责他偷喝了我的酒，他却只回了句“你能拿我怎么样”，便不再搭理我。我确实不能把他怎么样，于是便对他说：“从此以后我们分道扬镳（我们一起才住了四五天的时间）。我一个人狩猎，但必须牵走一匹马。”他竖起步枪，不屑地回答说：“你他妈想走就走，但你别想带走任何一匹马。”我对他说：“行，如果你不让带，那我就不带好了。”于是我翻遍了住的地方，找到了一些面粉和咸猪肉。这几天里，我一直没怎么说话，也从未在行为和言语上冒犯他，这家伙便误认为我是个生性胆小、缺乏主见的懦弱者，因此对我毫无防备之心。他仍旧坐在树上，枪身竖起放在膝盖之间，枪口朝左。我的步枪则靠在位于他右边的厨具附近的一棵树上。我设法慢慢靠近那棵树，然后飞身抓过步枪，将枪口对准他的脑门，大喊道：“举起手来！”见此情景，他只能乖乖就范，然后说道：“哦，别这样，兄弟，我是跟你开玩笑的。”“是吗，但我可不是开玩笑！站直了，让枪自己落到地上！”他振振有词地说：“这样枪容易走火。”我早就看穿了他的意图，便对他说：“那就让它走火好了。”于是他缓缓站起身来，使枪慢慢滑到地上。我命令他退后，走上前去捡起枪。此时，他酒也醒了，脸上也不再有怨气，而是满怀狐疑地盯着我说道：“你把步枪还给我，我可以不计前嫌，既往不咎，我们还可以一起继续狩猎。你看如何？”我才不相信他的鬼话，便跟他说道：“这次狩猎很愉快，不过我得回家了。”我注意到一英里外的小路上有一棵枯松，从那边望过来，营地的一切一览无余。于是我告诉他：“只要你老老实实地在营地待着，我就把步枪放在一里外的那棵枯松上。但是你绝不能跟踪我，如果被我发现了，我会认定你这是不怀好意的报复，那么我会毫不犹豫地朝你开枪。”他表示绝没有跟踪我的意思。考虑到他患有风湿病，走路还严重跛脚，我相信他不会再跟踪追杀我。

于是，我只带了面粉、熏猪肉和茶叶，卷上我的睡袋，牵了一匹小马便出发了。走到枯松那儿的时候，我望了望四周，看到他依然待在营地，便将步枪放在那儿了。然后我就一直赶路，一直走到天黑。那天夜里，我平生第一次，也是唯一一次在营地周围设置了陷阱，这是印第安人惯用的一种古老的防身技巧。虽然我相信那个老家伙不会再追过来，但还是有点不放心。吃晚饭的时候，我让小马在周围吃了会儿草。吃完后，还没来得及扑灭篝火，我便重新整理好行李继续赶路，直到周围伸手不见五指才停下来。我将小马拴在木桩上，没点篝火，就地找了个地方一直睡到天亮。起来后，我先赶了几个小时的路，然后才停下来吃了点早餐，也让那匹可怜的小马好好吃了一顿。生活在大草原上的人都知道，如果面临敌人偷袭的危险，一个人绝不能在火堆旁休息。最重要的是，一个人绝不能在易暴露行踪的地方安营，这样很容易在早上醒来的时候遭到伏击。第二天，我在树林里迷了路，夜幕降临时仍未回到营地。我没有继续寻找，而是就地安营扎寨。整理好行李之后，我本打算外出打只松鸡当晚餐，只是松鸡没打着，却碰上了上文中提到的那只被我杀死的大黑熊。

回到驻地，我走进一家商店，店主认出了我，便问：“你就是老汉克护送的那个童子军，对不对？”我承认说：“是的，我就是。”很多年后，刚当选为副总统时，我曾同约翰尼·戈夫一起到科罗拉多西北部追捕美洲狮。约翰尼生活在山区，是一位名声显赫的猎人。狩猎时恰逢仲冬[1]时节，我对自己的狩猎成果深感自豪，于是在营地附近为数不多的几名居民面前，我甚至自诩是一名成功射杀美

① 仲冬：指十一月份。

洲狮的优秀猎人。但让我哭笑不得的是，他们在提到我的身份时，别说是优秀的猎人，连副总统都只字不提。在他们眼里，我只是“约翰尼·戈夫的一个驴友”罢了。

当然，在忙于政事的日子里，我根本没时间外出狩猎，甚至连骑马的时候都得保证姿势端庄、得体。但一个从事久坐职业的人要想跟从事体力劳动的同胞一样保持好身材，那就应该找点事做。在牧场工作的时候，我根本不需要额外的锻炼，但在办公室办公就不能相提并论了。曾经有几个夏天，我跟几位邻居打马球。我一直坚信，对在马厩里养着几匹马的中年人而言，打马球是最合适的锻炼方式。当然，这也考虑到我们对马球有着浓厚的兴趣。比赛时，看台上的家人是我们仅有的忠实观众。我的马厩里饲养了两匹小马和一匹拉车马，它们是我和妻子的坐骑、孩子们的玩伴，同时也是家庭外出时的交通工具。一周中有两个下午，它们还得陪我打马球。对精力充沛的人来说，马球是一项很棒的运动，不知道比网球或高尔夫之类的运动要好多少倍。打马球既可以享受足球的无限乐趣，又可以体验到骑马的紧张刺激。人们如果只是想打马球放松放松，娱乐一下，那么这项运动与打高尔夫难度差不多，很容易就能学会。在牡蛎湾期间，划船和帆船一直是我们消遣娱乐的最佳选择。我对划船不怎么感兴趣，但对帆船很着迷。虽然这项运动听起来有点过时，但我总觉得玩摩托艇的人根本无法体会其中的乐趣。如果他们愿意坐在划艇和独木舟上仅靠桨或桨叶划行前进，而不是毫不费力地乘着汽艇或轮船航行，我敢保证他们会收益颇丰。但我很少只是为了运动而运动。我之所以参与这项运动，最主要的原因是我热爱它。当然玩乐要有度，不能影响正常工作。一个人的一生可以有各种各样的活法，其中整天沉浸在玩乐之中，不务正业是最可悲的。体味生活的乐趣是一件很棒的事，尽管工作占据了生活的核心地位，但娱乐也是生活必不可少的一部分。

在不得不住在城市的日子里，我慢慢发现，我们可以通过拳击和摔跤这两项强度大、趣味性强的运动来锻炼身体。但随着年龄的增长，我不得不选择放弃。首先我放弃了摔跤。我在担任纽约州州长一职时，全美重量级摔跤冠军恰好住在阿尔巴尼，因此每周我都会邀请他到州政府陪我练上三四个下午。有时候我会开玩笑地说，他的到来让我在检察官那边很不好过，因为检察官不同意我买摔跤垫。检察官认为，作为一名州长，我可以买张台球桌，因为台球打起来比较优雅得体，而摔跤垫这种东西与我州长的身份太不相符。况且，在这之前又没有先例，因此他不能予以批准。这位重量级冠军当然要比我专业得多，既能保证自己不受伤，又能确保我不受伤。总的来说，相比拳击，摔跤是一项对抗性更强的运动。几个月后，我的摔跤教练因事离开了纽约，取代他的是一位风趣幽默、体格健壮的专业桨手。事实证明，这位桨手对摔跤知之甚少，甚至连自己都保护不了，更不用说照顾我了。到第二个下午训练快要结束的时候，他的一条长肋骨已经被折断了，我的两条短肋骨也受了重伤，左肩胛骨“嘎吱”一声险些脱节。我笑着对他说，我们只能投票定胜负了，以后也不能再继续练习摔跤了。听到这些，他也跟我一样高兴得不得了。之后我又开始练习拳击。担任总统期间，我经常同助手们练习拳击，还与伍德将军切磋剑术。几年后，我又不得不放弃拳击。在与一名年轻炮兵队长的较量中，我的一只眼睛被他迎面击中，毛细血管被打裂了。从此之后，这只眼睛看东西便很模糊。但万幸的是，受伤的是我的左眼。如果是右眼的话，我应该早就无法继续练习射击了。事后我想，该承认自己老了，也该放弃拳击了。此后，我还练习了一两年的柔道。

在立法机关任职期间，我工作十分努力，很少有机会参加户外运动，我能进行的锻炼只有拳击和摔跤。在这期间，我认识了一个小伙子，他的父亲是我早先的拳击教练。这个小伙子自称是一名职业拳击手，但实力平平。有几个星期，我每天早上都会邀请他到我的办公室，陪我练上半个小时。突然有一天，他没有赴约。几天后我收到了一封他在监狱里写给我的信，在信中，他向我诉说了自己的痛苦。后来我才了解到，他是一名职业窃贼，只是在白天或生意不景气的时候借打拳击来消遣一下。

因为迷恋拳击，自然而然，我渐渐结识了很多职业拳击手。他们中的大部分人都让我由衷地感到钦佩。一直以来，我都力挺职业拳击运动的发展，唯一不满的是商业化运作而带来的虚假比赛。除此之外，不管是作为一项职业竞技，还是一种业余爱好，在我看来拳击都是一项极好的运动，绝非人们印象中那般残暴无情。当然，比赛时就要另当别论了。相同的道理在足球以及其他大多数强调对抗和体力的运动中同样适用。多数职业拳坛比赛远没有商界大财团之间各种形式的合法竞争那样残忍和腐败。如动物般身强体壮、精力旺盛的人们必须找到发泄多余精力的途径。在任职警察总署期间，我发现：如果社区内身体强壮的小伙子较多，那么通过成立拳击俱乐部可以有效地减少持刀行凶以及持枪犯罪等违法行为，否则这些年轻人很容易成为杀人团伙中的一员（新闻工作者和社会改革家雅各·里斯会为我提供充足的数据支持）。实际上这些小伙子中的很多人并非天生就是罪犯，他们只是不得不找些事干，以发泄自己旺盛的精力。同样的道理，我也一直将拳击视为一项极好的运动，十分鼓励基督教青年协会的年轻人从事拳击运动。我不希望看到这些青年人年纪轻轻就整天像个香槟饼子一样，耷拉着膀子，无精打采，毫无生气。当然，拳击也应该在陆军和海军中得到推广和普及。我最初之所以被两位海军牧师（奇德威克和雷尼教父）折服，就是因为他们各买了好几打拳击手套，鼓励他们的海员们练习拳击。

在我任职警察总署期间，纽约各界为公平公正地开展拳击俱乐部运动做出了不懈的努力，对此我表示非常赞同。但后来，我自己也不得不得出这样的结论：为了金钱，职业拳击已经沦落为一项毫无价值和道德底线的运动。部分职业拳击手打假拳，部分经纪人参与、操纵比赛，并从中牟利。整个拳击界无不充斥着血腥而又暴力的商业化运作，简直让人忍无可忍。作为州长，我投票支持并签署了关于禁止利用职业拳击进行金钱交易的法案。我一直坚信，拳击竞技本身是一项健康有益的运动。有些人将其与斗牛这一运动相提并论是毫无意义的。不论斗牛士们技艺何等高超，表现何等勇猛，可怜的公牛都要面临巨大的痛苦，甚至死亡，而这就足以摧毁这项运动。任何以动物的痛楚和死亡来博取观众欢笑的运动都是没有丝毫价值的。在拳赛和赤手搏击中，当一方选手技不如人或遭受重创时，观众应该握有叫停比赛的权利。但现实中，参加此类比赛的选手往往生性冷酷、铁石心肠，对受到的痛击毫不在意，根本不需要观众自作多情。当然，在正常比赛中，观众理应与选手同在，为他们加油喝彩。对选手而言，即使无人观看，也应该战斗到最后一刻。考虑到上述情况，我很少仅凭一个人的战绩便对他的体育道德下结论。

我认识的优秀市民中有几位便是或曾是职业拳击手，纽约的迈克·多诺万便是其中之一。他和家人的一言一行都代表了一种美国公民精神，我们有理由为此感到骄傲。迈克为人忠实，严以律己。在保障公民的切身利益方面，他一直都值得信赖，凡事都认真对待。在任职警察总署期间，我第一次与他有了亲密接触。一天傍晚，我和他身着警服，参加一场以节欲为主题的天主教聚会。期间，我与一位坦慕尼[①]议员针锋相对，唇枪舌剑，将整个聚会推向高潮。这位议员人还不错，只是节欲的观点与我乃至大多数与会人员都大相径庭。迈克坐在我身旁的坐台上，显然是站在了我这一方。在我看来，这种唇枪舌剑似乎不仅是口头上的争斗，更是体力上的比拼，给人一种满足感，而且趣味无穷。后来，在我担任纽约州长和总统期间，我渐渐与他熟悉起来，他也多次前来拜访，并与我练习拳击。

巴特林·奈尔森是我的另一位挚友，我们在政治和经济生活

---

① 坦慕尼派：起初为社会慈善团体，后发展成为美国一股重要的政治势力，对美国政治结构产生了巨大影响。该派别以政治活动中的腐败堕落、欺诈勒索而为人所知。

的多数问题上观点一致。只是在我总统任期的几年间，有几次在练习拳击时，他曾向我流露出怜悯之情，理由是：在他看来，作为总统，我的供职得不到任何金钱上的回报。鲍勃·菲茨西蒙斯也是我的好朋友。年轻的时候，他练就了一手打铁的绝活，而且一直都没有荒废。他曾经用一块马蹄铁为我锻造了一个笔架，上面还刻有"献给总统西奥多·罗斯福，朋友、仰慕者罗伯特·菲茨西蒙斯敬上"的字样。我十分珍惜这份礼物，直到现在还在使用。另外，很长一段时间里，我还与约翰·沙利文私交甚好。在当打之年，没有人能在拳击场上击倒他。现在他住在马萨诸塞州，经营一家农场。以前约翰常到白宫拜访我，每次我都优先接待他，这让久等的参会和国会议员们很不满。在我前往非洲之前，他送给我一只镀金的"兔子脚[①]"作为幸运符。整个非洲之旅，我都将它带在身边。事实证明，我也确实走了好运。

有一次，一位拳击界的朋友因为一点私事到白宫拜访我，他跟我说想跟我单独聊聊。我支开其他人后，他面向我坐了下来，将一盒高级雪茄放到桌子上，对我说："来根雪茄吧。"我说了句谢谢，对他说我不吸烟。"那就装口袋里吧。"他回答道，然后接着说，"再拿一根，都放口袋里吧。"我照做了。在一番必要的客套寒暄之后，这位老朋友才步入正题。他向我说明来由：他的外甥应征加入了海军陆战队，但因为擅离职守，面临着被开除军籍的处罚。我这位朋友是一个遵纪守法的好公民，非常热爱祖国，一想到家族中竟会发生这种丑闻便如坐针毡。他接着跟我说，他绝对不能让这种事情发生，决不能让家族蒙羞。尽管他自己很愿意严厉处置当事人，也认为很有必要好好给他外甥上一课，但他还是希望我能出面，亲手接管并处理此事。因为他坚信，我能确保这孩子"受到应有的惩罚"。话语间，他眼中透出一丝丝悲痛。他接着说道："我也不知道

① 来源于一个英国传说，即若有人被邪灵恶整的话，可以在午夜月圆时分，把一根兔子的左后脚挂在脖子上，这样就能保护自己。兔子的不同部位有不同的保护用途。所以西方人认为兔脚代表"幸运"。

这孩子是怎么想的。他是我姐姐最宠爱的儿子，我对他也疼爱有加，竭尽所能让他健康成长。但这小子不争气，自己破罐子破摔。他从小便没什么品味，后来竟然迷上了音乐！”我没再追问他是如何得出喜欢音乐就是没有品味这一结论的，不过我还是可以满足朋友的愿望的，让小伙子接受应有的处罚。

在白宫办公期间，我一直尽量保证每天下午都能锻炼几个小时。有时我会打网球，更多的时候我会骑马，或者沿着洛克溪和波特马克河弗吉尼亚段进行越野赛跑。和我打网球、外出骑马竞走的同伴越来越多，以至于我们后来被称为“网球内阁[①]”。再后来，我们索性让我在西部结识的老朋友也参加进来，包括本·丹尼尔斯、塞斯·布洛克、卢瑟·凯利，以及其他旧相识（他们和我一起参加过比竞走和骑马更有趣的户外探险活动）。同我外出探险的大多数的人身体素质都比我好，这其中包括少将莱昂纳德·伍德、少将托马斯·亨利·巴里、海军军医处处长普雷斯利·马里昂·雷克西、后来的国务卿罗伯特·培根、内务部长詹姆斯·加菲尔德、吉福德·品修特。但我的骑术和竞走都还不错，没有拖他们的后腿。平日里，尤其是在冬天和早春，我们都会安排一次点对点的竞走活动，途中不会因其他事情而改变路线。如果洛克溪甚至是波特马克河挡住了我们的去路，我们也不会绕道而行，而是直接游过去。当然在这种情况下，我们得合理安排返回华盛顿的行程，以确保返回时间是夜里，这样风尘仆仆的我们才不会吓到别人。有几次，我们在早春时节畅游洛克溪。当时春寒料峭，水面还漂浮着厚厚的冰块。此外，平日里我们通常都是赤身游过波特马克河。记得有一次，作为“网球内阁”的一员，法国驻美大使诸塞兰德先生也加入到我们的队伍中，就在我们准备入水时，有人喊道：“大使先生，大使先生，你还没脱衣服呢！”他立马回答说：“我想我还是穿着衣服游吧，我们可能会碰上女士！”

---

① 罗斯福总统在任期间不仅积极支持修建网球场，举行网球比赛，而且还经常邀请陪同他骑马散步的朋友在白宫球场上打网球，所以人们称他为“网球内阁”。

我们之所以喜欢到洛克溪远足，是因为我们可以沿着那里陡峭的山崖练习攀岩。当然，如果沿着波特马克河从弗吉尼亚到华盛顿，在途中我们也必须攀登很多悬崖峭壁。有时，我还会带上一些外宾一起远足，比如赛鲁斯、圣·乔治·里特尔、兰德克里夫上尉、保罗·尼迪克。有一次，我甚至邀请了到军事学院参加讲座的全体军官一起远行。那次我特地选择了一条最崎岖的路线，我们不仅要攀登最陡峭的岩壁，还要游过洛克溪最深的河段，尽管如此，我这些军旅朋友们依然玩得非常开心。是的，勇于挑战才是一个男人应当具备的品质。

1909 年 3 月 1 日，离我结束总统任期还有三天的时间，“网球内阁”各路成员同我一起在白宫共进午餐。“网球内阁”成员并不固定，很多应该赴宴的因为这样或那样的原因不在华盛顿，因此未能到场。但许多来自外地的“荣誉成员(姑且先这么称呼吧)”出席了这次午宴，其中包括塞斯·布洛克、卢瑟·凯利(在抗击苏族的战斗中，作为一名陆军侦察兵，凯利以“黄石凯利”享誉全军)以及猎狼者阿伯纳西。午餐结束时，塞斯·布洛克突然探过身子，将桌子中央的装饰鲜花挪到一边，摆出一尊普罗科特为我特制的铜制美洲豹塑像，作为我离任的礼物。后来，我拿着铜豹像同出席午餐的全体人员在草坪上合影留念。

有些经常同我外出远足骑马的年轻军官向我指出，部分上了年纪的军官不注意锻炼身体，体能急剧下降。这在平时没什么大碍，但如果军队需要执行任务，其负面影响便会凸现出来。后来我亲自调查了此事，结果着实让我吃了一惊。很多年老的军官体能明显下降，有些人甚至差到了受士兵嘲笑的地步。在我视察岗位时，一位骑兵部队上校连马都驾驭不好，骑了不到半英里便从马背上摔了下来。我们一起骑马时，一位少将甚至害怕马会小跑。另外，部分军官的体能与久坐办公室的经纪人相差无几，根本达不到远足的要求。就军官的身体状况应该达到何种要求，我请教了伍德和贝尔少将等体格健壮的军官。当时我即将离任，难以在军队改革方面有所作为,但我们认为,能有个开始也是好的。再保守的改革者仅凭经验也能知道,让一个非军事化国家真正提高军事实力其难度有多大。因此,我发布指示,要求每位军官都必须具备在三天的时间内徒步行走五十英里或骑马行进一百英里的能力。

当然,这项测试根本不难,很多健康的中年妇女都能通过。但还是有很大一部分媒体认为,这是我一时心血来潮而提出的苛刻要求。一大批只会纸上谈兵的年长军官也与自己的国会朋友密谋,要求废除这一指令。于是,一天,我在军医处处长雷克西及其他两位军官的陪同下,亲自接受了骑马一百英里的测验。当时弗吉尼亚的道路车辙遍布,还附着一层厚厚的冰。下午和傍晚还飘了一阵雪花,下了一会儿雨夹雪。这次实验表明,即使在这样恶劣的条件下,一天之内完成要求军官三天内完成的任务也是易如反掌。至此,所有反对声戛然而止。但还是有部分处总警监[1]铤而走险,私下里相互勾结竭力想要废除这条法令,只是我们很难搜集到指控他们的证据。海军陆战队的莱昂纳德上尉在天津的一次战役中失去了一条胳膊,但他还是在两位中尉的陪同下,一天之内完成了五十英里的徒步越野测验。那些精力充沛的年轻人,他们对一天远足五十英里使人过度劳累的观点嗤之以鼻。但令人费解的是,海军部的军官竟指责他们,并要求他们必须重新进行测验,原因是一天之内完成测验不符合规章制度!这听上去有点匪夷所思,但莱昂纳德向我保证事实确实如此,只是由于当时害怕"失宠"于自己的上司,他没有立马向我报告。要是早点知道这件事,我非让发布此条信息的官僚们下台不可。

在我担任总统期间,这些测试得到了很好的落实。但在我退位后,这项指令很快就被废除了。其中的原因并非个人心怀歹意,故意作对,而是整个国家软弱无能,不明白如果战争突然爆发,未雨绸缪是多么重要。

---

① 处总警监:纽约警局警衔的一种,仅次于局总警监。

任何一个负责任的国家都不会允许体格欠佳的人服兵役。我们的国人应当明白，任何一位陆军和海军军官要想继续服兵役，就必须得经受住比我提出的初级测试更为严酷的考验，否则一律勒令退伍。选择其他任何妥协方案都是误用慵懒无能之辈，是对国家犯下的弥天大罪。

上文中，我已经提到了众多类似的经历，当然我还能举出更多的例子。因此从这种种经历中，我总结出了自己的人生哲学(也可能是在我人生哲学的指引下有了上述的部分经历)：强壮的身体是强大灵魂的实现途径，没有强大的灵魂，身体再强壮也于事无补。相比乡村百姓，久居城里的市民没有太多的机会锻炼身体，从而使自己体格健壮、精力充沛，但这并不意味着他们毫无机会。只要肯下功夫，不辞劳苦，任何一名年轻律师、店主、雇员或售货员都可以保持身体健康。在领导国民警卫队和军队时，我的部分得力助手以前曾是店员或导购员。我最忠实的支持者、最珍视的挚友约翰尼·海耶斯是一位马拉松健将，曾经获得过世锦赛冠军，但在入伍之前，他只是布鲁明戴尔百货公司①一名普通的导购员。所有居住在城市的年轻人都完全可以以约翰尼·海耶斯为榜样，通过自己的努力练就强壮健硕的体格。

我曾以《艰苦的人生》为题做了一次演讲，之后，我发行了一卷相同主题的散文集。在众多译本中，有两个我特别喜欢。一个译本是由一位日本军官完成的，他精通英语，在日俄战争期间一直带着这本散文集。后来他索性直接将其翻译成日语，供自己的同胞阅读。另一个译本由一位意大利女士完成的，她的哥哥是一位意大利军官，在执行海外任务时不幸殉职。他也非常喜欢我的文章，一直将书带在身边。这位女士在翻译标题时用了意大利语 *Vigor di Vita*(《生命的活力》)，在我看来，这是对原著的巨大升华。后来，我一直希望用《生命的活力》来代替原来的标题，以此表达我真

---

① 布鲁明戴尔(Bloomingdales)：成立于1861年，是美国的著名连锁百货商店，在美国有三十六家分店。

正想要传达的思想。

在世界上，成功分为两种，更准确地说，人们在成功的过程中表现出两种能力。第一种是具备他人所不具备的能力，不管是面对国家大事，还是生活琐事，他们都能应对自如。对普通人而言，不管训练如何艰苦，毅力如何强大，意志如何坚定，都无法与之匹敌。当然，这种人拥有的能力或大或小，其特质可能是在9.6秒内跑完一百码，可能是蒙住眼睛仍能同时跟十个人下棋，可能是不费吹灰之力就说出五组数字的总和，可能是挥笔写下如《希腊古瓮颂》[①]般优美的诗篇，也可能是即兴发表像《葛底斯堡演说》[②]一样的宏伟演讲，还可能是在洛伊滕会战[③]和特拉法加战役[④]中显示出像腓特烈大帝[⑤]和纳尔逊将军[⑥]般出神入化的指挥才能。对任何一位资质尚可的普通人而言，即使对身体和思维进行再多、再强大的训练，也无法完成上述中的任何一项壮举。当然，以上种种惊艳的表现都需要成功者在学习或训练上下大功夫。但这几种成功无不属

---

① 《希腊古瓮颂》(*Ode on a Grecian Urn*)：英国浪漫诗人约翰·济慈的诗作，作于1819年5月，1820年1月出版，济慈传世的六大颂诗之一。

② 《葛底斯堡演说》(*Gettysburg Address*)：亚伯拉罕·林肯总统在葛底斯堡国家公墓揭幕式中发表的著名演说，哀悼在葛底斯堡之役中阵亡的将士。它是美国历史上为人引用最多的政治性演说。

③ 洛伊滕会战(Battle of Leuthen)：七年战争中普鲁士与奥地利在1757年12月5日进行的战役，以普军大胜作结。此战与罗斯巴赫会战被誉为是腓特烈大帝最辉煌的战绩之一。

④ 特拉法加海战(Trafalgar Battle)：英法两国在1805年进行的一次海战，双方将领分别为英国海军司令纳尔逊和不可一世的拿破仑，此次战役被誉为英国海军史上的一次最大胜利。此役之后法国海军精锐尽丧从此一蹶不振，拿破仑被迫放弃进攻英国本土的计划。而英国海上霸主的地位得以巩固。

⑤ 腓特烈大帝：即腓特烈二世(Friedrich Ⅱ)，普鲁士国王，统治时期普鲁士军事大规模发展，领土扩张，文化艺术得到赞助，使普鲁士在德意志取得霸权。腓特烈二世是欧洲历史上最伟大的名将之一，在政治、经济、哲学、法律、音乐等方面颇有建树。

⑥ 霍雷肖·纳尔逊(Horatio Nelson)：英国十八世纪末及十九世纪初的著名海军将领及军事家，在1798年尼罗河战役及1801年哥本哈根战役等重大战役中带领皇家海军胜出；在1805年的特拉法加战役击溃法国及西班牙组成的联合舰队，但自己在战事进行期间中弹阵亡，被誉为“英国皇家海军之魂”。

于奇人异士，成功者身上具有平常人所不具备的某种特异能力。

这种成功最惹人注目，但只能由拥有某种特质的人取得。这一特质使其在同伴中间出类拔萃、独领风骚。不过，在各行各业中，更多的成功还是靠自身努力实现的。这类成功者并不具备与生俱来的特异功能，他们之所以能够在茫茫人海中脱颖而出，是因为他们为培养锻炼这一特质付出了超出常人的努力。只要下定决心，脚踏实地，努力付出，大多数人都会找到通往成功的道路。这些人体格健壮、思维活跃，但远未达到卓越超凡的境界。不过他们能够通过自身努力，充分利用自己所具备的才能资质打开胜利之门，这也是我们普通人通往成功殿堂的唯一路径。在人类历史上，有些最伟大的成功者就属于这种二等成功者。我称其为“二等成功者”毫无贬低之意，只是以此将其与第一种“一等成功者”区别开来。对平常人而言，与其研究如何成为一等成功者，倒不如思考如何成为二等成功者。前者可以激人奋进，让人热情高涨；而后者则可以帮助人们明白如何依靠自己去取得成功。

毫无疑问，我取得的所有成功均属于第二种。如果没有充分的准备、周密的计划、准确的判断和艰苦的努力，我将一事无成。孩童时期，我一直体弱多病，笨拙愚钝；青年时代，我仍然深深地质疑自己的能力。因此我不得不下苦功夫锻炼自己的身体，也包括精神和灵魂。

当我还是个孩子的时候，我读过玛利亚特①书中的一句话，这句话给我留下了深刻的印象。书中一位英国军舰舰长在向人们讲述英雄是如何变得英勇无比时，这样说道：“刚开始披挂上阵的时候，几乎所有的战士都恐惧万分。”此时士兵要做的就是不断地告诫自己“我可以毫无畏惧地战斗”。久而久之，这种假装的勇敢就会变为真正的无畏。通过反复练习，士兵便能在实战中做到毫无畏惧，勇敢杀敌（这里我用的是自己的语言，并非玛利亚特的原

---

① 玛利亚特（Marryat）：英国小说家。

话)。这也是我一直遵循的理论。起初我害怕的事情有很多,从猎杀大灰熊到驾驭桀骜不驯的野马,再到战场杀敌等等。但通过假装自己不害怕,我慢慢地克服了畏惧心。对大多数人来说,只要下定决心,这些壮举也能实现。刚开始的时候,他们会学着在假想的危险情境中指导自己,让自己保持镇定。在一段时间的训练后,他们便会在不知不觉中养成习惯,从而在真正面对突发事件时,能镇定自若,应对自如。

当然,如果一个人天生毫无畏惧之心,那就再好不过了,我对这种人充满了羡慕和敬仰之情。不过,千万不要忘记,一个人只要下定决心,努力训练,即使没有得到上帝的青睐,也照样可以与天生毫无畏惧的人并肩作战,同样能出色地完成任务。这当然不是做白日梦,如果一个人可以拼尽全力,用实际行动实现自己的梦想,那就让他尽情地把自己想象成为一个无所畏惧的勇士吧!因为梦想越多越大,他就会变得越优秀越完美。一个人必须将无畏视为自己的座右铭,告诫自己前方的危险迟早都要面对和克服。人心险恶,人生随时随地都会受到社会上利益集团的暗算,因此不能将无畏视为无关痛痒的东西,而应该将它当成安身立命的根本,并誓死守护。只有这样,他才能恪尽职守,赢得他人的尊敬。

政治实用主义

从哈佛毕业后，我开始学习法律。如果当时自己能幸运地进入哈佛大学法学院，师从赛耶教授学习法律，我可能很早之前就会认识到，律师可以为伸张正义、打破文牍主义①做大量有益的工作。

但是，在我看来，有些老师课堂上对法律书本的部分讲解却与正义完全背道而驰，当然，这是我自己的问题。我认为，法律上"买主当心"原则同生意场上"一经售出概不负责"原则相差无异，同样令人恶心，这种原则对社会公平交易没有积极作用。不管是在法律上，还是在生意的实际操作中，"买主当心"原则很容易让人理解为：卖家以牺牲买家的利益为代价来获取利润，而非双方讨价还价后实现双赢。在我看来，制定法律的初衷并不是限制买卖交易，而是打击上述及其他各种欺诈行为，以保证买卖双方公平交易，互惠互利。当时我还年轻，现在看来，对这一问题的很多判断和见解都需要校正。但是，当时的问题现在依旧存在。虽然许多大型公司的法律顾问现在依然深受律师界普通人士的敬仰，但这些行业中的佼佼者所秉持的价值标准与品格高尚的年轻人应当持有的理想的价值标准难以协调。如果花的每分钱都得自己掏腰包，那我会努力工作，绞尽脑汁保证收支平衡，我会从事律师或其他体面的工作。一直以来我都坚信，一个人的首要职责是自力更生，做好分内的工作，然后再照顾好需要养活的人。一直以来我都坚信，一个人

---

① 文牍主义(Legalism)：是官僚主义的一种表现形式，以原本作为管理手段的文牍案卷掩饰、遮蔽工作目的，惟烦琐、因循的程式化、形式化文书、表格为上，是一种不务实际、不求实效的管理作风。

从上帝那里得到的最大恩赐，或者说是上帝赋予的最大职责，便是拥有一段幸福的婚姻。对男人和女人而言，其他任何方面的成功和工作都无法成为婚姻的替代品。不过，碰巧的是，父亲为我留下了丰厚的遗产，我不必整天担心如何养活自己和家人，我有足够的资本去享受生活。如果想维持生计，我所要做的并非仅仅是为他人提供帮助，让他们维持生计，更重要的是将其与其他事情进行对比，弄清孰轻孰重。换句话说，我已下定决心，尽管我也要挣钱养活自己，但这只是我人生的次要目标。倘若我身无分文，那我的首要职责就是通过诚实劳动来赚钱，自力更生。在积攒了一部分资金后，我会感觉挣更多的钱只是次要需求。尽管我依然要通过合法合理的方式挣更多的钱，但与此同时，我也要将更多的精力放在比挣钱更重要的事情上去。

1880 年，几乎是一从哈佛毕业，我就对政治产生了兴趣。当时我就相信，直到现在我依旧坚信，任何人都不能把政治作为自己唯一的职业。如果一个人慢慢发觉，自己的全部生计和生活乐趣都来自于他独居的办公室的话，那他真的是太不幸了。这种不幸会使他一直处于重压之下，为了保持职位而出卖自己的信仰，难以在在职期间真正做到全心全意为人民服务。因此，除了政治，一个人还应当从事其他职业。我在担任总统期间，便同时从事其他好几项职业。这样无论何时被革职，或者发现除了离职自己别无选择时，如果不愿继续苟且偷生出卖自己的良心，那么他可以依靠其他职业维持生计。

早在十九世纪八十年代，像我这样家庭教育良好、个人信仰坚定的年轻人只能加入共和党。于是在 1880 年的一天，我加入了这一政党。当时加入共和党并非易事。投票改革和控制初选的时代尚未到来，民众也尚未意识到政府必须正式公示党组织的一切行为和法令。在公众眼里，整个政党仅仅是一家私营公司。共和党在每个地区都成立了一家社交性和政治性俱乐部，同其他俱乐部会员制度一样，一个人只有经过正式推荐和选举才能成为其中一员。对此，我的一位朋友曾这样形象地描述：“我不得不用铁橇撬开组织的大门。”

由于种种原因，加入当地组织有一定的阻碍。但当我加入之后，我发现，很多令人发笑和兴奋的事情只有组织的局外人才能体会到。

大约三十三年前，我正式成为纽约城共和党第二十一区组织的成员。我最了解的人都来自各大俱乐部，他们心怀伟大的社会抱负，品味高雅，生活悠闲。最初在我向他们询问当地共和党组织所在地以及如何成为其会员时，这些人以及各商界巨头和大律师纷纷嘲笑我。他们告诉我，政治是卑鄙低劣的，这些组织并非由所谓的绅士管理，而是被酒吧老板、马车售票员等一群乌合之众经营。在组织之外，我根本不愿与这些人有任何联系。而且，他们信誓旦旦地告诉我，我在组织中遇到的人举止粗野，蛮横不讲理，难以相处。我对他们回答道，如果事情确实如此，那只能意味着管理者并非是我认识的人，而是另有他人，我想成为优秀管理者所管理的组织中的一员。我会全力适应新环境，检验自己在困难和挫折面前是否有足够的能力和勇气。但倘若果真难以同他们相处，我想我会选择退出组织。

我加入的共和党组织在莫顿大厅召开会议。这是一间仓库式的大房间，坐落在一家酒吧上方。室内的家具颇具教堂风格：屋里摆放着一条条暗色的长凳，配有痰盂；屋子的一头是讲台，旁边摆放着一张桌子和一把椅子；一只又粗又矮的大瓮盛满了冰水；四周的墙上挂着格兰特将军和房子捐赠人李维·莫顿的画像。按照惯例，我们每月举行一到两次会议。有时候，至少在某些夜晚，这里还会成为俱乐部的活动室。我非常赞同布莱特·哈特[①]的观点，“总是与他人形同陌路是一种道德上的缺陷”，因此我经常来这里

---

① 布莱特·哈特(Bret Harte)：美国小说家。哈特用短篇小说的形式描写淘金者的生活，写法颇具特色，被称为“西部幽默小说家”、“乡土文学作家”等。代表作是短篇小说集《咆哮营的幸运儿及其他短篇》(1870)。

参加活动，以便使自己与其他成员互相认识熟悉，彼此间有更多共同语言，并相互留下印象。一个人不能总是为自己创造机会，但他至少可以保证，当机会来临时，自己已经有所准备，并能充分利用时机，这便是我在莫顿大厅一系列经历的主题。加入组织没多长时间，我便与一帮普通的“捧场者”，甚至部分底层领导建立了良好关系。这里的大领导是杰克·赫斯，待我百般亲切，却又让我倍感疏远。组织成员中也包括众多声名显赫的大律师和商人，只是他们忙于其他事务，平时很少亲自参加会议。组织、经营这部“机器”的任务就交给了杰克·赫斯及其手下数十位小队长。

在众多次级小组长中，我很快与乔·穆雷建立了深厚的友谊。三十年过去了，我们之间的友谊仍旧深厚如初。乔出生于爱尔兰，三四岁的时候被父母带到纽约。用他自己的话说，他是一个“在纽约第一大道上光着脚丫长大的孩子”。乔不满十八岁便应征入伍，加入波特马克陆军战队，参加了内战的终结战役，然后又回到了第一大道。当时的他虽然年轻气盛、草率鲁莽，却勇敢无畏、身强体壮、精力充沛，所以很快便成为这一地区青年团伙的领导人，有了一点小声望。那时在第一大道行政区内，政治全靠拳头说话，坦慕尼协会享有毫无争议的支配权。行政区内民主党派占据压倒性优势，乔和他的朋友们便是民主党的成员。他们负责在选举之日为当地民主派领导处理日常的党派工作，这位领导人所在的公司则反过来给他们某些照顾和奖赏。不过同其他众多高级领导一样，这个地区的领导被眼前的节节胜利冲昏了头，忘记了自己扶摇而上所依仗的势力。选举结束后，他对选举团所做的工作毫无褒奖之意，态度冷淡，将当初的承诺完全抛在了脑后。在他看来，这种帮派的愤恨情绪同往常一样，只是雷声大雨点小，会自己烟消云散，可以置之不理。

但乔·穆雷可不会忘记这些，他向同伴们解释了自己的真正意图，有必要暂时保持沉默。于是，他们伺机而动，静静等待下次选举的复仇机会。那时，正如乔所言，他们决定向这位领导投反对票（这是乔年轻时期所用的语言），而这样做的最佳方式便是投共和党的票。当时各个政党在每个选区的投票区附近都设有一个投票点，各党代表在这里分发各自的选票。按照惯例，在选举当天，共和党选举领导人会早早来到这个行政区，用帽子盖住双眼，故意踢翻投票箱，使选票散落一地。这样一来，民主党多数派所得选票的数目便完全可以依共和党总部的具体要求而灵活变通。但在这个选举日，情况发生了转变。怀着古罗马时期民众所具备的强烈的责任意识，乔领导他的团伙积极参与竞选，以确保共和党人充分行使自己的权利，同时他们还以极大的热情抨击民主党人。由于他们向来以强硬倔强、粗暴好战著称，没人愿意与其为敌，因此正义终于在人们的呼喊声中降临。企图重复投票者被就地正法，驱赶出局。凡是轻信他人、胆小怕事的选民都把票投给了共和党人。这样做导致的直接结果是：选举当天结束时，共和党人在这个往年投票率仅有2%—3%的地区异军突起，取得完胜。

对乔而言，这场闹剧仅仅是对民主党人的报复，但在当时，共和党总部的领导阶层对其中的原委却并不知情。这场胜利让他们目瞪口呆，吃惊不已。在这股惊讶情绪消退后，他们开始展开调查，以弄清楚事情的真相。后来，有人向他们透露，这完全是靠一个名叫约瑟夫·穆雷的年轻人而取得的成功。于是，共和党人便派人到处寻找乔的下落。之后，共和党领导亲自接见了乔。但是，毫无疑问，当时的接见地点肯定只是和莫顿大厅一样等级的小建筑，接见的领导也只是与莫顿大厅负责人同一级别的低层领导。但在乔眼中，他们代表了一种更高级的文化阶层，代表了新的发展机遇，更代表了社会对自己为成功所付出努力的认可。简而言之，他们代表了一个渴望成功的年轻人所向往的一切。在乔看来，接见他的可以算得上是自己生活圈里的一位伟人。这位伟人还拍了拍自己的肩膀以示鼓励和肯定。在普通民众面前，主持人将他称为年轻有为、前途似锦的年轻人。更重要的是，他由此得以在邮局任职。正如我在前文所言，此时公务员体制改革尚未提上议程。

在现有的公务员体制下，这种提拔年轻人的方式或许毫无借鉴意义，但就乔·穆雷而言，一切都是值得的。因为，他同我认识的其他具备勇气、正直和诚实品质的人一样，本性坦诚直率，英勇无畏，忠诚可靠，从事任何工作都值得信赖。乔在公共事业上尽职尽责，全心全意为共和党组织服务。在他看来，是组织赐给了自己改变人生的机会。我们结识的时候，他的事业已经飞黄腾达，一匹上等的赛马"艾莉丝·雷恩"足以证明他的成功。他曾经把马借给我驾驭了好几次。加入俱乐部那年冬天，我对乔及其密友的好感与日俱增。不过，我不知道他们对我的看法。在组织里，我们的第一次争论源自一场无党派的街道清理运动。乔和他的好友誓与组织共进退，而我则力求进行改革。最后，我们一方只赢得了三四百张选票中的六张。这当然在我预料之中，对此我欣然接受，但我依然坚持我的立场。

第二年秋天，随着选举的日益临近，乔觉得应当向杰克·赫斯施加点压力。经过精心策划，他认定众议院下议院的提名大战才是自己的最佳时机。他选我为候选人，因为同我一组，他赢的几率最大，最终他顺利胜出。竞选中，乔占尽天时地利人和，而我在各方面都处于劣势。当时的我，一无名声，二无能力，根本无法为自己赢得提名。实际上，我甚至从未奢望能参加竞选。但正是通过那次竞选，乔把我带进了政治界。

杰克·赫斯对此也欣然接受。尽管与党派核心领导的观点迥异，但他与我志同道合，关系非常好，所以在自己被击败后，他反过来支持乔选我做候选人。起初他们打算带我到第六大道的各大酒吧做巡回演讲，拉选票。但是事与愿违，游说计划在第一家酒吧便折戟了。他们一本正经地将我介绍给酒吧老板。当时的酒吧老板集酒类的生产与销售于一身，因此在社会上都是举足轻重的大人物。入座不久，这位名人便开始盘诘我。他表示当然希望我能合法公正地管理酒类行业。对此，我中规中矩地回答道，我希望自己可以对利益集团一视同仁。他又表示，酒类行业的授权门槛过高。

对此，我回答道，在我看来，这一行业的门槛远未达标，我会竭尽全力进一步使标准更严格。就这样，整个对话充满了火药味。见此情景，穆雷和赫斯等人匆匆编了个理由，便将我带出了这条街。之后，乔解释说，我继续留在第六大道也帮不上什么忙，劝我最好赶紧回第五大道，游说那里的朋友，他会照顾好我在第六大道的利益。之后，我便成功当选了。

在此之前，乔还用同样的方法帮助一位议员成功获得了提名。但当选之后不久，他逐渐发现这位议员整天大鱼大肉，不再出入莫顿大厅之类的底层场合，也不再与平民百姓打成一片，变得如凯撒般自以为是，傲慢不已。在我当选后，他小心翼翼地观察了我一段时间，想要看看我是否会步前者的后尘。后来发现我始终严格要求自己，他和我其他所有的朋友以及支持者都以最友好的态度和方式对待我。他们对我毫无所图。在他们看来，我为人正直，始终如一，并竭尽所能做好立法工作。他们一如既往热情地支持我，只期望我能成就一番事业，除此之外别无所求。对于这段时间内我与乔·穆雷以及其他朋友的关系究竟是何性质，我也有点摸不着头脑，我只能说这些友情使我受益颇多。当时，我之所以踏入政界，并非因为自己早已下定决心为他人谋利益，而是力图争取上帝赋予我们的那份基本权利，这便是我与这些人的关系。倘若我在内心深处有任何傲慢或私心，我敢保证，所有这些想法肯定早就为人所知，并被人唾弃，比如，想当然地把自己当作一位赞助人或捐助者，通过参政为自己歌功颂德，花心思去权衡自己参政的利弊得失。实际上，这些想法对我毫无诱惑力，因为在我看来，政治生活与拳击场相差无几。我只求自己能以诚待人，在反对声面前敢于坚持自己的立场。新结识的朋友起初对我只是礼貌性的矜持，后来便因为日渐深厚的友谊而与我结为同盟。再后来，我便成为他们志同道合的伙伴，最后加入领导阶层。自不必说，我从心里认为，一个人应当热忱地履行自己在政治生活中的责任和义务，为推进人类事业的发展尽职尽责，竭尽所能帮助那些遭受不公的同胞以及命途多舛的男女老少们改善生计。除此之外，一个人还应当与担有同一使命的其他同胞培养真挚友谊。这种同胞之情会对工作产生巨大的影响，因为只有拥有这份友情的羁绊，才能树立这种齐心协力、风雨同行、同舟共济的信念，同胞之间才能始终保持健康、有益、和谐、自然的关系。高高在上、颐指气使同遭人凌辱一样令人生厌。没人愿意与整天为自己谋利的人长期共事。我们追求的是与互惠互利的人为伍，这样人们很快就会发现"我为人人，人人为我"。

当时，乔·穆雷、我以及其他同伴都未能及时察觉到社会化和工业化的需要，当然现在我们对此都习以为常了。不过，当时我们在头脑中都很清楚，非常有必要普及某些基本美德。例如，在政治生活以及私人和公共生活中，应当提倡诚实、高效等优秀品质；在人与人，尤其是雇主与雇员之间的经济往来中，缜密与公平交易等准则应得到宣传。在所有这些本质性问题上，我与乔·穆雷意见相同，只是在公务员制度改革问题上见仁见智。他从内心里觉得我犯了教条主义，与一群伪君子为伍。不过，在我调任警督总署、成为斯特朗市长的助手后，我们又重归于好了。当时，乔任职的是税务总署，在我看来，他是纽约市有史以来最出色的税务长官。现在乔经营着一家农场，几个儿子已经从哥伦比亚大学毕业。早在1881年，我与他在政治、社会和工业等各方面问题上总是不谋而合，立场相同。三十二年过去了，当再次谈起各行各业面临的问题时，我们依旧一拍即合。

说实话，我欠乔·穆雷的实在是太多了。很多事情是他无心插柳，助我成功的。我认为，不管自己的同胞信仰如何，生自何处，来自何区，从事何职，只要他们具有真正的美国主义、真正的美国精神，我们都应该对他们表示真挚之情、理解之意、怜悯之心。只有这样，他才能在美国民主生活中有所成就。我一直在竭尽全力使自己成为一位良好公民、一名优秀的美国人。在成长的过程中，一位早年甚为亲密的政治知己给予了我莫大的帮助。他生于爱尔兰，信仰罗马天主教，成长环境与乔·穆雷颇为相似。在政治生涯中，我一直受到类似的提携和帮助。例如，后来有段时期，我与亚瑟·范·布里森共事，为民众提供公共生活基础服务。在亚瑟身上，我看到了理想主义者的核心理念。再例如，我与雅各布·雷斯长期以来的友谊对我的整个人生产生了深远的影响。虽然他是年轻的时候从丹麦移居到美国的，但我敢说，在我所认识的美国人中，没有人比他更出色了。

1881年秋天，我成功进入立法机构，后来我才发现自己是机构中年纪最小的成员。在接下来的两年中，我又再次连任。跟所有年轻人和新手一样，我在自学演讲的过程中遇到了很大的麻烦。后来，我向一位头脑冷静的老同事取经，受益匪浅。他的建议是："等到自己有的说了，知道该说什么的时候再开口。说出来，然后坐下，不用计较结果。"

到立法机构的前几天，我就像个刚转学的孩子一样不知所措。在与立法同事进行眼神交流的过程中，我读到了彼此间的不信任。起初每个人都选定自己的座位，由几位老前辈带着例行公事。一两个星期后，我们便按个人喜好和私下交情自由分组。当时立法机构由民主党人控制，而我却是一个来自纽约富裕之乡、衣着华丽的共和党人。因此，作为少数党之一，我成功当选为纽约市委员会成员。很多人对这个职位垂涎三尺，我却不费吹灰之力就将它收入囊中。据我所知，我之所以能进入委员会，仅仅是因为他们认为这样安排比较合理。

在立法机关工作了一段时间后，我感觉自己对所谓的党派之争（跟立法机关的构成有关，两党均有席位）毫无兴趣。实际上，在多数国家政治议题上，共和党与民主党或者一起支持，或者共同反对，根本不存在分歧。我结交新识也并非以共和党的政党路线为依据，因为我和朋友们发现，两党成员在原则性和政策性问题上信念同样坚定。两党之间唯一的区别是：共和党中信仰坚定的人所占的比例要比民主党此类人所占的比例大。因此我更容易跟共和党中与我有相同经历的人结下友谊，他们大部分来自乡村和郊区。

在立法机关工作的三年里，我最亲密的朋友是来自阿迪朗达克山区的比利·奥尼尔。他在一个十字路口经营一家小型商店。虽然他比我大几岁，但和我一样都是年轻人，也同样因为反对权力机构而赢得选举。起初，他曾想成为一名议员，于是就驾着自己的马车围着富兰克林县到处跑，去拜访每一位选民。最终他成功击败了当地候选人，进入了立法机构，成为命运的主宰者。在这里，我想说，尽管我们的民主还存在这样或那样的不足和缺陷，但美国人的一些优良传统必将帮我们走向真正的民主。在其他任何国家，像比利·奥尼尔跟我这种家庭出身、成长环境截然不同的人是很难在一起共事的。我来自全美国规模最大的城市中最富裕的街区，而他却来自野蛮、落后的偏远小县城，在十字路口经营着自己的小店。在一些无关紧要的事情上，我们看似形同陌路，但在所有意义重大的议题上，我们却亲密无间，总是从几乎完全相同的角度看待问题。三年间，关于立法的每次争论，我们都并肩作战。在他眼中，政客的蛊惑人心与贪污腐败同样令人憎恶。在众多政治问题上，他总是思索良多。同我一样，他也十分仰慕亚历山大·汉密尔顿[①]，始终坚信国家必须有强有力的中央政府做后盾。不过，在人权问题上，我们并不认同汉密尔顿的观点，而是支持亚伯拉罕·林肯总统的相关言论。如果可以对自己坦诚相对，那么任何成功人士都不会否认，在成功的道路上运气一直都在扮演着重要角色。幸运女神一直对我眷顾有加，但对比利·奥尼尔却吝啬不已。在整个一生中，他时运不济，命运多舛，不得不靠自己的辛勤努力来维持生计。假如运气能稍稍偏向他这边一点，我相信他的政治生涯会更加辉煌。不管从事何种职业，他都能安分守己，精忠报国。

在共和党，我其他的挚友和同盟还包括伊萨卡·亨特、乔纳

① 亚历山大·汉密尔顿（Alexander Hamilton）：美国的开国元勋之一、宪法的起草人之一、财经专家、美国的第一任财政部长、美国政党制度的创建者，在美国金融、财政和工业发展史上占有重要地位。后因政党相争而丧生。

斯·范·杜泽、沃尔特·豪及亨利·斯普瑞格等。还有来自圣劳伦斯县的柯蒂斯，他是一位参加过内战的老兵，人称“高大勇猛的独眼将军”。还有一位是来自卡塔劳格斯县的名叫克鲁斯的好伙计，我担任州长之后，便任命他在法院就职。克鲁斯出生在德国，据我所知，他是当时卡塔劳格斯县唯一一位德国人，还是德国一位禁酒主义者。民主党这边的友人包括哈姆登·罗伯、托马斯·纽伯德及来自尼亚加拉的汤姆·韦尔奇。他们为推动政府拨款建立尼亚加拉大瀑布公园做出了卓越的贡献。在这之前，我们曾在第一任纽约州州长那里碰了一鼻子灰，当时我们将法案带到他面前，向他解释在这里建立国家公园的原因。他面无表情地耐着性子听我们讲完，最后什么话都没说，而是扔给我们一个问题：“只是，先生们，我搞不懂为什么我们非要花民众的钱在瀑布上建个公园呢？没有公园，水不是也会照样流吗？”民主党那边还有几位来自纽约和布鲁克林的朋友，如迈克·卡斯特罗和皮特·凯利。

当时作为坦慕尼派候选人的迈克·卡斯特罗成功当选，他英勇无畏，诚实坦率。虽然来自爱尔兰，但他认同坦慕尼派的演说。在他看来，这些演说真实地体现了坦慕尼组织誓死捍卫选民权利的立场。但是，在奥尔巴尼待了一两个月后，他便再也不愿认同坦慕尼派的所作所为了。我们曾共事过一段时间，他同我一样，根本不把当地的权势群体放在心上。但在当时，坦慕尼派却是当地权贵的忠实追随者。于是他的上级领导便郑重其事地警告他，下次选举组织会把他踢出去，后来证明他们并未食言。不过他就像一棵久经沧桑、坚韧不拔的老胡杨，敢于同恶劣的环境作斗争，在逆境中求生存。他是最优秀的市民，我与他的友谊也始终坚如磐石。

彼得·凯利的命运十分可悲。他年纪轻轻，聪明过人，受过良好的教育，是政治经济学家亨利·乔治①的忠实拥护者。起初在政

---

① 亨利·乔治(Henry George)：美国十九世纪末期的知名社会活动家和经济学家。他主张土地国有，征收地价税归公共所有，废除其他一切税收，使社会财富趋于平均。提倡征收单一地价税，这一主张曾经在欧美一些国家盛行一时，颇有影响。

府管理上，我和他针锋相对，彼此之间未能互相了解，相处得并不愉快。但后来的几个月里，我们一直与那些只会纸上谈兵的空想派进行唇枪舌剑。在此期间，我和凯利发现，在立法面前，我们的抽象理论实际上毫无对错好坏之分。因为在立法中真正决定一切、重中之重的要素是人们基本的道德，而在这点上我们两个人观点一致。于是我们开始站在同一立场上，共同行使投票权。到立法会议结束时，我跟凯利发现，在所有需要用实际行动才能解决的问题上我们都不谋而合。与此同时，我们也都开始修正各自的理论。因此在理论上，我们慢慢地殊途同归。凯利对工作始终充满满腔的热血，待人慷慨大方，年纪轻轻便成了一名优秀的律师。凯利三口之家生活得其乐融融，非常幸福。凯利远大的志向促使他最终踏入政治圈。当地部分企业老板和他关系很好，他们坚信依仗这个年轻人他们可以得到想要的一切。不过令人遗憾的是，这些大老板们所追求的东西往往都违背道德准则。凯利毅然决然地拒绝了他们，最终用热忱和诚信取得了这场关于民众利益的保卫战的胜利。后来，大老板们为了报复凯利，拒绝对他再次提名，凯利便呼吁他们应当对选民负责。当时我们共同寻求连任，在我的选区内，我轻松获胜。当时恰巧所有情况对我都非常有利。凯利所取得的成绩与我相差无几，而且他敢于直面占尽天时地利人和的对手，因此比我更值得称赞。不过，最终他还是败给了所在地区的候选人。对我而言，挫败仅仅意味着一时的苦恼；但对凯利而言，这简直是对物质生活毁灭性的打击，因为他手里实在没钱。像所有坚守道德、刚正不阿的人一样，凯利发现参与政治需要付出的代价实在是太昂贵了，议员那点薄酬连自己日常生活开支都满足不了。当时他的律师事务早已生疏，再加上因为选举之事得罪权贵，受到了他们的恶意诽谤，因此想重操旧业基本是不可能的。一时间焦虑与失落笼上心头，选举之后不久凯利便病倒在床。圣诞节前夕，有人告诉我们，凯利面临着巨大的财政危机，新年来临之前，他和家人将被扫地出门。后来，在立法机构与他共过事的一些朋友资助了他，使他免遭露宿街头之苦。他的身体慢慢恢复，又重新拾起自己的老本行，做起了律师。但不管怎么说，他已毫无前程可言。在凯利曾经工作过的立法机构里，有一位叫阿尔弗雷德·查宾的民主党同事，他是布鲁克林的众议院发言人、民主改革派的领袖和首席代表。有段时间，凯利曾狂热地支持他。查宾能力出众，几年后便当选为布鲁克林市长。当选后不久，我受邀在布鲁克林区一家俱乐部举行的会议上发表演讲。与会人员多是声名显赫的杰出市民，这位市长也在场。当时我演讲的主题是“公民行为准则”。在演讲即将结束时，我向在座观众简要介绍了凯利的政治生涯。我向他们描述了这个年轻人如何为维护布鲁克林区人民的权利而做出努力，但是民众却未能为他正名。凯利一向以身作则，是优秀公民的典范，最后却惨遭各种不公正的待遇。演讲结束时我说道：“现在，民主改革派已经上台，由查宾先生担任新一任市长。我由衷地希望查宾先生能使那些为捍卫公民权益而付出艰辛努力、巨大牺牲的人得到社会的认可。”我的话的确在观众中间产生一定的反响。查宾市长在接下来的演讲中立即表示，他会照顾好凯利，保证让他受到公正的礼遇。当天晚上，我兴高采烈地回了家。不过，第二天早上，我收到了来自查宾先生的便条，内容很短，上面写着：“昨天当你向我们讲述完凯利的所作所为，接着我保证照顾好他之时，正好是晚上九点钟，一个小时后凯利就去世了。”也就是说，在我演讲时，他已奄奄一息。他永远都不会知道，他所做的一切牺牲即将得到社会的认可，只是这认可来得太迟了。为了捍卫群众利益，这个男人用公正无私与恶势力殊死搏斗，为此付出了太多太多。他用自己大无畏的男子汉气概为群众利益撑起一片天空，但最终人们却未能为其所做的一切正名。

由于没有现成的统计学或数学公式，因此我们很难测量出两个时代之间的变化到底有多大，这个问题在我们应对腐败时，显得尤为突出。就我个人而言，我更愿意相信，在公共生活方面，相比三十年前我在纽约立法机关工作时，总体上我们还是有了一点点进步。我认为，从国家到各州再到各市区政治环境都有所改善。当然也有部分地区情况不升反降，毋庸置疑，仍有很多地方亟需改革。在我看来，总体而言，整个政治大环境已经多多少少有了提高。

在我初入政坛之际，纽约城还在坦慕尼协会的控制之下。虽然偶尔会有一些市民民主组织向协会发起攻击，但他们往往只是盛极一时，之后便销声匿迹了。同时，在坦慕尼组织的绝对统治之下，内陆地区的民主党并未垮台。他们正积蓄能量，精心策划，力图培养一位大卫・本内特・希尔[①]式的，代表乡村权益的大牌政治党首。与此同时，共和党已分裂为中坚派和伪军派[②]。因此，两大政党都没有一个可以掌控全局的党首，也没有一个占压倒性优势的权力机构。党派林立，纷争不断，共同控制着政党大权。特威德[③]时期，立法机构如木偶般受到非机构人员的操控。现在的腐败方式已有所改变。党首高度集权现象在这之前还时有发生，但现在都不复存在了。许多立法机构成员受到当地党首或权力机构的直接控制，但通常情况下，这些成员才是腐败行为的直接执行者。

当然，我从未收集过任何有关腐败问题的法律证据，以下给出的相关数字也只是大概数值。不过三年立法工作经验使我坚信以下两点：首先，立法机构存在众多腐败不堪的工作人员，大约占了总数的三分之一；其次，正直诚实之人远胜贪污腐化之人。如果将对错分明的议题摆在工作人员面前，在确保议题准确无误，被人们充分理解的前提下，充分吸引他们及选民的注意力，我们有理由期望他们做出正确的选择。现在真正的困难是，议题在多数情况下

---

① 大卫・本内特・希尔(Dave Bennett Hill)：美国政治家，1885—1891 年期间担任第二十九任纽约州州长，以刚正不阿、坚持公平正义、维护民众利益著称。

② 中坚派(the Stalwarts)与伪军派(the Half-breeds)：十九世纪末期美国共和党两大党内派别。前者为温和派，后者为激进派。两者的主要分歧在于对政治庇护的态度，中坚派支持政治机器以及分赃制度，而伪军派支持内政改革和考绩制度。

③ 特威德：即威廉・特威德(William Tweed)，坦慕尼协会首领，美国历史上最著名的“城市老板”，通过金钱控制政治机器，以对纽约财政贪得无厌的掠夺而臭名昭著。

是复杂混乱的。通过阅读文学作品，人们可能会得出以下结论：在立法界，腐败形式只是向企业收受贿赂的一种；同时，正直之人会一如既往地给大公司投反对票，而奸诈之人则会收取大公司的贿赂，并投支持票，两者泾渭分明。不过经验告诉我，事实恰好与此相反。大公司通过贿赂立法人员，使有利于自己的议案提上日程（此时议案尚未通过），但立法人员会再引入十多个议案（这些议案也未通过，在这种情况下，立法人员只是以此当作威胁的资本，并非真正打算通过这些议案），以此敲诈勒索公司。如果没有收到企业的贿赂，多数腐败的立法成员会将票投给另外几个议案；反之，就给企业投支持票。这些用于敲诈勒索的议案，也就是他们常说的"鱼饵"议案，大致上可以分为两种，即理应通过的议案和不应通过的议案。有些针对公司而提出的议案是极其荒谬的，是不合理的。虽然其中有一部分确实有可能是由老实巴交、头脑愚笨的狂热支持者提出的，但大部分议案还是由腐败人员自己提出的。他们压根儿就没打算通过这些议案，只是以此勒索公司钱财，以便帮他们铲除这些威胁自身利益的拦路虎。不过，对经验丰富的勒索者来说，最有利可图的情况是公司确实存在违法行为，却仍心怀侥幸，愚蠢浅陋，不愿弥补过错。此时，立法人员就可以大赚一笔。在对公司有利的各种措施中，有些非常合理，而有些却十分荒谬。但不管议案是否合理，腐败不堪的立法人员，又被戏称为"黑马骑士"，都会向公司索要贿赂，以达成公司所愿。如果议案本身十分合法，理应通过，公司会理直气壮，绝不向立法人员低头；而有时，情况恰好相反，公司不得不通过贿赂官员，以确保自己的议案具备合法性。

对上述事宜稍作思考，我们就能知道，有时很难保证问题对错分明。因为我们总能看到，在面对关于公司的议案时，正直与奸诈之人竟然能并肩作战，或共投反对票，或共投支持票。而实际上两者动机相差万里，前者是为守卫公平正义，而后者却是为了自身利益。当然，这一恶习的滋生还应部分归咎于普通民众对政治与民主的冷漠与不屑。我很早便认识到，对公司不分青红皂白进行庇护与直接攻击所造成的危害相差无几。有些人始终与公司为敌，并以此为傲；而有些人则始终为公司代言，并以此自恃为保守派代表。我们很难说清楚，到底哪种人才是贪污腐败与道德败坏更好的代名词。

有一次，议会各成员就一项议案进行了激烈的争辩，两家来自纽约的电车道公司针锋相对，互不相让。期间，我亲眼看到议案支持者公然走下前台，径自走向受贿人员，并将其拉到大厅，毫不掩饰自己的贪污行为。还有一次，为了回应市长及其他当局官员的抗议，纽约城所有高架铁路公司指使议会匆匆起草并通过了一项议案，将公司应缴税额削减了一半多。对此议案投支持票的立法人员中，可能有一部分确实认为此项议案有理有据，理应通过，但多数赞成票都出自贪官之手。明晓世事的人心里很清楚，这些投票其实毫无公正可言。

在我所处的时代里，可能没有比高架铁路公司提出的议案更厚颜无耻、更颠倒是非的了。之后，我便和迈克·卡斯特罗一起，在奥尔巴尼开始亲自为修改此项议案做有成效的斗争。我们花费了大量的时间，不辞辛劳地调查各种议案，力图查明提出者的阴谋诡计。顺便说一句，调查遭到了提议者们强烈的不满和愤恨。在调查的过程中，迈克被一项毫不起眼的议案深深困扰。乍一看，这项议案似乎与某条宪法修正案有关，提出者是一位当地的酒吧老板。据我们所知，这位老板与宪法及其他所有抽象难懂的法律修正案毫无关联，而且，从表面上看，议案提出的措施毫无恶意。因此，我们便没有干涉这项议案，议会也顺利通过了该议案。但是，迈克跟踪调查了该项议案在参议院的后续发展，在最后时刻竟然有了意外收获。他发现，腐败人员在制定好相关法规后，神不知鬼不觉地以此取代了免除高架铁路公司缴税的提案。之后，又将法规里的所有内容统统删掉，使其在名义上成为一则“修正案”！议案的提出者打算偷梁换柱，避人耳目。他们想在引起公众关注之前，躲过立法机构的审核，进而马上得到州长的签署。在参议院中，他们的计划更是天衣无缝。

在参议院中，各派势力碍于情面，难以形成真正有战斗力的领导阶层。正是这种毫无作为的领导阶层，使腐败分子更加肆无忌惮。在参议院中，由于没人愿意提出反对意见，或是发表评论，腐败人员得以通过巧妙熟练的伎俩明目张胆地进行暗箱操作，议案也因此轻易地就被他们偷梁换柱了。由于刚刚提上议程，尚未经过讨论，因此这项议案名义上充其量只能算作一条修正措施，需要被送回众议院重新审核。按照相关规定，除非修正案在第一轮投票中出局，否则无需再公开讨论。对会议立法人员而言，这是一项重大提案，他们自己也清醒地意识到必须迅速做出正确的回应。到目前为止，议案尚未引起公众的注意。为了确保提案能悄无声息地快速通过，议会想尽了方法。公司请了一位颇有权势的领导为他们主持公道。这位领导手握重权，胆大包天，寡廉鲜耻，深谙国会法律。他们一直监视着我和卡斯特罗，趁我们走出众议院一小会儿的功夫，他们便将议案从参议院送到了众议院的桌面上。工作人员开始高声宣读，“黑马骑士”无一例外入席而坐，翘首以盼。不过，迈克·卡斯特罗当时碰巧也在房间里，抓住了宣读议案中的几个关键词。他立马派人向我报信，并打断了宣读，和他们展开唇枪舌剑，凭一己之力阻止议案通过。

众议院发言人命令迈克暂时入座，以维持会场秩序，但迈克仍继续发言，以示抗议。后来，发言人敲锤示意抗议无效，再次令迈克立即入座，但迈克依旧不遗余力，继续抗议。当时，全副武装的警察已准备就绪，随时可以逮捕迈克，把他带出会议室。就在那时，我冲了进去，同他一起继续抗议，我们拒绝就坐，并保持沉默。最终，在一片混乱中，议会不得不宣布该提案思维缜密，安排得当，修正案正式通过并移送州长签署。但是，我跟迈克依然坚持我们的立场。第二天早上，所有媒体纷纷对昨天的会议进行报道，报道把提案的每一处细节及究竟如何躲过立法机构的审核，都公布于众。之前,众议院中那些反应迟钝、胆小怕事的议员考虑到自身利益都怯于表明自己的立场,但此时也都开始支持我们了。重压之下,议会再次就提案举行了一次辩论,并撤回之前的投票结果。纽约当局政府也认识到民众对提案颇有微词,州长更是拒绝签署此项提案。经过多次诉讼,两三年后各公司所漏缴税额终于得以上缴。新闻报道称,这一数额竟超过了一百五十万美元。这次能够追回巨额国家财产,迈克当记首功。同时,这也是对腐败势力一次有力的回击。迈克并未期望自己的工作必须得到社会的承认和回报,而实际上,他确实是一无所获。即使迈克的英勇事迹现在为公众所熟悉,但时间一长自然会被忘记。但利益受损的权力机构却永远不会忘记这件事,所以在下次选举时,迈克直接被拒之门外。

在众多备用"鱼饵"提案中,有一个提出应该将高架铁路费用由当时的十美分削减到五美分。在立法会议上,负责将议案提上日程的人总算体会到了什么是"人心不古"。起初,议案是在众多性情直率、诚实正直的狂热激进分子的推动下才得以进入众议院进行审核的,但当议案真正摆上桌面时,提出者们却纷纷投反对票。我们一直很怀疑议案的审核原则,但在这个议案上,很多人还是投了支持票,因为我们深信有些人是想要用金钱阻止该议案通过。我们很厌恶这种看似与腐败分子为伍的感觉。当时很多人都选择支持此项议案,这样在下次会议上,它才会再次被提上议程。这次,铁路部门终于做出了明智的选择,即仅依据事情的是非曲直来争取自身的合法权益,而"黑马骑士"利益集团的所有成员及此项议案提出者的所有相关人员却纷纷投了反对票。去年,在对此项议案的审核中,腐败分子为了扼杀它,采取了极其卑鄙的手段。当时,我们中部分人对此愤愤不平,便投了支持票。这次,经过深刻的自我反省后,他们再次投了支持票。现在回头想想,我认为这种做法并不明智。最终,时任州长的克利夫兰先生直接对此项议案行使了否决权。在我认为,直接将其否决是非常合理的,与我站在同一立场的人也同样会支持州长的决定。因为,将费用削减到五美分，在情理上完全说得过去，而且事实证明，不久之后这一措施也确实得以执行，但这种议案审核方法却十分不妥。如果这次议案任其通过，会给今后的工作创下负面影响的先例。

另一次经历与上述例子正好相反。当时，一家大型铁路公司希望能在美国的大城市增加油库设备。后来，一位公司代表将提案放到我面前，拜托我仔细研究一下。这位代表表示，他心里很清楚，这种提案很容易受到腐败分子的敲诈勒索，因此他希望议会能考虑议案自身的是非曲直及优缺点，并希望我能好好查缺补漏。我仔仔细细地研究了这项议案，结果发现，市政当局及财产所有者都会从中获益，而且，不管是从城市发展角度，还是从铁路行业的角度考虑，增加油库设备都势在必行。于是我向这位代表表示，如果公司能向我保证，议题审核期间不会通过权钱交易和暗箱操作来推波助澜的话，我可以全权负责。这位代表很爽快地答应了。在此项议案提上议程之前，我当时恰好担任委员会的轮值主席。

虽然在议会工作的时间不长，但我发现，委员会多数成员之间在私底下都有不正当的合作和联系。这些心怀不轨的委员总是以这样或那样的借口使议案无限期地搁置，也拒绝向委员会表明自己到底是反对还是支持。我一直坚信，类似的暗箱操作一直都存在。委员会中有一两个成员性格暴躁，举止粗野。在我决定以强硬的态度来推进事态发展时，我心里很清楚我们之间很有可能会爆发冲突。当时，会议室里有一把散了架的椅子，我拿了一根松掉的椅子腿，放在别人不容易察觉而又触手可及的地方，以备不时之需。我向委员会提议，此项议案应当审核通过。但“地下联军”不加讨论便纷纷投反对票。“联军”中有些人一直面无表情地看着我，其他委员则用一种高高在上的眼神斜视着我，像在嘲弄一般。见此情景，我便再次提议，此项议案应先搁置一旁。那些人再次瞥着同样的眼神，纷纷投出反对票，提议再次被否决。我索性直接把议案放进口袋，向委员会宣布此项议案无论如何都必须提上议程。话音刚落，会场便乱作一团。有人高喊，我的所作所为将受到立法机构的弹劾。我镇定自若地向他们解释道："我怀疑有人为了敲诈勒索，故意搁置所有议案。如果真的遭受弹劾，我会向立法部门说出我怀疑的依据。"现场马上变得更加混乱不堪，不过并未发生骚乱。在我看来，这一定程度上归功于我恰合时宜地拿出了那根椅子腿，那根椅子腿起到了很好的震慑作用。当然也要感谢我那两位强悍的对手，正是他们让我想到了这一锦囊妙计。

于是，我就议案向立法机构做了报告，并将其提上议程。但此后，事件的发展却举步维艰。我想主要原因在于，多数媒体以愤世嫉俗的态度对此事进行了大篇幅的报道，这反而助长了腐败分子的嚣张气焰。在谈及此项议案是如何提出时，这些报纸纷纷写道："立法人员个个如饥似渴，纷纷嚷着要分一杯美羹。"在媒体看来，"分羹"已经成为不可否认的事实。这可吓坏了那些诚实正直的人员，但也让那些流氓无赖们松了口气。前者之所以害怕，是因为如果给议案投支持票，自己便有收取贿赂之嫌；而后者却得以在收受贿赂之前，以此作挡箭牌来掩护自己。我再也无力向立法机构提出议案，最后一位铁路部门的代表向我表示他愿意从我手中接过此项议案。他认为，在当前形势下，我已无法推动此项议案通过议会审核，将它交给某些"经验更多、资历更老"的领导才是明智之举。我心里很清楚这几句话的深层含义，只是拿不出确凿的证据。而且，当时处于窘境的我根本无法给出成功的许诺。于是，我就把此项议案交给一位老手负责。在我看来，这个人诚实可靠，只是不喜欢揣摩同事们的心思。这位绅士办事高效，对工作驾轻就熟，人送绰号"威霍肯秃鹰"，当然我这么说有点不太合适。经过几个星期的准备，"秃鹰"终于采取行动，力推此项议案。在此期间，"黑马骑士"来了一个一百八十度的大转弯，不约而同地投了支持票。其他为人正直的成员也都纷纷投票支持。最终，这一事件以议案获得议会通过而落下帷幕。现在，又有一个小规模的议案，涉及到一家公司和一个社区的利益。起初，这家公司试图按照合法程序说服议会通过此项提案，但最后以失败而告终。媒体纷纷将失败原因归咎于社区，谴责社区对立法机构中腐败分子的错误行径视而不见，致使公司受到敲诈勒索。

除了上述提到的这则案例外，我从未与其他大公司打过交道。不过有一次，我竭尽全力弹劾了一位法官。当时，这位法官与高架铁路及其他大型公司的部分人员联系密切，完全充当了他们的犯罪工具。我们掌握了他与某公司成员来往的书信。在信中，这位法官竟然恬不知耻地表示，愿意用自己的法官特权协助这位巨鳄实现任何野心。后来，法官索性将开庭地点设在了其中一位大财团的私人房间里。在给这位公司巨鳄的信中，他曾经说过："为了您的一切利益，我愿铤而走险，滥用司法裁量权。"不过，令人奇怪的是，一直以来我不确定这位法官是否犯下收受贿赂的罪行。这种可能的确存在，但在我看来，除了道德低劣，这位法官的主要缺陷可能是，对大款富翁之流有一种发自肺腑的崇拜之情。之所以得出这样的结论，是因为我曾多次亲眼目睹过此类情形，否则我也会认为这是子虚乌有的。这位法官由衷地认为，做买卖才是生存之道，立法、司法等政府人员要做的就是尽可能地为公司老板提供便利。公司生意越大，他越愿意为其服务。与政府官员暗中勾结的大公司很器重这类法官，所以也愿意使尽浑身解数为他们撑起保护伞。

我们（这里我用"我们"指代同我一起战斗的三四十位立法人员，他们或来自共和党，或来自民主党）与这些大公司做了艰苦卓绝的斗争，但"黑马骑士"集团、胆小怕事的老实人以及迂腐不化的保守派联合起来与我们作对。立法机构中多数委员均反对弹劾这位法官，而以查宾为首的少数派在经过调查后，提议对其进行弹劾。弗朗西斯·林德·斯泰森先生就是否弹劾此法官这一议题与委员会进行辩论。

这是我第一次参与关于弹劾的讨论。社会上许多早已名声远扬、受人敬仰的大商人和大律师悉数出席。不过，他们的言行举止让我吃了一惊，我实在难以将他们的一言一行与其高高在上的社会地位联系在一起。当时我不过是一个刚毕业一年多的新人。总体而言，从这个案子之后，他们与我谈话时，总是小心翼翼地避开关于生意场和政治圈的事情。现在我们都将这些敏感话题称为“特殊待遇”，指的是商业和政治之间的联盟，即商业老板私底下给某部分政府官员好处，这部分官员通过不正当行为让与这个企业相对的竞争者蒙受不公正的待遇，以此作为回报。

一天，一位世交请我外出吃午餐，他在一家非常知名的律师事务所工作。此次见面，他只是想听听我对人生的期望和对未来的计划。就个人而言，我认为他对我有好感。他向我表示，我在立法机构表现得非常出色，推行“改革运动”是件好事；同时他认为，我用实际行动证明了自己有能力在法律事务所或者商行里有所建树。但是他也告诫我不能争强好胜出风头，不要急于求成。而且他认为我在政治道路上走得已经足够远了，现在是时候将它放在一边，跟合适的人打交道了。我便反问他，这是否意味着我必须向政界里的“圈子势力”低头屈服。他有点不耐烦地回答说，现在各媒体津津乐道的只有那个“圈子”，如果我同样以为政界只有这么一个“势力圈子”的话，那我就大错特错了(事实确实如此)。所谓的“圈子(如果可以这么说的话)”只是最核心的部分，它包括某些商业巨鳄、政客、大律师及法官。这些人结为同盟，在一定程度上互相照应。因此，一个人要想获得成功，就必须获得此类势力的支持。这股势力可以来自法律界，可以来自商界，也可以来自政界。

这次谈话十分有趣，令我终生难忘，因为这是我第一次触摸到商界与政界之间的合作关系。在之后的数年里，我一直都在与这种不正当的关系作斗争。在当时的美国民众中，尤其是我所认识的人中，他们都认为商界的成功人士是最优等的公民。有关政治经济学的正统书籍里洋溢着对这些商界宠儿的赞颂，不仅风靡整个美洲大陆，而且席卷英伦半岛。之后，各种实实在在的物质奖励纷至沓来，充满仰慕之情的美国同胞纷纷效仿他们，立志成为可敬之人。尖酸刻薄的新闻评论家向来热衷于诋毁各路政客，批判政界的行事法则，常常鼓吹“商界的方法”才是最理想的选择。在此影响下，人们试图将商界这种先进的方法引到政治生活中。在个人主义民主信条的指引下，所有人都只能依靠自己，绝不允许他人干涉自己的生活，而且必须全身心地创造个人利益。赫伯特·克罗力在《美国人的生活希望》一书中解释了为什么这种信条必然会产生一个特殊的商人群体，正如社会上其他人一样，他们虔诚地相信只有拥有巨大财富的人才是最优等的美国公民，才是美国人的典范。

在立法机构中，我要做的主要是如何让政府人员诚信正直，自觉遵守行为准则；如何提高立法和管理效率。这就意味着，我们只有踏实苦干，运用智慧，才能建成办事高效、真诚待人的政府。但到现在为止，我了解到，政府为真正实现社会、行业公平所做的努力少之又少，其原因在于多数机构领导阶层的管理极其糟糕。在这里，我并非刻意对此进行谴责。我对众多优秀公民了如指掌，比如我的同事比利·奥尼尔、来自偏远山区的友人休厄尔与道。尽管当时生活很拮据，但他们同我一样都清醒地认识到，时代的变迁需要我们做出相应的改变。我们的观点虽然浅薄，而且有很大的局限性，但从本质上看，还是非常切合实际的。

直到现在，我们的视野依旧不够开阔，但我还是想在这里就生活的合理性和实际性做一番论述。我们并非势利之人，当自身能力足以使我们洞察到社会存在的各种问题时，不管是鸡毛蒜皮的小事，还是关乎民生的大事，我们都应挺身而出，坚决反对。实际上，我们发现，如果站错了立场，与资本家相比，和劳动人民针锋相对需要更大的勇气。劳工需要面对的往往是政府犯下的冤假错案，而资本家需要面对的通常是政府奉上的不正当服务。当然，两者均是通过暗箱操作实现的。通常情况下，如果在劳工站错立场时，一个人依然能秉持道德，勇于公开批判，主持公道，那才会在劳工手握正义时，为他们殚精竭虑，不辞劳苦，并切实有效地开展工作。

有些人能从始至终做到一视同仁，“对事不对阶层”。一直以来，这种无畏和正直精神对所有地区的制度建设都贡献良多。我们发现，有些人虽然在公众面前大张旗鼓地坚称“劳动人民无罪”，但当真正遇到棘手的问题时，我们私底下却不放心让他们做劳动人民的代言人。在与邪恶势力的斗争中，有些改革者并非倾尽全力，仅仅是谴责富人的贪污腐败，因此我们渐渐地不再相信他们真心愿为劳苦大众谋利益了。人性永不变，这类“改革派”也将一如既往地贻害社会。那些喜欢对民主权利高谈阔论，自称支持民众权利的人只会抨击巨鳄富豪道德败坏、腐化不堪，却从未敢于公开批判各种骇人听闻、臭名昭著的不良行径。这些人表面上打着为民众谋利益的旗号，实际上思想扭曲，心灵肮脏，不应得到诚实、正直之人的信任。当时，我们对这些人蛊惑人心、煽风点火的丑恶行径义愤填膺。虽然我们能力过硬，但这种愤恨和蔑视在很大程度上让我们难以全身心地投入到宏观调控和维护劳动人民利益的工作中去。

不过，我也有过一次受益匪浅的经历。当时香烟生产联盟向议会提交了一项议案，要求禁止在租赁房屋中从事香烟生产。委员会任命我们三人前往出租屋调查实情，以决定是否通过此项立法。在同我一起前往的两位委员会同事中，有一位对此项决议毫无兴趣。他甚至在私底下向我表示，在他看来，这一提案并不合理，只是鉴于工会在自己选区势力强大，并逼迫自己下了保证，无奈之下他在最后才投了支持票。另一位同事人还不错，是坦慕尼协会的忠实支持者，后来远离政坛，投身田径运动。他坦率地告诉我，考虑到某些人的利益，自己必须对此项议案投反对票。这些人在政界叱咤风云，与他交往密切。同时，他也向我表示，三个人中，只有我在此事上毫无私心。因此如果我愿意，我可以公平公正地展开调查，他不会做任何阻拦。他还坚信，调查后我会选择支持此项议案。但实际上，我个人觉得自己可能会反对此项立法。而且我心里很清楚，委员会之所以选我作为调查代表，也是考虑到我的反对立场。议会中我所认识的那些德高望重的议员也都持反对意见。这与政治经济学中的放任主义政策截然相反。企业家在与我谈起此项议案时纷纷摇头否定，并表示这项议案旨在阻碍人们追求财富，剥夺人们的合法权利。

但是，到租赁房的几次探访让我感到，不管纸面上报道的情况如何，现实情况却是，我不能昧着自己的良心让眼前的情景继续下去。在租赁房这种工作环境中从事生产的工人难以维持生计，他们的孩子长大后也可能难以尽到美国公民应当承担的艰巨责任。我曾分别与委员会的同事、工会代表探访过租赁房屋，我自己也不止一次进行调查。在几栋租赁厂房中，套房数量众多。工人们在改造后的厨房、卧室和客厅中生产、加工烟草。但更多情况下，男男女女、老老少少在三间、两间，甚至一间公寓套房中吃饭、睡觉和生活，不分昼夜地生产烟草。有时甚至几家人挤在一间房屋里，我至今仍记得，其中有个房间里住着两家人。当我问起为什么还有第三位男士时，有人告诉我他只是寄住在其中一个家庭里。这个房间里住着几个孩子、三个男人，还有两个女人。烟草沿着脏乱不堪的床铺堆满了整个房间，角落里还散落着各种食物残渣。里边的大人、孩子白天一刻不停地工作，晚上一直加班到深夜。他们都是波西米亚[①]人，不会说英语。只有个小孩子懂点英语，且还能够交流，有幸临时充当我们的翻译员。

我不仅没有反对该项议案，反而给予了热情的支持。由于议案中起草的措施漏洞百出，时任州长格罗夫·克利夫兰刚开始还对是否签署此项决议犹豫不决。后来，烟草生产者联合会请我到州长面前为议案说情，我照做了。这些饱受凌辱、人少势弱的外国人代表了工会和工人的利益，而我就是他们的代言人。最终州长签署了此项决议。后来，雅各布斯对此提出上诉，最终上诉法庭宣布这项禁止租赁厂房生产烟草的立法决议无效。雅各布斯是租赁

① 波西米亚，古中欧地名，现在主要指捷克共和国中西部地区。

厂房烟草生产厂商中为数不多的房间配备较为齐全的厂家，因此对雅各布斯的工人而言，他们的生活环境与其他小规模的厂家有着天壤之别。至于法庭为什么选择这一特例作为裁决依据，而对其他厂家工人的生活条件视而不见，其中原由我无从知晓。当然，这一结果也恰恰是那些支持否决议案的人翘首期盼的。上诉法庭宣布此项决议违宪。在决议中，法官怒斥此项议案是对“家庭”这一“神圣”理念的公然挑衅。也正是通过这次经历，我开始懵懵懂懂地认识到这样一个事实：对于如何实现社会进步，改善行业现状，法庭并非永远都是最佳的导向标。宣读此项决议的法官个个都是心地善良之人，他们对租赁厂房的实际情况一无所知，对大城市中多达四分之三的平民同胞们有何实际需求、生活工作条件如何，同样一无所知。他们熟悉的是文牍主义，而非现实生活。他们选择“神圣”和“家庭”这样的字眼指代租赁房屋不堪入目的环境，说明他们根本不知道自己所下的结论对错与否。两个家庭和一位寄宿者在一间房里吃喝拉撒睡，这让我们如何将其与“神圣”的“家庭”联系到一起！在之后的几十年间，这一决议死死地封住了纽约厂房租赁改革的前进道路。一直到今天，其消极影响仍依稀可见，这是美国历史上在实现行业与社会进步、推进行业与社会改革的过程中遇到的一个大难题。

从小到大我所接受的教育便是：要对法庭致以最崇高的敬意。我身边最亲密的挚友也常常因为上述类似的决议，而对法庭褒奖有加。他们将法庭誉为抵制社会混乱的防护堤，是隔离政治立法蛊惑的保护伞。也正是这些人常常会与法官在社交俱乐部、晚宴以及日常生活中不期而遇。时间长了，他们便自然而然地从同一立场出发来看问题。当然，仅凭这次租赁房烟草生产事件还不足以撼动我自幼形成的固有观点。在此次决议通过后的二十五年里，各种类似的决议接踵而至，有的由纽约州法院审批通过，有的由其他各州法院审核通过，有的甚至通过了美国最高法院的审批。这些决议最终彻底让我认清了现实。我渐渐意识到，亚伯拉罕·

林肯总统关于德雷德·斯科特案[1]的所有评论都是客观真实的，是彰显正义的，而这些评论同样适用于这些决议。在当今时代，这些决议是人类通往社会改革大道的阻碍。同时，它们也使我们为保障社会正义、平等对待男女工人所做的奋斗及普通市民所做的艰苦卓绝的努力化为乌有。

在公共生活中，相比此次案件，有些情况下，政府的不道德行为和低效无能所带来的影响更是显而易见。有那么一两次，我作为委员会委员参与了关于滥用政治权力的调查。这种不正之风司空见惯，已经深入到各个阶层。总体而言，我扮演过的最重要角色是第三立法机构的委员会主席。当时我主要负责调查纽约市各公职人员在不同任期内的工作。

剥夺了州长老议员们对市长任命的确认权，是我们委员会提出的最有价值的改革议案。我们发现，只有不断进行各种尝试，尽力让广大市民对城市一把手的性格及能力产生兴趣，市民才会有意识地拿出一部分精力去监督领导的行为，检验领导的资质。不过，我们发现，而且事实也证明了，让市民对长老议员及其他下属官员产生兴趣是难以实现的。在实际的政治生活中，长老议员扶植、提携了当地众多政治名流及极富权势的市政老板。由于长老议员手里握有实实在在的任命权，因此在一般情况下，市民们根本没有实现自身意旨的机会。将众多权力下放给为数不多的官员，并确保他们一直诚诚恳恳，任劳任怨，始终对人民负责，行使人民赋予的权力，这样才能建立一个全面政府。为实现这一原则，我们进行了不懈的斗争。而且我坚信这一原则适用于任何政府，应当得到广泛的推广应用。剥夺长老委员会的确认权，并不会给纽约市民们带来一个好政府。我们知道，不管出台何种法律，如果市民们选错了市长，那他们要面对的将会是一个糟糕透顶的政府。但

---

① 德雷德·斯科特案（Dred Scott Decision）：美国最高法院于 1857 年判决的一个关于奴隶制的案件，该案的判决严重损害了美国最高法院的威望，更成为南北战争的关键起因之一。

是，只要市民愿意，我们就一定可以确保他们有机会享受到优质政府的服务。不过在旧体制下，这是很难实现的。为了优化政府服务，我们锲而不舍地进行了各种斗争。但堕落腐化、沆瀣一气的政客们不断声讨我们，并高喊着自己的政治口号，借此将头脑简单、毫无主见的保守派人士收入麾下。他们抨击我们正在变革原有的宪法体制，损毁当初政府创立者用聪明才智建立的不朽功绩，抹掉象征自由壁垒的立法执法界限。他们批判我们偏激冒进，崇尚暴力，肆意妄为，不懂得尊重历史。

当然，委员会对事实的深入调查、无情揭露以及有力诉讼，使在任主席的我与众多财大气粗的金融家、权势高贵的政治家及受他们控制的某些报社结下了深仇大恨。我的对手数量众多，能力出众，而且恬不知耻，他们有些是为了自己的金融生涯而战，有些是为了让自己免受牢狱之灾而努力。也就是说，我打击对手的同时，也受到了他们的打击。在这类政治斗争中，像我这样为了社会公平正义参与其中的人，马上便会受到位高权重、腰缠万贯、狡猾奸诈之人的强烈愤恨。他们会不遗余力地发泄自己的仇恨，不给你任何喘息的机会。所以，一旦参与到这种既激进又务实的改革运动中，人们很快就会感觉到，除非自己的人格品质无懈可击，否则最好不要对所有细节都刨根问底。在我领导的调查委员会中，有一位来自农村的议员，才识过人。他初到纽约城时，与初到巴黎的美国同胞一样感同身受，他认为家乡的那套道德法则已不再适用。尽管他能力出众，却不够灵活，没有意识到警察局暗地里跟踪调查他和其他议员。后来，他遭人陷害，参与了一起与他毫无关联的杀人案件。便衣警察赶到现场时，他满手是血，被逮了个正着。从那时起，这些人便握住了他的把柄，所有事情只有经过他们允许，他才敢采取行动。之后，这些操控警察局的幕后黑手在委员会中锁定了一个可以依仗的人选。尽管那些市政官员不会揭穿他，但有几次因为一系列事件，其他委员差点向委员会告发了他的所作所为。当时，这位身强体壮的议员满脸恐惧，神色慌张。我从未见过这种情形。我们始终没有搜集到足够的证据，能够证明这位议员真的参与过实际操作，最终让他逃脱了。

他们给众多议员设下了圈套，如果我们不够聪慧、机警，就会掉进这些陷阱，那我们的政治生涯恐怕就会就此结束。同上文中提到的同事一样，如果让我们面对同样的情景，我们也很有可能会中了他们的奸计。一个人能在政治生涯有这样的经历，也就没什么遗憾了。每个人都可以担任公共职位，即使他人握有关于自己不可告人的秘密把柄，很多人依旧可以若无其事地担任公共职务，政治生活与他人也没什么区别。但是，如果一个人性格懦弱，经不起打击，那他的政治生活就毫无价值。面对危机时，他做不到坚韧不拔，不能自立自强。面对滥用职权者，这样的人也不会据理力争，更无力与身居高位、恬不知耻的对手针锋相对。一个人一身正气、两袖清风，并不意味着他可以为民众提供优质的公共服务。一直以来，我都很喜欢约什·比林斯[1]的那句名言："做一条明智的毒蛇远比当一只无害的鸽子难得多。"议会立法人员中，有的人体面正派，有的人才华横溢，不过前者的清白正直与后者的锋芒毕露往往如鱼与熊掌一样不可兼得。一个人要想与损害公众利益的权力群体誓死拼搏到底，就必须同时具备这两种品质。他必须两袖清风，这样当人们调查他的公共生活和个人生活时，他才可以坦然处之。但是，如果他头脑愚笨、胆小怕事，一身的清白也没什么用处。他必须谨小慎微，无惧无畏地大步向前，尽量避免与他人打口水仗。同时，他还必须随时做好准备，必要时才能给敌人致命一击。顺便说一句，有一点需要我们牢记于心：对待敌人，无关痛痒的打击就是不可原谅的犯罪。也就是说，不打则已，一打惊人。

与多数政界的年轻人一样，在发现自我之前，我的内心也经历了各种不同的蜕变。有段时期，"凡事靠自己，自立才自强"这一信

---

① 约什·比林斯(Josh Billings)：十九世纪美国幽默作家亨利·惠勒·肖(Henry Wheeler Shaw)的笔名，是十九世纪下半叶继马克·吐温之后美国最杰出的幽默作家，有众多名言警句传世。

条对我颇有影响，以至于在处理所有事情时，我都仅从个人观点出发，从不理会他人提出的原则和意见。不久之后，我便自食其果，所做之事纷纷以失败告终。这次教训价值连城，好好地给我上了一课：面对生活中的各种事情，一个人只有同伙伴紧密合作，才能取得最佳成绩。也就是说，在某些方面，同伴之间应该互相让步，以达成一致意见。在后来的某段时期内，我又开始坚信自己还有很长的路要走，因此目光必须长远，而且要仔细审视现在的每一步可能对将来造成的影响。但是，过度关注自己的前途使我在公共生活中毫无作为，这让我很反感自己。后来，我又下定决心尽量不考虑自己的未来，而是假设自己现在担任的职位是我人生的最后一站，以这样的态度稳步前进，强制自己在任职期间竭尽所能做好本职工作。后来我发现，对我而言，只有通过这种生活和工作方式，我才能既享受生活，又为国家提供优质服务。之后，我便一直以此作为自己规划人生的信条，从未有所改变。

就推动政治进步而言，大领导者能做的事情当然有很多。当时，共和党的两大派系中坚派和伪军派互不相让，分别力推亚瑟总统和米勒议员，而我根本无法入他们的法眼。在立法机构就职一年后，我便跻身领导阶层。第二年，共和党成为少数党。尽管当时我只有二十四岁，仍是整个下议院中年纪最小的议员，但我还是获得了少数党参议院议长的提名。第三年共和党人成功取得了立法权，大领导者便立刻参与了议长竞选。提名竞选中，两大派系的党首强强联合。我最终还是落败了。当时，我万念俱灰。但由于我据理力争，办事高效，又是以一敌二，也没有政治机器做后盾，尽管最终竞选失败，但我还是当选为政党领袖。实际上，此次落败进一步夯实了我在议会中的地位，也促使我取得更大的成功，这是我担任议长所远不能及的。我一如既往地认为，那些徒有虚名而无实权的人终将一事无成。一个人真正的价值是同时具备能力和运气，并最终在自己的领域有所建树。成就才是硬道理，职位的高低只不过决定了成功机会的大小。在此次会议中，我与其他三位议员在政治问题上总是不谋而合，因此我们四人被誉为无党派人士，也被称为反政治机器的共和党人。会议结束后，全国代表大会下令让我们四个组成代表团，参加1884年的共和党全国代表大会。大会上，我运筹帷幄，力推乔治·埃德蒙斯议员为提名候选人。但结果埃德蒙斯先生落败，最终布莱恩先生获得提名。显然，布莱恩先生赢得了党内普通议员的支持，成为他们心中的最佳人选。他的当选公正公开，赢得光明正大。在之后的竞选运动中，我也竭尽所能地给他更多的支持。

这次议长竞选不仅让我弄清楚了大领导对政治该有的态度，更让我想通了很多事情。在竞选之前，我已经与被亚伯拉罕·林肯总统称为“衣着华丽”的改革者们打过几次交道，但每一次我都被气得七窍生烟。这些人心地善良，颇有教养，刚正不阿，敢于对贪污腐败说不，经常在休息室或会客厅里探讨如何杜绝腐败的问题。但是，他们只是纸上谈兵，遇到现实生活中的人和事便束手无策。他们会不时地叫嚣“我们需要改革”，说得十分轻巧。在他们眼中，改革仿佛就是块唾手可得的蛋糕，是看得见摸得着的东西。只要改革者大声疾呼，不断施压，相关部门迫于压力就会乖乖地按照改革者的意愿，将“改革”分发到他们手里，想要多少，就给多少。这些只会坐在客厅里高谈阔论的改革家还非常喜欢在别人背后指指点点，以掩盖自己在实际操作方面的低效和无能。他们缺少大刀阔斧地改革所需要的勇气和能力，真正将他们的纸上理论付诸实践的是那些实干家。讽刺的是，这些胆小、无能的改革者却向来以非难无畏、全能的实干家为乐。他们总喜欢异想天开，所持观点也总是不合时宜。他们虽然公开指责某些心怀恶意、贻害社会的政客，却没能意识到自己的主张正好迎合了这些政客的心意。更重要的是，当觉得个人利益或阶层利益受到威胁时，他们的所作所为常常与自己一直抨击的行为准则没什么两样。

在他们众多的陈词滥调中，有一条是这么说的：公共职位的人选应该由政府挑选，而非在竞选中产生。在某些时期内，对某些职位来说情况确实如此。但当环境发生变化时，这一准则便不再适用了。想当年，华盛顿总统认为完全没必要竞选总统，而且也不情愿竞选总统。但如果当时亚伯拉罕·林肯总统没有参与竞选，那么他最终也不会获得提名。在这种情形下，这一准则的缺陷不在于个人是否参与竞选，而在于参与竞选的目的是否单纯，时机是否恰当。这条准则通常只会助长不正之风，给伪君子以可乘之机。在我竞选议长时，整个政治权利机构的政客都与我为敌。因此，只有尽力唤起不同选区选民的共鸣，我才有胜算。为了赢得他们的支持，我不得不在各个选区奔波。每见一位选民，我就客观公正地说清楚事情的原委，以便让人们明白，这次竞选我确实是全身心地投入，即使面对再大的阻力，都不会临阵脱逃。但是，针对我的努力，有些改革家却连连摇头，并对我的游说活动表示谴责。当然，对腐败不堪的政治权力机构而言，他们最大的愿望是怂恿那些正派体面的人驳斥真正力图推进政治改革的正义之士，并唆使这些体面的人质疑他们进行的所有活动及办事效率。

如果办事高效的人全都道德败坏，而道德高尚的人全都效率低下，那么肯定不会有好结果。在初入政界时，我发现品德败坏、但办事效率极高的人数量众多；而心地善良、追求高尚、但毫无办事效率的人也不在少数。这个现象过去如此，现在如此，将来亦是如此。如果还想为祖国做点事情，那么我要做的便是道德与效率兼备。既有崇高的理想，又能脚踏实地、竭尽所能地将理想付诸实践，这便是我的理念，我会全心全意为之努力，不遗余力地为之奋斗。

对一个年轻人而言，纽约州立法机构的生活总是妙趣横生，多数时间都是令人愉悦的。身边总是有各种各样的唇枪舌剑、你争我斗，有时他们只是讨论毫无对错之分的问题，有时就真正有建设意义的政治政策问题进行激烈的辩论。而且，这种争论相伴着各种“无心插柳”的趣事。在立法机构的一次会议上，纽约市民主党的代表分裂成两大阵营，两位领导竞选者棋逢对手，针锋相对。其中一位心地善良，逍遥洒脱，是典型的乐天派，后来的几年里一直在国会任职。他曾担任过地方法官，因此被人称为“裁判员”。总的来说，我跟他相处得还算融洽。不过，有几次，我的所作所为令他很不爽。对于其他任何议员的任何提案，他总是心甘情愿地投支持票。如果同事们因为各种原因，尤其是以违宪为借口反对他的决议时，他就会指责他们心胸狭窄。因为在他看来，宪法应当包罗万象，毫无界限。有时，他的这种观点甚至都让我怀疑自己在解释宪法时是否太拘泥于规则了。有一次，他在议案中提出，议会应当拨款救济那些被他尊称为“正直淳朴的国家自耕农”，但实际上，这些人却是些十恶不赦的恶棍。很显然，提案并不合理。我向他解释，明眼人一看就明白，这项议案是违宪的。他回答道：“我的朋友，宪法可没谈到这些细枝末节的东西。”稍作停顿后，他又带着谄媚的微笑对我说，“当然，不管怎么样，我决不允许宪法阻碍我们的友谊。”当时，我恰好在审核布莱斯先生《美利坚共和国》[①]的校对稿，于是便把这件小事告诉了他。后来，布莱斯先生将它写进了书的初版。至于有没有保留到最终版，我就不得而知了。

之后又有一次，布莱斯先生因为某一议题同我争论不休。最后，在演讲即将结束时，他表示在这项议案上，他有点模棱两可。用法律界的专业术语来说，这就是“准立场”。同样出生于爱尔兰，他的竞选对手却与他截然相反，举手投足间均流露出一种与生俱来的高贵气质。内战期间，他英勇杀敌，战功赫赫；内战结束后，他组织并领导了一支远征军北伐加拿大。但是，队伍还没到达目的地，奥尔巴尼就喝得酩酊大醉，所有的人都被关了禁闭。于是，这位领导人便放弃了自己的军队，转而投身到纽约政坛。他在纽约政界颇有影响力，而且经历和我非常相似，先是在警察局任职，并

① 《美利坚共和国》（*The American Commonwealth*）：英国著名政治家、外交家、历史学家詹姆斯·布莱斯的著作。本书就美国社会的政治结构、立法系统以及普通民众做了详细而深入的分析，被视为外国人论述美国的经典著作之一，至今仍被美国许多大学作为政治学教本。

最终在警察总署任职。在他看来，对我进行人身攻击让这个对手挣足了面子。于是，他郑重其事地走到与我相隔不远的对手旁，向他说道："卡梅隆先生（当然，卡梅隆不是他的真名），我想让你知道，罗斯福先生对法律的了解远胜于你。还有，亲爱的迈克尔·卡梅隆，既然你对拉丁语的字母和文法一窍不通，为什么还要在议会上引用拉丁语来丢人现眼呢？"

在立法机构工作的三年里，我致力于寻找一种简单的政府管理哲学。良好的个人品质以及永不停歇的创新精神是一个人参与政治和社会生活的首要必备条件。到现在为止，事实证明，这一理论不仅屡试不爽，而且已经成为政府管理必不可少的指导思想。不过，由于没有充分考虑到集体行动的必要性，所以这一理论也有一定的缺陷。我将永生铭记那些为立法正义奋斗终身、并肩作战的人，其中不仅包括我的立法同事们，还包括诸如斯宾尼和康宁汉姆之类的新闻记者。当然，除此之外，还包括那些在不同选区曾给予我莫大帮助和支持的人。我们下定决心，面对能力突出、道德败坏的对手，决不能以暴制暴。与此相反，在办事效率上，我们必须向对手看齐，做到与之匹敌；在道德修养上，我们必须洁身自好，同他们永远划清界限，以此赢得最后的胜利。

要想始终做到中立、中庸，绝非易事，尤其是当一方为腐化不堪、厚颜无耻的煽动家，另一方同样是道德败坏、寡廉鲜耻的反动派时，事情就变得更加棘手了。对待这两者，我们尽可能做到一视同仁。尽管双方都不是正义之师，我们还是要尽最大努力坚持与正义为伍。尽管心地善良的财产拥有者很容易受人唆使，误入歧途，对侵害他人权益的行为视而不见，但我们仍会全力以赴去杜绝这种恶行。尽管我们很清楚，有些财产拥有者本来就是邪恶卑鄙、贪污腐败之流，但我们仍不受恶势力的恐吓，坚决保护私人财产不受侵犯。到现在为止，我们仍然没有清醒地认识到应当严格监管大公司，没有充分意识到政企结合造成的巨大危害。在这个问题上，我没有被朋友们牵着鼻子走，没有任人摆布。事实却恰恰相反，我比他们更有先见之明。在当时的政治生活中，没有任何一位领导认识到解决这些问题的紧迫性。我之所以没及时认识到采取行动的重要性，部分原因在于许多表面支持民众改革的人背后实际上腐败无能、虚情假意、遭人唾弃。他们采取的多数举措耗资巨大，但收益甚微。这并非是我为自己找借口，或是为自己辩护，而是事实。当时，我就与那些徒有金钱、别无他求的大鳄们没有共同语言，对他们也毫无敬仰之意。我认为，如果一个人具备的仅仅是同他人之间所谓的“金钱关系”，而不是优秀的品质，那他不会赢得任何人的尊重和敬仰。正如上文所言，我们确实与很多不正当的行径坚持不懈地做斗争。面对当时早已声名远扬、财大气粗的金融家及其利益集团，我们从未屈服认输，也没有心慈手软。我们之所以全身心地与恶势力抗争，多数情况下只是为了追求公平与正义。在反腐斗争中，与那些为腐败阶层争取特权的人相比，更多时候我们是与蛊惑人心、煽风点火的卑鄙小人为敌。斗争中，我们根本不在乎这些权贵来自何种阶层，身居何种要职。从根本上讲，与损人利己的权势阶层之间的斗争永远都不会结束，我们所做的努力只是其中的一小部分而已。

在其他政府体制下，为了自身利益，而向当权者阿谀谄媚，溜须拍马，这是对民众犯下的滔天大罪。同样的道理，在民主制国家，为了私利而愚弄群众，蛊惑人心，也是对选民犯下的最大罪过。如果一个人在灵魂深处极度渴望通过高质高效的公共服务成就一番事业，那在美国政治界待久了，渐渐地就一定会把自己视为一种工具。有此境遇的人还有很多。对一个国家而言，这些人都是国家宏伟蓝图必不可少的一部分。他们各司其职，各为所用。但是，当一个人不再有利用价值时，他便被无情地扔下历史舞台。如果一个人足够明智，他会在时机成熟、众望所归之际，欣然接过前人手中的接力棒，不去问未来能带给自己什么。我们应该创造条件，让这些无所不能的神人圆满完成自己的历史使命。这样，当后起之秀蜂拥而至时，他们便可以面带微笑，毫无遗憾地退出历史舞台。他不必为悔恨而苦恼，因为这都是徒劳。一个人只有在悔恨的推动下，才能更好地履行自己的义务，收获更多的回报。作为先人，他所做的一切已经足够了，因为自己的恪尽职守已经为后来人更上一层楼打好了坚实的基础。

将理念付诸实践

1899年春天，哈里森总统任命我为行政事务委员。在接下来的五年里，我依然负责机构的部分例行工作，也做过几次竞选演讲，还在1886年竞选过纽约市市长（竞选对手是民主党代表阿布拉姆·赫威特和独立党代表亨利·乔治），但以失败而告终。但总的来说，在这段时期内，我对政治生活并没有太大的兴趣。

我在行政委员职位上工作了六年，其中在哈里森总统手下任职四年，在克利夫兰总统手下工作了两年，两位总统都非常器重我。在行政委员会，有段时间，我曾与来自南加利福尼亚的纽约州前州长休·汤姆森共事；还有一段时间，我与来自肯塔基州的约翰·普罗科多一起工作。这两个人都是民主党人，之前都在联邦军队服过兵役，参加过内战。他们高尚的人格品质深深吸引着我。每当委员会需要参与竞选时，我们都会互相照顾，并肩作战。

行政事务改革主要包括以下两点：第一是要尽力确保公共服务管理更为高效；第二是尽全力让政府管理机关免受分赃政治的危害，由此确保美国的政治生活不再成为滋生贪污腐败、道德堕落的沃土。所谓的分赃政治理论是指：公职人员进行政治分赃，获胜的政党给予支持者一些好处。在这种体制下，即便是在行政事务改革的试行期，政府在公共服务方面也往往能交出较为满意的答卷。其原因在于，倘若当政官员能力出众、目光长远，那他心里一定很清楚，从长远上讲，社会舆论势必会将政府的管理低效、一事无成归咎到自己的头上。因此，他再三叮嘱下属必须恪尽职守、各司其职。而且，在分赃体制下，接受任命的官员无一不具备良好的创新意识，拥有一定的实权。正是因为创新意识、实权等优势，他们才能在众人中脱颖而出。然而，历史上以低效无能而臭名昭著的政府也不在少数。这些政府首领往往集所有权力于一身，任人唯亲，这种任命往往取决于领导者的个人喜好，毫无标准和原则可言。而为了争取并保住自己的职位，下属通常要向领导提供某些与本职工作毫不相干的、不正当的服务。这些必然会降低公共服务领域的道德标准，使职员同政客一般腐化、堕落，“之所以为人民服务，是为了拿人民的好处”。实际上，在我踏入政坛之前的六十年里，玩世不恭的美国分赃政治家有这样一句口头禅：“胜利只属于分赃者。”信条背后隐藏的邪恶堕落、心术不正暴露无遗，这是对正义赤裸裸的挑衅。因此，只要是受过教育、有一定思想觉悟的人都不会认同这一观点。政府在任命、提升、裁减和开除公共服务机构中的职员（不论是邮递员、速记员，还是女打字员和普通文员）时，往往拒绝以任人唯贤作为用人标准，而是任人唯亲、任人唯友。从整个民众利益的立场来看，这种做法不仅败坏道德，而且愚蠢至极，使政府威信全无，名誉扫地。

照此情形，从表面上看，彻底铲除分赃体制似乎困难重重。更令人无奈的是，这一体制在日常政治生活中早已司空见惯，人们对此也早已习以为常。在美国普通民众看来，公共职位仅仅是执政党用来为自己牟利的工具，这一观点在他们心中早已根深蒂固。他们对这项体制的整体流程了如指掌，将其视为政治界的“自然法则”。不仅仅是政客，就连多数民众都理所当然地认为，在体制面前，默默接受才是正确的态度。不过，也有很多社区的市民表示，这种安排并非是“神祇之意”，更不符合情理。在他们看来，邮局一把手的职位就应当由少数党任命产生。如果不加以禁止的话，其中一方便可以利用职权之便向对手索要政治回扣，从而在党派斗争中占压倒性优势。为了自身的长远利益，另一方也只能纷纷效仿对手的罪恶行径，压制打击对方。无一例外，所有政党都会利用党内掌权官员的职位之便为自己牟取好处。政党上台后，更是处心积虑地将在野党执政时期的所作所为批得一无是处，并重蹈对手的覆辙。

要想消除这一体制所带来的不良影响，一方面我们必须采取措施，逐步改变普通民众对体制问题的思维态度；另一方面要确保法律制定的合理化以及法律管理的规范化。要做到这两方面，我们任重而道远。当前，在美国的政治生活中，仍有大量公共职员面临着被人利用的潜在危险。有些厚颜无耻的管理机构会诱使某些在职人员，让他们不顾政治法规，公然欺骗民众感情，这种情况在所谓的“不平等选区”尤为严重。在“不平等选区”，政党势力十分薄弱，这使得职权人员享有与其身份不相符的巨大影响力。1912年共和党管理层便是如此，最终导致共和党下台。除此之外，到目前为止，许多州及市政府在废除分赃体制方面依旧毫无进展。不过，在中央政府各机构中，全国行政事务委员会已经将数以万计的职位纳入到政绩考核机制中，所有候选人将被择优录取。

对力争创建优质政府的人而言，官职恩赐制是政治体制的一大弊端，其负面影响难以估量。改革者试图对中央、各州，甚至是各市的各种体制进行改革，但很快就发现，自己面对的是一支组织有序、唯利是图的腐败大军。这些人利用珍贵的公共资源，将自己的政治技巧锻炼到炉火纯青的地步。竞选中，作为候选的优秀公民碰到他们，犹如民兵碰上正规军，不堪一击。不过，也有些市民会反过来支持自己的对手，从而从他们那里找到技巧要领，经过反复练习后迫使对手下台。行政事务改革的初衷主要是为美国的普通市民提供平等参与政治的机会，确保市民与政客依附者享用同样的地位和权利。

恩赐制度并不会给一个政党带来任何实质性的帮助，只会使大领导牢牢地控制住党内的权力机构。1912年的共和党便是如此。整体而言，在美国政党竞选的历史上，取得压倒性胜利的往往是反对恩赐制一方。这一制度只会让政党的组织大权掌握在党内素质最低、能力最差的人手中。要创立优秀政府，面临的困难主要包括以下两方面：第一，这些优秀市民缺乏持久战斗的毅力；第二，那些自私自利的政治家们活动猖獗，而且战力十足。我们很难保证，开展的每项活动都能激起普通市民参与政治的兴趣和热情，让他们全身心地投入其中。不管是机械师、银行家，还是电报操作员、店员，所有市民都希望活动能取得好效果。只是在现实生活中市民不愿拿出时间，当然更多情况下，是没有足够的时间和精力参与其中。市民们有自己的利益追求、自己的事业，因此很难要求他们拿出大量的时间来参与政党的初选、监督政党组织及唱票活动。简而言之，要求每位市民都考虑到政治管理的所有细节，阻力重重。

与此同时，分赃制度也孕育了这样一个阶层：他们需要付出必要的时间和精力以确保自己的经济利益。当然，他们会为此获得丰厚的报酬，只是这些报酬都是从群众的腰包里窃取的。在分赃体制下，一个人之所以被任命为某市、某州，甚至是联邦的普通职员或是管理人员，主要原因并非是他众望所归，有资格成为一名优秀的人民公仆，而是他曾帮助过某些大领导或者是领导亲信。能否稳固自己的职位，不是由他服务质量的好坏决定的，而是取决于他如何在党内保持自己的影响力。这也就必然决定了，他是将更多的精力投入到所在政党的党政工作中，还是倾注到维护追求自己的市政领导利益上。面对公民利益，自己只能是"有心杀贼，无力回天"，将其置于次要地位。一年到头，普通市民只是偶尔一两次，或是三四次过问一下政事。他则完全不同，必须每天密切关注并积极参与政治生活。政事是他们千古不变的话题，因为他们靠这个吃饭。他们既参与国家政策方针的制定，也不断打小算盘，这就是他们的工作。我认为这无可非议，在我看来，应该受到谴责的是我们这些平民百姓。我们早就应该承认，一个以服务大众为本职工作的普通政府管理职员实际上与政府决策毫无瓜葛，因此也就不必要让他们参与政党初选会、诉讼案件以及提名大会等高层次活动的管理工作。我们的美国同胞对政治大都持有偏见，对政治生活消极倦怠，这在无形中就豢养了一大批这样的人：他们训练有素，组织有序，以政治，尤其是腐败政治为生；在一系列政府事务上，他们的利益都与我们相左。不管各位上司之间在政治上的利益如何错综复杂，他们都知晓如何闪转腾挪，处理好细枝末节。在政治生活中，普通民众则只是一心想成为品德高尚、体面正派的市民典范。但每当选举之日到来之际，他们发现面对成熟老练、规模庞大的唯利是图大军，自己充其量就是一名孤身奋战的志愿军，在这场对决中毫无胜算。仅在联邦政府中，就有成千上万个公共职位，更不必说各州及各市了，已经就任以及渴望就任这些职位的人组成了一支规模庞大的正规军。不管是否属于当前执政党中的一员，他们都沆瀣一气，臭味相投。现行的政治体制正在为这群人服务，而且会继续为他们服务。在与他们的抗争中，我们只有社区公民支持“公事公办”的崇高正义感。而且，总体而言，各社区之间没有正规的组织，也没有规章制度可言。相信正义的人数量众多，相比之下，用卑鄙行为维护个人利益的人虽然少，但绝对数量仍不可小觑。因此，两者之间胜负难料也就不足为奇了。

在我担任行政委员会委员的六年时间里，政绩考核制度得到了大范围的推广，使用这一体制的职位比当初增加了好几倍，这样做的结果之一便是分赃制的逐步消失。总的来说，这一举措之所以能付诸实现，主要原因是引入了入职考试制度。在海军部队，主要归功于登记注册制。这些做法本身都是很好的尝试。

当然，一些更好的做法可以保障法律得到高效、切实的落实。不过，由于种种原因，当初该制度只成功引入到一部分领域。同样，在实际运用中，这一制度也只是在部分领域取得了成功。事实证明，该制度适用于管理大型海关及邮局的普通职员，但并不适用于这些部门的领导阶层。原因在于，部门领导者多为老奸巨猾的政治家，道德败坏，品质低下。而且，由于他们是靠着分赃体制才受到上级任命的，因此他们或直言不讳，或含沙射影，处心积虑地想要打破政绩制度，好任命自己的亲信及下属，以此偿还政治上的人情账。有时，这些人索性明目张胆地使用暴力解决问题。不过，更多情况下，他们还是通过藏奸耍滑的方式来躲避法律的监督和惩罚。与此同时，多数情况下，行政事务改革家在政治事务方面，根本就做不到游刃有余。在老奸巨猾的职业政客面前，他们往往会陷入绝境。因此，在初入政坛后不久，我便发现，在许多部门里，法律形同虚设。这种不负责任的办法将会鼓励政客更加肆无忌惮地抨击各种法律法规，同时也让心地善良的人民感到这些法律不值得自己去捍卫，因此产生的危害极大。

我与同事们的首要任务是确保该法律得到切实有效的实施。在几次唇枪舌剑和针锋相对后，我们最终取得了胜利。当然，随着鏖战的不断加剧，我们不得不与众多颇具影响力的政治家过招，他们有的是国会议员，有的是国会议员的支持者和赞助者。因此，斗争刚打响不久，我们便发现自己早已处于跟声名显赫的参议员和国会议员殊死搏斗的境地。当然，也有很多参议员和国会议员对分赃者恨之入骨。他们办事高效，坚定不移地为改革提供全方位的支持。可以说，没有他们的参与和支持，整个改革必将失败。这些人有来自马萨诸塞州的国会议员（后来成为参议员）洛奇，来自明尼苏达州的参议员卡什曼·戴维斯，来自康涅狄格州的参议员奥威尔·普拉特，来自密苏里州的参议员考克莱尔，来自俄亥俄州的国会议员（后来竞选为总统）麦金莱以及来自加利福尼亚州的国会议员达尔甘。此外，也有众多参议员和国会议员一直都非常憎恶整个改革内容以及与改革相关联的一切，对改革的拥护者也充满敌意。用法律术语来讲，他们的仇恨有时是有根有据的，有时却是蛮不讲理的。换句话说，有时委员会任命最高效的（有时也是最腐败、最恬不知耻的）支持者干预改革；当委员会不干扰改革时，这些人就打心里不愿为创建体面正派的政府出力。这些人总是不断向我们挑衅，因为来自内阁及其下属机构的某些政府官员通常都会明目张胆，或者偷偷摸摸地给予他们支持。上文提到的那些参议员和国会议员在与我们对质时，提出的理由五花八门。比如，有时他们会下令，让某些委员调查我们。在整个政治生涯中，不管是在就任期间，还是在离任之时，负责调查的委员会时常突然出现在我面前。对此，我早已习以为常。有时，他们甚至竭力削减政府对委员会的拨款。

在与这些参议员和国会议员的对决中，我们偶尔会通过拒绝在他们所在选区内实施考核制这样的权宜之计，以此让他们乖乖就范。当然，这一举措总会招致他们所在选区选民的疯狂诉讼。我们向他们这样解释：由于拨款有所减少，我们已无力在所有选区都实施考核制度；很显然，我们会优先考虑支持改革和考核制的国会议员所在的选区。听到此番解释，选民便将注意力转移到国会议员身上，迫使他们增加财政拨款，以使自己所在的选区也能拥有考核制。从长远上看，这样做产生的最终结果是：我们可以获得充足的资金用于支持和开展工作。总体而言，最具声望的领导人都站在我们这边。所有算得上称职的大部门领导都期待自己的部门可以良性运转。如果自己必须根据掌管分赃的政治家的脸色，来决定本部门职员的任命、升迁，那么用不了多久，领导们就会发现部门工作杂乱无章。正如我之前负责的所有改革一样，在此次体制改革中，大多数反对声都披上了诽谤和诋毁的外衣。对手彻底颠覆和扭曲了我们所提出的改革目标、改革方法以及我们的个人品质，以此作为攻击我们的主要工具。我曾经不止一次地与这些恶言歪意的始作俑者进行激烈的争论。有段时间，我甚至一度深深地被这种辩论所吸引。不过，现在回头想想，在位高权重的人面前，驳斥他们的谎言，揭露他们卑鄙恶毒的面目，其实是件枯燥无味的事情。对手将此次体制改革称为“中国式科举制度”，这是他们最喜欢引用的论据。原因很简单，很早之前，中国便以书面考试选拔为理论基础，创立了一套效率低下的政府管理体制。这一论据的逻辑很简单。中国曾以书面考试的形式作为选拔官员的标准，而现在有人提议让美国也效仿这一体制，得出的结论便是，改革派提出的体制实际上是中国式制度。同样，这一理论还可以应用到更多方面。比如，中国人使用火药已经有几百年的历史，而美国的春田式步枪刚好用了火药，由此得出的结论便是春田式步枪是中国人发明的。两个例子的逻辑如出一辙。虽然我们不可能就该体制下类似的荒谬问题作出回答，但我们还是可以针对某些言论，尤其是一些声名远扬的参议员或国会议员发表的谬论，作出回应。通常情况下，对手们经常妄下论断，抨击我们向求职者提出的问题荒谬至极。有时，他们还会一口咬定，我们将人员分配到并非他们居住地的地区工作。他们之所以这么说，主要是为了表明，由于这些受分配人员不了解当地积极参与选举活动的政治家，因此相关政治工作难以顺利开展。

有一次，我们把一位来自共和党的党首批得体无完肤，这位对手名叫格罗夫纳，是一位来自俄亥俄州的国会议员。当时格罗夫纳先生当着各位众议院议员的面，对我们进行人身攻击，生动形象地例数我们犯下的罪行，其中部分抨击纯属捏造。当时，国会正好下派了一个委员会对我们进行调查。于是，当委员会第二次召见并质问我们时，我便提出了在委员会面前与格罗夫纳先生当面对质的请求。随后的几个星期里，这位先生都不敢接受挑战。之后，我对外宣布，要去达科他州的牧场。消息传开后，格罗夫纳可能感觉不必再对质，感觉万事大吉了，他便给我写了封信。在信中，他表示，自己很希望和我在委员会面前对质。我立即退了票，等着他出现。事实证明，这位先生记忆力不是一般的差。我只是简单地将他前后的言论做了对比，他便思维混乱，前言不搭后语。比如，在我的逐步引导下，他放松了警惕，说出了如下的话，“我并不想废除行政事务改革法，我也从未说过要废除这一法规”。于是，我从他的演讲中摘取了一小段，内容是“我不仅会投票支持删除此项条款，而且还会投票支持废除整个法律”。对此，他无言以对，只能强词夺理地说道：“实际上，这两者并不矛盾。”他声称“卢夫斯·普特南谎称自己居住在俄亥俄州的华盛顿县。但据我所知，他从未在这里也就是我的国会选区内居住过，不仅如此，他甚至都没在俄亥俄州驻足停留过”。于是我们又拿出了一封信。这封信是格罗夫纳先生亲笔所写，主要是为了表达对卢夫斯·普特南先生善意觐见的感激之情。在信中，他这样写道：“卢夫斯·普特南先生是我所在选区的一名合法居民。现在他和他的亲戚朋友都住在那儿。”对此，格罗夫纳先生做出如下解释，首先，他并没有写过这封信；其次，如果确实写过，他也已经忘了；再次，他之所写这封信，是因为当时中了别人的圈套。他表示：“没有任何一位求职者曾告诉我，他在我管辖的地区申请到了一份情报方面的工作。”我们便拿出了八个人的名单跟他对质。他大体看了一眼，说道：“是的，这八个人现在都住在我的行政区内，并且已经获得了任命。”不过，他又进一步补充道，某些政党为了自身的利益，曾经重新划分了自己所管辖的行政区，所以他自己也说不清哪些人曾经在那里住过，哪些人没有住过。当我开始进一步质问他时，他又指责我缺乏幽默感，竟然不明白他说的只是玩笑话而已。之后，他接着宣布：“在众议院会议上发表演说的国会议员与站在证人席上为他人作证的证人两者所站的立场是有区别的。”这句话也就意味着，他公然承认了身为国会议员的他在发表演说时并未考虑到措辞的严密性。最后，他慢慢起身，高傲地说道，自己在众议院上所做的演讲绝不容许任何人质疑，这是宪法赋予的神圣权利。委员会成员被他的一言一行逗得捧腹大笑，在后面的调查中再没有向他寻求帮助。

当时，我们还要面对一位分量更重的对手，他便是时任参议员民主党领袖的戈尔曼先生。在一次抨击委员会的演讲中，戈尔曼先生十分煽情地描述了他的一位朋友是多么强烈渴望成为一名邮递员以及这位朋友如何在我们面前接受考核。他这位朋友来自巴尔的摩，聪明绝顶，同时还是一位颇受牧师器重的主日学校的毕业生。戈尔曼先生表示，当时我们向他这位朋友询问的第一问题是：“从巴尔的摩到中国最短的路线是什么？”这位机智聪明的年轻人回答道，自己从没想过要到中国去，因此从没研究过这条路线。戈尔曼先生说，接下来我们先是向他询问了从美国如何乘蒸汽船到欧洲，然后又把话题扯到了地质学上，后来又测试了他的化学知识，最后将他拒之门外。

很显然，戈尔曼先生并不清楚我们会把所有的考试记录存档。于是，我立即给他写了封信。在信中，我向他表示，自己已经认认真真、仔仔细细地翻阅了所有考试试卷和资料，发现所有考试试题与他在委员会面前说的那几个问题都相差十万八千里。同时我示意，如果他愿意告诉我这位聪明伶俐、谎话连篇的年轻人的名字，我将不胜感激。

不过，戈尔曼先生一直都没有说出这位聪明伶俐的年轻人的名字。我又再次写信表示，如果他不愿向我们说出这位告密者的名字，也可以向我们提供年轻人参加考试或接受面试的具体日期。同时向他示意，如果戈尔曼先生打算派名代表仔细研究我们的存档文件，找出相关的面试问题，我也愿为他提供一切帮助，尽全力配合他的工作。不过，戈尔曼先生还是一如既往地“心灵脆弱”，并且他还表示，一想到竟然有人质疑年轻人事件的真实性，就会惊愕不已，心力交瘁，因此无法给我回信。于是，我便在公众面前发表声明，大体的意思是，经调查证明，我们在面试过程中并没有向面试者提问过戈尔曼先生所说的问题。从此以后，戈尔曼先生对我怀恨在心。在下次国会会议上，他起身向委员会抱怨说，我曾给他写过一封粗鲁无礼的信（我所写的只是一封简短的便签信，措辞文明礼貌。主要是向戈尔曼先生友情提示，如果愿意，他可以亲自审查我们的面试资料，以证明他所说的内容毫无事实依据，这样他便可以输得心服口服）。他又进一步补充道，由于自己一直都在试图矫正行政事务改革委员会铸下的大错，因此不止一次受到我的野蛮传讯和残酷质问。不管是在会议上，还是在之后的对质中，他一直将那个莫须有的年轻人挂在嘴上，反复诉说。但我们还是未能从他那里找得任何线索，最终也未能核实他所说的事件中主人公的身份。

当时，我与戈尔曼先生的对质引起了很大的轰动。主要原因是，人们通过这一事件，清楚地认识到最具影响力的几位民主党领袖对民主所持的观点。在克利夫兰先生的总统竞选运动中，戈尔曼先生曾担任过他的党务经理人，并在国会中担任民主党领袖。因此，身为声名显赫的大政治家，即使心里很清楚誓死捍卫正义的自己不会轻易让步，但他还是在毫无事实依据的前提下妄下断论，这听上去真的有点不可思议。正如现在一样，当时纽约及其他地区的普通报社对公众人物和公众事件的报道也总是鲁莽草率，严重歪曲事实。但对戈尔曼先生这类统领全党、身居高位的领袖而言，这种缺乏严谨性、以偏概全的行为极为不妥。不过，庆幸的是，戈尔曼先生至少没借谎言诋毁他人的人格品质。所有作家和演说家最好都将《傻瓜威尔逊》[①]的名言铭记于心。名言大体意思是：世界上的谎言虽然各式各样、五花八门，但在《圣经》中，受到最强烈谴责的除了谋杀、偷窃和通奸外，还有诽谤和诬蔑。

这种旧式分赃体制最大的弊端是，忠于职守却毫无政治影响力的普通职员很容易受到惨绝人性的迫害。对一个人来说，公共生活与日常生活如出一辙，既充满艰辛，又残酷无情。没有任何一项制度可以免受徇私主义、残暴卑鄙以及恶意中伤的侵蚀，不过，我们至少可以尽力避免这些弊端的出现。我曾在华盛顿遇到一件案子，当事人的悲惨遭遇激起了我对她的深切同情。受害者是一位政府女职员，因为种种原因被革职。恰好她所在的管理机构是我所在机构的上级部门，于是她找到我，并询问我她能否重归原职。恢复原职当然是不可能的，但我的奔走相告最终唤起了某位长官对她的同情，帮她找了个相对较低的职位。当时她脸色惨白，忧心忡忡。我非常同情她，于是就问了问她的情况。她告诉我，自己是一位寡妇，养着两个孩子，家境贫寒。曾经有段时间，她和孩子缺衣少食，真是到了走投无路的地步。两个孩子衣不蔽体，而且

① 《傻瓜威尔逊》（*Pudd'nhead Wilson*）：幽默讽刺大师马克·吐温的一部长篇小说。小说以黑人为主题，不仅深刻洞悉美国当时社会的弊病，形象地描绘出人被异化的可悲状况，而且试图给出以理性对抗异化的解决办法。

正在长身体需要营养的时候，却吃不上饭。三年前，她开始在华盛顿政府某个部门任职，一直忠于职守。每个月她大概能领到八百美金的薪水，这笔钱足以支付他们一家人的日常开销，满足他们衣食住行的需要。但是，后来的一天，部门领导把她叫进办公室，一脸歉意地说："对不起，你被解雇了。"她很沮丧，便向领导询问其中的缘由。因为在她看来，一直以来自己都恪尽职守，尽职尽责。领导回答说，她表现很好，如果可以，他也很想和她继续合作，但是他已经尽力了。他接着说，一位名为某某的参议员在国会中颇有影响力，要求他把这个职位让给参议员的一个朋友。这位女职员告诉主管领导，丢了职位也就意味着自己和孩子们又要空着肚子过日子了。她在政府部门中已经工作了十三四年，跟家乡的亲朋好友早已没有了联系，因此，革职就等于她和两个孩子又要挨饿受冻了。这位主管领导心地很善良，听到这些后便向她保证，不会把她拒于门外，并让她重返工作岗位。

三周之后，领导再次把她叫进办公室，向她表示自己的愧疚之情简直无以言表，但他也别无选择，只能让她下岗。参议员亲自过来询问为什么事情还没搞定，并威胁这位领导"如果你不给我女职员的职位，那我就要你的位子"。鉴于这位参议员巨大的影响力，领导不得不满足他的要求，开除了这位女职员。女职员无路可走，只能下岗。同预想的一样，她与两个孩子饱受艰辛，有时食尽粮绝，有时食不果腹。我认为，这位主管的所作所为无可非议，因为尽管没有勇气，向恶势力低头，但他对这种不正当的行为恨之入骨。而且在我看来，这位参议员也无可厚非，因为在分赃制度的长期毒害下，他早已变得麻木不仁，根本不清楚自己的所作所为会让无辜的人陷入绝境。真正受到谴责的应该是纵容和鼓励这些恶行滋生的分赃制度，它残酷无情、罪大恶极。

平日里惯于处理政治事务的人在读到或听到某些反对行政事务改革的依据时，往往都难以保持平静。在众多此类论据中，操纵权力机构的政客最喜欢拿出所谓的"政党忠诚"理论，即在分赃制度下，任命下属担任底层职位可以使他们始终忠于自己的政党。这也是政客为什么会一而再、再而三地视敌对党亲信如己出的原因。在政治界的黑社会里，有时关系最密切的反而是两大敌对党派中积极参与政治的职业政治家。一位在纽约立法机构任职的朋友（上文中提到的，在“拉丁文”事件中与卡梅隆针锋相对的大英雄）曾对我说：“罗斯福先生，在政界待的时间长了，你便会明白，其实政界毫无政治（‘政治’可以理解地宽泛一点）可言。”差不多是在同一时间，一次偶然的机会，我结识了一位叫科斯蒂根的坦慕尼人员，从他那里进一步证实了这一道理。科斯蒂根先生人很好，我便向他说起在纽约某个市中心区发生的党派斗争。由于这一选区牢牢控制在民主党人手中，因此共和党人处于绝对的劣势。更糟糕的是，仅有的为数不多的共和党人还分道扬镳了，形成了中坚派和伪军派两大派系。无论从哪个角度看，这都是一场非常有趣的选举。比如，在换届选举中，共和党一共投出了五百五十张选票，而在候选人初选会上，两大派系总共却投出了七百二十五张选票。也就是说，两派所投票数之和远远超过了共和党的总和。不仅如此，在这次竞选中，还有很多细枝末节值得我们注意。举行初选会的大厅是中坚派人士从一位安分守己的绅士手中租的，但伪军派却派出代表向这位绅士打听能否从对手手中转租过来，并预先支付了大量租金。这位先生摸着自己的良心回答说，自己讲究诚信，既然已经将大厅租给了中坚派就不会再收回。不过，他接着加了一句，如果伪军派愿意将剩余的租金一并交齐，自己倒是愿意将大厅的门道租给他们使用。这笔交易立马成交。会上，租下门道的伪军派力图挡住租下大厅的中坚派的去路，两派成员个个跃跃欲试，互不相让，派系之战一触即发。谈话中，我发现，科斯蒂根先生非常了解我提到的双方人员，我便问他是否知道关于这场闹剧更多的具体细节。后来，我十分惊讶地告诉他，两大派系获得的选票竟然比整个地区的党员人数还要多，他却轻描淡写地笑了笑。于是我问道：“科斯蒂根先生，你看上去似乎很清楚这件事的来龙去脉,这到底是怎么回事?”他却回答说:“别装蒜了,罗斯福先生,你是知道的,在候选人初选中投票的其实都是一帮人。”

多数反对改革的声音,都是对改革的全盘否定。不过,令人欣慰的是,还是有部分反对者对改革派提出的改革方法以及改革派自身的人格缺点进行了较为客观公正的批评。这些改革反对者认为,改革派提出的体制只会导致繁文缛节的盛行,官僚主义的猖獗,而且他们认为改革派都是些伪君子。这两句话虽然不完全正确,但也不是毫无道理。

我们在任命政府官员时应当杜绝徇私舞弊现象的发生,不应以智力高低和品质好坏作为选拔标准,而应制定一套流程明确的体制作为选拔的尺度。也就是说,多数情况下,官员的任命基本都是通过选拔考试进行的。其中,最简单的考核方式是笔试。这个方法非常适合某些领域公职人员的选拔,比如律师、速记员、打字员、文员、数学家及天文台助理等。但在选拔木匠、侦探及在马背上工作的牲畜巡视员时,笔试绝非最佳选择。在这里,我之所以举这三个例子,是为了防止部分老实规矩的官员唯笔试是从,所有职位选拔都以笔试为准。在选拔牲畜巡视员时,我们完全可以通过标记阅读、步枪和手枪射击、驾驭桀骜不驯的烈马及套索、引导领头牛等实际操作,考察候选人。为了将这些测试付诸实施,我绞尽脑汁。但在因循守旧、墨守成规的官员看来,我的提议简直是天方夜谭,因此也就没有真正运用到实际工作中去。

此外,非常重要的,同时也是狂热的行政事务改革者常常忽略的一点是,例行的选拔考试只是达到改革目标的一种手段,并非改革的最终目的,因此实施效果并非总是令人满意。不过,平心而论,它比以分赃为目的的任命体制好。在有些情况下,这种选拔考试效果确实不错。尤其是对多数规模庞大的政府部门而言,要想取得令人满意的效果,这一方式是唯一的途径。比如,在我担任警察总署时,我们曾经一次性录用了两千名警务人员。由于应聘者数量众多,每一位警署要面对面考核六千到八千位竞选者,这绝对是不可行的。因此,我们只能通过他人推荐或书面考试的方式进行选拔、任命。而书面考试,也就是我们最终采取的措施,无疑更为可取。当时,我们严格考核了所有应聘者的身体素质和道德品质,之后,我们又在达标者中进行了笔试。考试内容只涉及小学教育的基本知识,也就是说,笔试仅仅是为了检验受试者智力是否正常,是否具备简单的思维能力。有些之前政绩突出、资历较深的职员最后未能通过测试,而有些经工作证实道德素质低下的卑鄙小人却顺利通过了考试。不过,总体来说,能回答出上述问题的人,其能力一般都远在应聘失败者之上。

对某些问题的回答,可以让我们深刻地领悟到作答者的聪慧与机智。比如,在一次笔试中,我们给出的题目之一是“请列出五个隶属于新英格兰区的州”。一位应聘者给出了如下的回答,“英格兰、爱尔兰、苏格兰、威尔士和科克郡”。显然,这位考生并非出生在美国。而临边的另一位考生可能是偷窥了他的试卷,也给出了差不多的回答,只不过这位考生歧视北爱尔兰,将科克郡替换成了贝尔法斯特。还有一个题是要求考生描述一下亚伯拉罕·林肯总统的生平,考生的答案更是五花八门,而部分考生的作答却让我们眼前一亮。我们发现,不止一人认为林肯是内战期间的一位将军。有几个人甚至认为,林肯是南方联邦的总统。至于暗杀林肯的凶手是谁,有三位考生认为是杰弗逊·戴维斯[①],一位认为是托马斯·杰弗逊[②],一位认为是加菲尔德,有几位认为是盖迪,一位认为是巴灵顿·布斯。这位回答布斯的考生很有可能只记得暗杀林肯的人名叫布斯,却忘了他的姓氏,于是便从自己最熟悉的姓氏中

---

① 杰弗逊·汉弥尔顿·戴维斯(Jefferson Hamilton Davis):美国军人、政治家,美国历史上最有影响力的政治人物之一,于美国内战期间担任美利坚联盟国首任,也是唯一一任总统。

② 托马斯·杰斐逊(Thomas Jefferson)(1743—1826):美国政治家、思想家、哲学家、科学家、教育家,第三任美国总统。他是美国独立战争期间的主要领导人之一,起草了《独立宣言》。他被视为美国历史上最杰出的总统之一,同华盛顿、林肯和罗斯福齐名。

随便挑了一个加了上去。有一道题目是要求说出1861年退出联邦的五个州,答案同样千奇百怪,几乎囊括了美国各州。当时恰好在西部掀起了一股淘金热,因此落基山区各州所占的比例比其他各州占的多。有些考生认为,芝加哥位于太平洋沿岸。还有些人在回答谁是美国政府的首脑时,在我与来考德·戈夫之间摇摆不定。有位"天才"更是莫名其妙地认为美国政府的领导权掌握在纽约消防局手中。当然,尽管有些人答错了问题,但这并不影响他们做好警署的本职工作。不过,一般来讲,单从知识方面考虑,对祖国的政府、地理及历史有基本了解的候选人,比一无所知的考生更适合当警察。

因此,我坚信,只要经过不断的探索和实践,笔试选拔一定可以成为任命不同层级公共职务的最佳标准和工具。不过,当部分行政事务改革同僚们提议,笔试考试应同样运用到晋升考核中时,我便毅然决然地与他们分道扬镳了。长期在警察部门工作,我发现,这些考试在提升拔尖人才方面存在一系列致命缺陷,在所有政府部门晋升考核中亦效果不佳。我们之所以将笔试考核制度作为入职选拔标准,是因为对部门领导或是应聘者的准上司而言,要亲自了解所有竞选者或检验所有竞选者的能力是不切实际的。但是,一旦一个人就任之后,检验其能力的最佳途径便是观察他在长期工作中的实际表现。而他是否应当得到晋升机会,取决于其上司对他评价的高低。

对考试的反对之声就说这么多,接下来我要说的是对改革提议者的反对和不满。总体上讲,改革支持者品格高尚,公正无私。其中有些人,诸如马里兰州改革协会的领袖波拿巴和罗斯、印第安纳州改革协会的领袖福尔克和斯威夫特等,更是通情达理,慈善博爱,办事高效。但是,在纽约、费城以及波士顿的众多改革领袖中,也不乏思维简单、道德败坏之徒,这些恶劣品质使他们与活力十足的人文主义者格格不入。我的好友乔·穆雷是人文主义者的杰出代表。正如我在前面讲过的,一直以来,他都觉得如果不是这些负面影响，我发起的行政事务改革将成为政府管理方面卓越的备案资料。行政事务改革是一次自上而下的运动，多数身先士卒的人并不能理解普通市民同胞们的思维和生活方式，也无法对他们产生深刻同情。这些人本身不情愿成为邮递员、普通文员或警察，也不愿意任人唯友。在这方面，他们完全经得起诱惑，并热切希望政府能采取措施，防止他人将职权任命作为政治回报的资本。在任命官员方面，他们的立场是正确的。只有始终严格秉持行政事务改革原则，我们才能更加有效地管理和运行规模庞大的公共机关部门。这一体制应得到更大范围的推广，并真正应用到所有政府服务机关中去。

但是，相比之下，还有很多至关重要的改革，它们会对社会进步和工业发展产生极其深远的影响。改革的事实证明，当遇到挫折和考验时，许多行政事务改革者不是委曲求全、漠不关心，就是心怀敌意、解甲倒戈。虽然要求改善男女工人恶劣工作环境的运动此起彼伏，但他们当中却有很多人对此不温不火。同时，他们极力反对有关遏制公司巨头权势扩张、志在开拓有效渠道的改革运动。

有些新闻报纸把自己称为行政事务改革的清道夫、公民道德的最佳代表，但实际上，他们根本不信任平民百姓，在粗俗卑鄙的职业政客面前胆小如鼠。而且就卑鄙程度而言，与他们一贯批判、嘲讽的人相比，多数报社的卑鄙程度有过之而无不及。报纸的编辑品味高尚，有教养，但在利益的驱使下，他们很容易趋炎附势，在背后恶意中伤、诽谤他人。这些人体格并不健壮，臂膀也没有多大力气，对自己总有一种莫名的不自信。因此和身体强壮、举止粗野的人在一起时，他们总觉得不自在。在潜意识里，他们对自身的缺陷感到非常不安，于是便在令自己感到不安的人面前故作清高，对他们嗤之以鼻，以掩饰内心的惶恐。在这些“不安之人”中，有些人道德败坏，粗野卑鄙，令人反感；有些人品格高尚，怀揣为人民服务的勇气和理想。对那些因为胆小懦弱而盲目吹捧、恃财傲物、整天游手好闲、无所事事的人，他们根本不屑一顾，誓与这些败类抗争到底。报纸的所有权和编辑权都控制在这些人手中，虽然报纸没有令人作呕、低俗下流的黄色内容，却很容易受到特权利益阶层的影响。他们支持行政事务改革，力挺知识产权法，赞同禁止对艺术品征税，对关于国际和平与仲裁的所有合理甚至是不合理的运动都表示认可。简而言之，不管措施合理正确也好，表里不一也罢，只要不揭露社会不公，不需要国家和个人投入过多精力，他们便双手赞成。对有些人提出的举全国之力加强陆军和海军建设的举措，他们中有些人表示反对，有些人则保持中立。在关乎民族尊严与荣誉的问题上，他们并不感兴趣。最重要的是，对任何旨在变革社会和经济体制、以全民政治取代精英政治、推进公平正义的强有力的举措，他们都持反对意见。

在行政事务改革中身先士卒的部分领袖，在其他类似或更为重要的改革中也起到了有效的领导作用，并因此赢得了他人的尊敬。起初，改革只是一场与各小党派党首、毫无影响力的政客等这帮乌合之众之间的斗争。请相信，这场战争必然会发生。但后来这场改革慢慢演变成与位高权重的特权阶层的抗争，其目的在于运用法律确保普通民众享有平等的正义，不能因为法律的缺失，或目的的不纯，而让民众遭受含冤之苦。这令很多人断然选择了放弃，不再为正义而战。

大老板之所以如此频繁地干涉政治，尤其是市政事务，其原因之一是，无数自诩为改革者的人对用人性化方式促进社会进步、推动行业发展的时代视而不见。现在“老板”、“机器”之类的字眼都影射邪恶势力，不过这些词本身的定义及暗指的意义有点模棱两可。做任何事情我们都需要一位领导，但是对手总是习惯性地将其称为“老板”；在任何时候我们都离不开组织，但对手却总喜爱将其蔑称为“机器”。实际上，领导与老板、组织与机器两组词语有着本质的、深刻的区别。真正的政治领导家敢于在公众面前按原则办事，懂得通过唤起下属的良知、肯定他们的能力来巩固自己的领导地位，因为只有这样下属才会对他充满信心，并真心追随他，而且会在他的领导下创造更大的成就。这种处事方式是建设民主政治必不可少的一环。而老板则完全是另外一回事。他们不是用公开公正的方式赢得大权，而是借助那些见不得人的手段，多数情况下是通过贪污腐败达到自己的目的。在美国政治历史上，有些臭名昭著、权势最大的老板不担任公共职务，或者只担任某些毫不起眼的小职务。他们既唤不起人们的良知，也不愿肯定人们的能力。他们的主要工作就是利用人们的私欲，给予人们一定职位，以从中获益，而这多是在背地里通过暗箱操作完成的。这类大老板可以在大会期间从事幕后活动，也可以在暗地里操控立法机构成员，还可以掌控公共职务的任免大权，更可以充当政界与商界腐败交易的中间人。如果这个老板处于社会等级的最高层，他便可以通过下属的政府代表肆无忌惮地进行非法交易，并以收取贿赂的方式给罪大恶极的同伙人以政治保护。倘若处于社会等级的另一端，那么他可以为立法或行政机构高层官员利用，以保障相关行业的利益。有时，政府与公司之间竟然直接地明目张胆地讨价还价。有时，两者会假装将良知挂在嘴边，大肆谈论公共利益。在这种老板及亲信控制下的政党或党内派系中必然会滋生腐败组织，“机器”只是这种组织的一个别称而已。不过，要想确保所有政治活动始终以正义为准则，那么由正直诚实之人组成的正义之师就必不可少。

如果这些政治老板满脑子里都是卑鄙和邪恶，那么不管他们在哪一社区任职，时间都不会太长。人们往往会被这些政治老板卑鄙下流的手段所震惊，倘若人们是务实派，敢于进行直接的人性质问，老板们就会有所收敛。但问题在于，这些政治老板往往对人性非常了解，有能力胜任任何职位，而这却是普通改革者所望尘莫及的。有时候，老板之所以十分关心政治权利，是因为在他们看来，政治只是自己的一项爱好，投入精力完全是为了推动政治的发展。当然，更多时候，老板们都在为自己打如意算盘，参与政治是为了实现某些私人目的。这目的或是政治上的晋升，或是经济上的回报。只有与其他人并肩作战，他才能在政治上有所建树。一位成功的政治老板在用各种卑鄙下流的手段维护个人利益的同时，即便并非出于好意，也会尽力顾及他人的利益。在有些社区，供职人员很少考虑私人利益，因此政治老板当权的现象很少发生。在农村，很多社区都存在这种情况。不过，在有些社区，居民生活贫困潦倒，文盲率居高不下，这为政治老板的滋生创造了条件。此外，大公司很容易受到政府职员的“特殊礼遇”，或者受到额外的恩惠，或者受到不公平的歧视和勒索。这都会使政治老板呼之欲出，导致的结果也同样恶劣。要对付这种类型的政治老板，最好的方法便是不断唤起公众的良心，让他们始终保持警惕。这样当公司受到不公正非难或额外恩惠时，人们就能做到“零容忍”，保证相关犯罪人员及时受到相应的处罚。

在这类老板身上，我们也会常常看到“善良”的一面，这在大城市中尤为明显。为了自己所在选区的朋友和支持者，老板们心甘情愿地奔波劳碌。他会利用自己的影响力帮助需要工作的年轻人就业；他会在法庭上为桀骜不驯、陷入困境的年轻人据理力争；他会向贫困潦倒的寡妇、因工残疾的男劳工或者其他因为各种原因暂时失去工作的失业者分发现金或是申请贷款，帮他们走出困境；他会组织各种室外宴会、海边野炊及露营野餐；当工人受到企业降薪的威胁时，当地的工会领袖会去拜访企业，并与企业磋商，帮助工人解决问题。对他所在选区的选民而言，有些受到了公平、公正的待遇，有些则恰好相反。不管怎么说，他还是会尽力维持好自己的人际关系网络。从根本上讲，他可能是个品德败坏、贪污腐败之徒，敲诈勒索，欺善扬恶，无恶不作，严重侵犯了选民的切身利益。而这些地区的选民多数都忙着与贫困、饥饿抗争，对他们而言，生存才是最现实、最迫切的问题，所以他们想要的是廉洁公正、诚实信用，同时又能通民情、解民意的政府。但是社会上那些正直诚实之人只是一味地呼吁选民遵守社会美德，却不清楚他们真正需要的是什么，因此他们的努力往往受到这部分选民的冷眼相待。而站在另一边与之对立的政治老板们同样会向这部分选民发出呼吁，除此之外，还给予选民恩惠，让选民感激涕零、忠心耿耿。当然最重要的是让选民明白，只有老板们才能与他们感同身受、血肉相连。或许这些老板们确实罪行累累，但所犯之事却与这些选民毫无干系。因此，他们自称是选民的朋友和恩人。选民由此便对政治老板产生一种宗族式的忠诚。在很大程度上，老板与这些选民之间的关系非常像原始部落时的宗亲道德关系。要想成功击退这些心怀不轨的大老板，使社会免受恶性政治的侵害，我们只能寄希望于那些从心里同情、理解选民，愿意与选民为伍，并脚踏实地采取措施保障选民的社会和经济利益的正直之人。

然而，我们不得不承认的是，跟商人一样，尽管政治老板本性邪恶，但在有些事情上还是值得信任的，因为他们也做了一些有益的工作。对那些拥有一腔爱国热情的公务员而言，其最高使命便是在这些问题上与大老板们通力合作，而在其他问题上则与他们划清界限。同样的道理，很多人自封为改革者，但他们的所作所为只是为了证明汤姆·里德刻薄尖酸评论的合理性。不过，我们不必过于关注这些人在其他方面的不检点行为，只需要为他们所支持的改革做不懈的努力就好了。在我的政治生涯中，我认识很多大企业家和政治大老板，他们中有些甚至是大多数人无恶不作，但有时在某些具体事宜上也会选择正确的立场。当他们兴风作浪时，我会毫不犹豫地与他们针锋相对，并与之抗争到底；但另一方面，只要他们与我意见一致，道路相同，我还是很愿意与他们携手共进的。当他们站在正确的立场上，为了正义而不断抗争，利益惠及广大民众时，无论他们的初衷如何，断然拒绝他们的帮助都是非常幼稚的。此外，这种行为本身也不符合民众的利益。

我的天职是与真理为伍，与谬论为敌。不管是在个人还是在群体面前，我始终坚持这一准则。不管是商人、工会领袖、政治家，还是改革者，只要他们站在正义的一方，我都会无条件地支持。但是如果他们误入歧途，我会毅然决然地选择离开。对洛里默先生就是如此。当他坚持使用武力解放古巴时，我支持了他；当他用非法手段当选美国参议员时，我揭露了他。只要是符合民众利益的举措，我们便全力支持；只要是损害民众利益的政策，我们便竭力反对，这是社会学家推崇的政治原则或方法。同样，这也是我一直坚持的准则。此外，即便一个人犯下了邪恶之罪，但如果在我看来，他真心愿意改过自新，并且对我忠心耿耿，重新为正直和正义而战，那么我同样会张开双手欢迎他，并热忱地与他共事，不会对他另眼相待。内战过后的四十年间，在美国的政界和商界，唯物质主义至上的信条大行其道，许多外表看似强壮、内心实则空虚的人便谨遵这种盛极一时的商业与政治道德来经商或从政。他们当时的所作所为理应受到人们的批评和谴责。不过，如果现在他们愿意诚心悔改，为了人类更好的明天而奋斗终生，那么我们应该毫无顾忌地欢迎他们加入，这才是明智之举。只要他们旧罪重犯，继续为恶势力服务，我们会用上帝之刃将他们粉身碎骨；如果他们确实洗心革面，用实际行动和工作业绩证明自己的忠心、信仰，此时请牢记以西结[①]的叮嘱："恶人若回头离开所犯的一切罪行，谨守我一切律例，行正直与合理之事，他必定存活，不会死亡。他所犯的一切罪行都不会被牢记，因所行的义，他必会存活。主耶和华说，恶人死去，岂是我应该高兴的？不该为他离开罪恶之道存活下来而高兴吗？义人若舍弃义行而作恶，循着恶人做一切可憎之事的道路而前行，那他岂能存活？他所行的一切义都不被记住，他必因所犯的罪、所行的恶而死亡。"

所有长期从事政治实践的人都会逐渐地意识到，不管是政治大佬，还是无名小卒，他们既非坏人，也绝非好人。虽然有很多政治家本性恶劣，但他们中间也有另类。尽管这些人大部分的所作

---

① 以西结：以色列被掳到巴比伦时的祭司和先知。以西结是具有影响力的祭司撒督家族的后裔。虽然不知道他是否在耶路撒冷出任祭司，但他可能是在耶路撒冷长大，熟悉圣殿的礼仪。我们对他生平的认识，全来自《旧约》的《以西结书》。

所为都卑鄙下流，但在他们身上，我们还是可以发现那些整天指手画脚的批评家们所不具备的可贵品质。一直以来，我与一些政治大老板和职业大政治家都有接触，与其他人相比，我对他们的憎恶之情有过之而无不及。不过，与此同时，虽然有些政党领袖一直被冠以大老板的恶名，但在与他们打交道的过程中，我渐渐发现他们身上其实也具备了一些优良品质，这让我发自内心地尊重和敬仰他们。

如果进一步分析有关汉纳议员遇刺的资料，我们就会觉得他能力出众，具有远见卓识，满怀爱国热情，为祖国奉献了自己的全部。在他离世前两年半的时间里，我才跟他有亲密来往。由于当时我担任总统一职，因此必须密切关注他的一举一动。通过一段时间的观察，我发现他政治目标明确坚定、勇敢无畏、忠心耿耿，对国家和民族利益忠贞不渝，并且乐于奉献。他真心希望能够帮到劳工阶层，也同样希望自己能助资本家一臂之力。我们两个人的政治抱负截然不同，个人性情与信仰也大相径庭。在此之前，他一直对我怀有敌意，之后也一直没有认同我，直到去世前，才与我冰释前嫌。此外，在我就任总统时，如果汉纳议员只是一位普通的小议员的话，那当时的政治环境必将把他拉到与我为敌的反抗大军中。不过，幸运的是，汉纳是麦金莱总统的挚友、忠诚的同盟和追随者，同时也是前总统委以重任的顾问。也许正是因为他们之间这种忠贞的友情，才使他在参议院以至整个国家中都拥有独一无二的地位。

麦金莱总统突然辞世，汉纳议员发现自己失去了最亲爱的挚友，而此时，我又刚刚成为总统，因此，在他看来，我还是个未知数。在众多公共问题上我是否可信，他仍充满疑惑。在美国及其他各国的历史上，无数事例不止一次地证明，在这种情况下，我首先要面对的是众人恶意的猜疑和憎恨，这种负面情绪最后逐渐演变成对手公开的抨击和敌对，但是这并没有发生在我身上，其主要的原因在于，汉纳议员品德高尚，在危机面前宠辱不惊，淡定自若，公正廉洁，为广大民众谋利益。我刚就职没几天，他便来拜访我。谈话期间，他非常友好，诚心十足，但不卑不亢。他向我解释道，他对麦金莱总统的悼念之情无人能及，并向我表示，他虽不是我的挚友，但还是希望我能明白，从此之后，只要碰上他能解决的难题，我都可以放心地交给他，他一定会对我忠心耿耿，坚定不移地行使法律所赋予的权利。他又补充道，这些话并不是为了讨好我，让我帮他获得提名和竞选，因为政治上这些事理应顺其自然，就事论事，由委员会决定。除此之外，他所说的一切都没有其他深层的含义。换句话说，只要是职权范围内的问题，他都会竭尽所能、全心全意地给予我支持，保证政府能成功运转。这就是我唯一能依仗他的地方。他没有食言。对于我的提名，他从未流露出特别赞同的意思。他的多数密友一直都打算如何反对我上台，并用一切伎俩说服他逼我下台。在此情况下，多数任此职位的人一般都难以抵住诱惑，从而把我视为牺牲品，全力与我为敌，败坏我的名声，否定我的举措，以此从中获益。但汉纳议员却恰好相反，他对我尽心尽力，全力保障我推出的新政成功付诸实践。他履行了自己的承诺，更遵从了自己的良心。在任何问题上，只要觉得在自己的职权范围之内可以支持我的，他便十分热忱地向我提供帮助，使我的措施得到有效落实，以此保证政府高效运转。在这过程中，他不期望自己能得到回报，不图我对他感恩戴德，也不求社会的认可和颂扬。他之所以这么做，只是因为在他看来，这些都是振国兴邦的必要举措。

我跟参议员奎伊的友谊之路亦是如此。在担任总统前，我与他并没有交集，只是通过他人介绍才对他有点了解。在我就任总统后不久，奎伊议员来拜访。他向我表示，他对我知之甚少。在他看来，很多自诩为改革者的人其实都是伪君子，不过，他觉得我诚意十足。他认为当前的形势非常严峻，敌对势力咄咄逼人，我们只有拿出大无畏的勇气和正直诚实的品质才能力挽狂澜。他坚信我会成为一名既优秀又高效的总统，他自己也会尽全力支持我、辅助我，从而管理好政府。事实证明，他诚实守信，完全履行了诺言。他曾经参加过内战，并获得过荣誉勋章。我想从一开始，自己在西班牙参战的经历就让他对我产生了好感。而且奎伊议员饱读诗书，他曾经向我推荐过芬兰小说家托比利斯的作品。一方面，只要是在职权范围内，他都会在我所有关心的公共议题上给予我莫大的支持；另一方面，即便当时不确定自己的付出能否为他人所知，能否得到他人的肯定，他还是俯首甘为孺子牛，默默无闻、大公无私地为贫苦大众提供公共服务。

奎伊的祖先来自法国，曾在加拿大北部边远地区贸易站运货。他是个混血儿，身上有着印第安血统。对此，奎伊先生很骄傲。他对印第安人的历史有浓厚的兴趣。每当有印第安人来华盛顿，他们都会先到奎伊的府上拜访。在我任期内，有一次一个易洛魁代表团从加拿大长途跋涉到白宫拜访我。他们这次到访，让我感到既悲伤又有趣。代表团共六个人，分别代表了自己的部落。美国独立战争期间，沙利文的军队掠夺、侵占了他们的家园，因此他们举族逃到了加拿大。现在，一百二十五年过去了，他们的族民希望能重返美国。因此，抱着一丝幻想，他们派这些代表来见我，觉得我可能会给他们部落一些土地，供他们在这里安家立业。他们一到华盛顿，便找到了奎伊，请求他向我引荐他们。奎伊欣然前往，并向我表示，他知道让这些印第安人重返美国、并给他们土地是根本不可能，自己也已经反复跟他们解释过了，但是他们还是希望能够受到我的盛情接待。就在这次会面即将结束时，在庄严的氛围中，这些族人鱼贯而出。奎伊在跟随他们离开之前，转过身来，跟往常一样面无表情地对我说："再见了，总统先生。这让我们想起了《鞑靼人的反叛》[①]，不是吗？"我回答道："这么说，你很喜欢德尼赛了，议员阁下？"奎伊先生的回答是："是的，一直以来，我都很喜欢德尼赛，再见。"随即奎伊先生便与这些部落成员一同离开，他们

---

① 《鞑靼人的反叛》：爱尔兰作家德尼赛的作品，讲述了鞑靼部落不满欺压，进行反抗迁徙的故事。

看上去就像是一位来自遥远过去的先人。

奎伊特别关心生活在特拉华州印第安保留区内的每个印第安人的生活。在他看来，内政部门并没有公平地对待他们；同时，他还认为，自己在参议院的同事们对印第安人的相关利益不感兴趣。1904年春天，他卧病在床，已经病入膏肓。此时，他托人给我捎话，说自己有很重要的事情要对我讲。我即刻回信说，不必费此周折，下周日从教堂回来我正好途径他家，到时候会去拜访他。我如期赴约。他躺在床上，脸上毫无生气。首先，他很感谢我能来，之后便向我解释道，他知道自己离死神越来越近，再也没有机会回华盛顿了，他说此时正是暮春时节，他就要离世了，因此希望见到我。当着他的面我许诺，在他死后，我愿亲自照顾生活在特拉华州的各位印第安人。尽管知道我并不认同他的观点，但他还是补充说道，自己不再信任所谓的内政部门，更不会相信参议院中那些与自己共事的同事真心愿意竭力保护印第安人的切身利益。因此，他希望我保证让这一特殊人群能够受到公平、公正的待遇。我跟他说自己会履行承诺，还礼貌性地劝解他千万不要就此万念俱灰，并鼓励他努力熬过这个夏天，等身体慢慢恢复了，正好去参加全国代表大会。听到这些，这位老战士的眼中掠过一丝光亮，接着说道："你不必安慰我了，你知道的，我的时间不多了。我并不害怕死亡，只是如果可以的话，我多希望自己可以回到大北方的密林里，再次躺在大石头上，沐浴着温暖的阳光，最后像狼一样高傲地死去！"

之后，我就再也没有见过他。他去世后，我给他妻子发了一封唁电。后来，有一家报社指责我不应向死者的妻子发送电文。一直以来，这份报纸都盲目鼓吹改革。为了在市面上发行流通，它甚至不惜中伤、诽谤任何人和事。在理论上，所有违反第八戒律[①]的

---

① 第八戒律：与下文的第九戒律同出自《圣经·出埃及记》第20章，戒律共十条，内容如下：一、除耶和华以外不可有别神；二、不可制作一切偶像；三、不可妄称神的名；四、当纪念安息日，守为圣日；五、孝敬父母；六、不可杀人；七、不可奸淫；八、不可偷盗；九、不可做假见证；十、不可贪念别人的一切。

人都是它批评、谴责的对象，但在现实中，为了苟延残喘，它却不断地视第九戒律为粪土，无恶不作。我认识这家报社的几位现任及前任主编，他们均过着锦衣玉食的生活。他们工于心计，能避开所有风险，他们靠坑蒙拐骗谋取利润维持生计，在文章中他们恶意诋毁这位死去的故人。但在我看来，不论犯下何种过错，在年轻的时候，奎伊先生都曾为了自己心中那远大的抱负而奋斗抗争过，而且，当死神扼住他的咽喉时，他仍然拼尽最后一口气，兢兢业业、毫无私心地为那些身份卑微、无依无靠的人们代言，一直奋斗到生命的最后一刻。

身为公职人员，上帝赋予我们的最高使命就是与腐败不堪、道德败坏的政治大老板及商界大商人作不懈的斗争。当然，我们的敌人并不仅仅是这些，还有工会领袖、报社编辑及贪污腐败、道德低下的人。不管在政界，还是在商界，如果一个人的言行举止在绝大多数人看来越来越离谱，即便尚未与约定俗成的、现有的道德准则相冲突，也容易引起他人的歧视与反感。但这种私人间的恩怨与分歧不应影响他们对体制的认识，除非这些成员拒绝纠正自己的缺点，并主动辞职，不再在此体制下供职。许多公民虽然品行良好，但在政治和经济生活中根本没有自己的想法，对现有的道德准则墨守成规，因循沿袭，毫无批判精神。只有在突发意外、别无选择时，他们才会奋起反抗，为自己争取更好的生活。在此情况下，如果这些人用实际行动证明自己甘愿做出改变，真心实意与人们一起为了更好的商业和政治环境而努力，那他们过去的错误选择便可以既往不咎。

在行政事务委员任期结束之际，我渐渐地认识到，要实现社会进步，推动行业发展，只改善、提高政治环境是远远不够的。当时，我隐隐约约意识到，要想改善经济环境，确保人与人之间、阶层与阶层之间的社会和行业公平，我们就必须付出更多的努力来铲除经济生活中存在的各种毒瘤。我开始认识到，我们在政治上的付出之所以成效显著、收获颇丰，主要是因为我们恰当地选择了合适的媒介，从而在很大程度上改善了社会和行业环境。面对存在的众多问题，我逐一斟酌研究。虽然有些已经找到了答案，但面对很多棘手的问题，我们仍然束手无策。找出问题的解决之道，是我们这些人不可推卸的责任。我也深刻地意识到，政府在履行保护弱势群体的职责时，必须将这一群体的范围从妇女和儿童扩大到所有易受欺压的劳工身上。后来我明白了保证大公司与雇员、大集团与小公司及顾客与普通民众都能受到公平的对待，是全社会所有人的共同责任。我也知道了红利上涨、工资下跌不仅关乎普通雇员的利益，还与我们休戚相关，努力使机械改良所带来的收益惠及所有负责实际操作的工人与我们的利益息息相关。此外，不管是脑力工作者，还是体力工作者，都应当在自己的岗位上尽职尽责，他们的回报应与创造的社会价值挂钩，"多劳多得"。正是众多像这样的问题，才最终形成了当前社会和行业中的大症结。在公共生活中，我们要解决的问题，也正是这些人最关心、意义最深远的难题。

在解决这些问题的过程中，我始终坚信，政府大有作为。我还坚信政府在履行完应尽的义务后，在众多因素中，最终决定改革成败的关键因素是公民的个人素质。如果没有广大民众的参与作为支撑和补充，那么政府的任何措施都毫无成效。此外，与政府举措不同的集体行动也必不可少。政府必须努力在广大民众当中传播并宣扬一系列公共舆论，并最终促使民众不断提高个人行为标准。而个人行为标准的提高必然会带动整个社会道德准则的提升，以此实现良性循环。

重点突击某一要素并不意味着我们必然要忽略其他要素，有时想让某些人明白其中的道理实在是困难重重，当然，我也很想知道其中的原因。有时，我们还需要向那些自私自利之徒普及一下常识，现在我们用法律制服狡猾奸诈之辈与几个世纪前用法律遏制暴力的方式如出一辙。崇尚自由的个人主义，只会使人们自毁前程，但是，如果用法律或习俗将个人主义完全铲除，结果同样可悲。如果人们认识不到优秀的法律系统在社会生活中的必要性，那对整个制度建设将是致命的伤害。同样的道理，坚信公正严谨的法律无所不能同样也是致命的，因为只有当平民百姓遵纪守法时，优秀的法律才会变成一把无坚不摧的利剑。体力工作者及众多蓝领工人经常会受到不公正的待遇，因此必须受到法律和社会道德的保护。他们应该主动行使自己的权利，要求增加薪水，因为此时减少工作时间和降低工作质量都不会收到理想的成效。如果我们的社会更加公平，更加富裕，那么与现在相比，体力工作者将会受到更多人的尊敬，获得更多的回报。当然，这需要他们跟最高级的脑力工作者（不管是医生、作家还是艺术家）一样，下定决心全身心投入，干出最好的业绩。与此同时，我们必须不断提高关于最差与最低效的界定标准，决不容许这些标准有丝毫的降低。一个政府如果足够明智，便会明白这些措施迫在眉睫，势在必行，从而帮助土地耕种者提高生活质量，确保体力劳动者有所劳、有所得。不过，如果农民、机械工或临时工自己不争气，毫无上进心，懒惰颓废，挑肥拣瘦，麻木愚蠢，自我放纵，那任何法律都帮不上忙，他们只能被更优秀的人淘汰出局。

一些心地善良的人可能会误解我的意思，可能会错误地认为我的观点有点以偏概全。所以，在这里我再次重申：上文中我已经提到，即使我们具备了必不可少的优秀法律，但真正决定一个人成功与否的主要因素是他的人格品质，不过这绝不意味着法律毫无价值，在现实生活中是多此一举。如果没有法律保驾护航，或是法律做不到公平正义，那么人们为了提升自我、发展自我所付出的坚持不懈的努力都将化为乌有，或者大打折扣。在这方面，国家可以通过有组织、有计划的行动，为实现社会进步与个人发展提供不可估量的帮助。集体行动与个人行动、公共法律与个人品行同样不可或缺。只有在法律的帮助下，人们的内心经过长时期的蜕变，才能在追求更为高尚、更为充实的人生的奋斗道路上不断前进。我们将个人品行视为最重要的因素，与此同时我们也清楚地认识到，优秀的法律同样至关重要。我们必须选出最优秀的人担此重任，将法律付诸实施，只有这样，我们的国家才能脚踏实地、真心实意地给每位公民提供优质的服务。另一方面，普通百姓不断提高的公民意识，在很大程度上决定了集体智慧的产生。

在所有人际关系中，男性与女性之间的关系是重中之重，整个社会结构是以此为基础建立起来的。要想保证女性与男性享有完全同等的权利——包括投票权、享有和使用财产权及平等就业权等，那我们在法律建设方面还有很长的路要走，还有很多的工作要做。不过，只有满足以下两点，实现男女之间平等享有法律所赋予的权利才会有意义：一方面男人应意识到自己对女人应尽的义务，另一方面女人应明白只有依法履行应尽的义务才能享有相应的权利，才有资格呼吁社会保障自己的权利。那些残酷无情、自私自利、荒淫放纵的男人必然会遭到社区其他成员的唾弃和憎恶。不过，有些女人却冷酷无情、自私自利，心甘情愿当寄生虫，只顾自己寻欢作乐，对社会事务毫不关心，苟延残喘地活着。从长远来看，与受人唾弃的男人相比，这种女人的所作所为更加令人讨厌。真正的生活法则对男女一视同仁，值得人们为之努力奋斗。不管结果是喜悦，还是痛苦，它都会给人们一个满意的答复。男人绝不可以自私自利，如果他的女人足够明智，她也不会允许自己的男人如此堕落，因为这不仅是为男人着想，更是为了维护自身的权益。我们必须铭记，几乎所有义务和责任都包括两方面，这两方面看似互相矛盾，但如果厚此薄彼，那么就意味着自取灭亡。研究新英格兰地区本土美国人或是法国国内本土法国人的出生率的人都明白，一旦谨小慎微与深谋远虑发展成自私自利与自我放纵，那整个民族注定会消亡，这是不言而喻的。有些女人因为某些正当理由没有结婚，有些婚后没有孩子，有些只生了一两个孩子，但实际情况是每位已婚妇女必须平均生四个孩子，才能确保整个民族兴旺发达。这一观点是显而易见的，然而很多头脑愚笨、自我感觉良好的人却对此极度不满。在他们看来，仿佛凭着几句责骂与控告便能颠倒黑白。另一方面，那些毫无远见、懒惰倦怠、轻率野蛮的人认为，很多家庭的孩子没有得到家长足够的关心和教导，导致他们营养不良、素质低下。在他们看来，就这样的家庭环境和家庭教育，自己不费吹灰之力便能提供，并拿上面的观点作为例证。在结婚前，男人必须做好充分的思想准备：婚后，自己必须成为一个温柔体贴、考虑周全的丈夫。他必须认识到，在这个世界上再没有哪个人会比这个为他含辛茹苦生儿育女的女人更值得他关心、尊敬和爱护的。面对那些野蛮残暴和未能忠于妻子、真心关爱妻子的丈夫，但凡是思维正常之人，内心都会产生一种难以言表的蔑视和谴责。此外，男人必须努力工作，必须担起自己的那份责任。另一方面，女人也必须弄清楚，男人承担养家糊口的重任责无旁贷，自己承担妻子和母亲的双重职责也是天经地义的。女人应当同男人一样，享有平等、自由就业的权利，而且，如果能够同男人们一样，出色地完成本职工作，为社会创造价值，她们理应获得更高的薪水。对一个社会而言，家庭幸福要比其他幸福更重要。然而，现实中女人必须操持家务，坐稳后方，男人必须养家糊口，为生儿育女的妻子和初到人世的孩子提供更好的物质生活。在所有职业中，丈夫和妻子所从事的工作最为可贵，也最为苛刻。在每个健全的社会中，丈夫与妻子都承担了最主要，也是最重要的工作。一般情况下，其他方面的工作都只能屈居次席，充其量只是男人和女人的兼职，永远不可能将其取代。夫妻双方应当享有平等的权利，互尊互爱、无私奉献。最重要的是，双方必须履行所有义务，因为这些义务关系到整个社会的正常运转。只有履行义务，不纵情于安逸享乐，才能使生活变得幸福美满。

同样，关于女性选举权的问题也应当从这个角度考虑。我个人认为，女人应当同男人一样，享有自由投票的权利。但是，不管是对男性还是对女性，重要之处是他们必须将投票权视为一种义务。从长远来看，能否正确履行这一义务意义重大。一直以来，我都赞成女性享有投票权，只是对此态度总是不温不火。后来，我结识了简·亚当斯以及弗兰西斯·凯勒等妇女领袖，她们向我表示，自己非常渴望享有投票权，因为这可以使她们为民众提供更优质、更高效的服务。尽管当时以玛丽·安婷为代表的另外几名女性领袖并不认同我的观点，但我还是热忱地投入到为女性争取选举权的事业中，而不再只是个中庸的支持者。我认为，投票权就像一把手枪，对人民是否有益完全取决于枪手的个人品行。只有枪，并不足以将未经训练的埃及农夫变为英勇骁战的士兵，同样的道理，不管是男性，还是女性，倘若他们尚未具备正确行使投票权的能力，徒有这一权利也不会带来任何益处。在这方面，男性与女性没有任何区别。在海地，虽然普选权盛行，但海地人民并没有实现真正意义上的自治。在犹他州，即便妇女享有选举权，但一夫多妻制的盛行却使这一基本权利难以得到保障。我坚信，美国的女性完全可以行使好选举权，因此应当享有这一神圣的权利。我还坚信，不管是女性，还是男性，能够行使选举权，并出色、明智地投出选票，比仅仅享有选举权利更为重要。

我希望人们可以多读书，经过一段时间后，他们能时不时地用上其中的名言名句，因为只有这样，他们的内心才会逐渐强大，才会魅力四射。这些书包括亨利·波尔多的小说和故事、凯思林·诺里斯的《母亲》及科妮莉亚·康迈尔的《初赛》等等。在日常生活中，夫妻之间需要正视哪些问题，为什么男人需要展现出自己无私奉献、温柔体贴的一面，并积极承担夫妻的共同责任，或许下面的这些信件会让你有更加深刻的理解。

> 亲爱的长官阁下，我想您应该也会赞同以下的论断：在我们国家，女人只有为家里生下一大堆孩子，才算履行了上帝赋予她们的使命。不过，我很想知道您是否真的了解其中的缘由。虽然社团和俱乐部难辞其咎，但是协会真正能够吸纳的人少之又少，应负有主要责任。结婚的时候，我只有二十岁，当时我认为是时候建立家庭了。由于上帝没有赋予我们多少

财富，因此我们只能靠努力工作来维持生计。我总共养育了九个孩子，但这并没有耽误我做好本职工作。不管是洗衣刷碗、熨衣服，还是打扫房间，都是我来做。与此同时，由于每两年就有新生儿降生，宝宝不断来到，所以我还得拿出精力照顾好这些小家伙。孩子们小的时候，男孩的裤子、女孩的帽子和上衣都是我一针一线缝制出来的。除此之外，我还负责给他们辅导功课，教他们基础音乐知识等等。不过，随着他们渐渐长大，我也慢慢落伍了。由于忙着照顾孩子、操持家庭，我根本没时间参加俱乐部、社团及联谊会的活动，也没时间到他人家中做客，因此，我对镇上的一切一无所知，国家大事就更不用提了。但与此同时，通过跟别人打交道，听别人讨论时政热点，我的丈夫思维日渐成熟，知识不断增长。我毕业于一所三年制的高中，受过不错的学校教育，因此刚结婚时，在对事务的反应和理解能力上，我与丈夫不相上下。但后来，渐渐地，他越来越不愿与我讨论时政要闻，正如他所说的“我对此一无所知”。当我问他的时候，他便说道：“哦，亲爱的，跟你说了你也不懂。”现在，我已经四十五岁了，在所有方面都反应迟钝，对所有事情都没有兴趣，而他却可以跟我们国家最睿智的人平等地交流、沟通。我的丈夫是一位忠实的改革派，在最近的竞选运动中表现得非常积极。我同样支持改革，在过了这么多年封闭的生活后，我正在尽力理解您提出的那些理念。在夏天和秋天，只要家中无事，我便尽可能地阅读手头上的资料和书籍。不过，遗憾的是，我已经太久没有跟外界人接触了。我的丈夫宁愿去跟那些还没有生孩子的年轻女性(在这里，我并不是针对某一个女性)谈天说地，也不愿与我待上片刻。原因很简单，她们有见识。阁下，请您告诉我，我到底有什么过错？一直以来，我都在忠诚地履行自己心中的那份义务和责任。除了跟小孩子聊聊天，我从没跟任何人接触、交流。换作其他女人，她们同样无法做到与时俱进。孩子们长大成人后，便加入了他们父亲的阵营，整天嚷着“妈妈，你不懂，你不懂”。他们只会敬仰和羡慕父亲，因为父亲对外面的世界一清二楚，懂得如何为人处世。现在，鉴于我的惨痛经历，您叫我如何狠心让自己的女儿生养一大堆儿女呢？这么做就意味着：为了儿女，你失去了婀娜的身姿和迷人的风采，但到最后，他们却以你为耻。我知道您追求女性权利，现在请您跟男人谈谈“作为丈夫，你们对妻子的义务和责任”吧，要不然，就请您别盲目鼓励我们女人为家庭生儿育女了。与我遭遇相同的中产阶级妇女成千上万，我只是其中不起眼的一个。我们放弃了自己的生活，专心相夫教子，操持家庭，但最后却受到不公平的待遇。请您仔细考虑一下这个问题，而不是直接把这封信扔进废纸篓。

××敬上

1913年1月3日

亲爱的女士：

可以确定的是，您的来信永远不会被丢进废纸篓。我会认真思索您提出的问题，并将信交给我太太阅读。首先，请允许我这样说，一个能写出这样一封信的女性绝对不是头脑迟钝、毫无追求的人。若事实确实如你所述，那我非常理解你心中的悲痛，也能感受到你遭遇严重偏见的苦楚。一直以来，我都坚持向男人灌输这样的思想：男人所承担的责任和义务比女人要多很多。在这里，我不想就您的丈夫做任何评价，因为可能您自己也不愿再谈起这段往事。一个已为人父的男人，他的妻子为他养育了九个儿女，他却不以为然，毫无愧疚之情和感恩之心。在我看来，这简直不可思议。在信中，您说自己共养育了九个孩子，但这并没有耽误您做好本职工作。洗衣刷碗、熨衣服、打扫房间，家中的事务您无所不做。与此同时，由于小孩子的不断降生，您还需要腾出精力照顾这些小家伙。

孩子们小的时候，男孩的裤子、女孩的帽子和上衣都是您一针一线缝制的。除此之外，您还负责给他们辅导功课，教他们基础音乐知识等等。不过，随着他们渐渐长大，您慢慢落伍了。由于忙着照顾孩子、操持家庭，您根本没时间参加俱乐部、社团及联谊会的活动，也没时间到他人家中做客。因此，在各方面，您的丈夫都远胜于您。长大后的孩子也只敬仰父亲，对您不屑一顾，因为在他们看来，自己也早已超过您。如果事实果真如此，那么您所做的一切让人肃然起敬，您十分伟大。至于丈夫和孩子对您的态度为什么会如此恶劣，我能给出的唯一解释是，他们不了解您的所作所为。我坚信无私奉献值得提倡，但同时我也认为，不能因为你的无私，而让他人变得自私，哪怕这些人是您的丈夫和孩子。

在这里，我建议您拿着写给我的信（请您放心，我会给您寄回一封副本）以及我写给您的这封信，从家庭成员中挑出一位与您最有共同语言的人，他可以是您的丈夫，也可以是您的孩子。让他通读这两封信，然后就这件事与他开诚布公地谈谈。如果一个男人，真的如你所说，因为妻子生儿育女失去了往日的风姿便以此为耻，那他简直连牲畜都不如，他理应为自己感到羞耻。我随信寄去了一本凯思琳·诺里斯写的短篇小说，书名是《母亲》。读完这本书，你就会了解我在这件事上的观点和立场。当然，这世界终究不乏自私卑鄙之徒。不过在我看来，相比男性，这样的女性会少些。读完《母亲》这本书，不管是男性还是女性，都会受益良多。

此致，祝好！

西奥多·罗斯福

1913 年 1 月 11 日

西奥多·罗斯福上校：

亲爱的长官，您的来信让我万分惊喜，因为我根本没奢望您会给我回信。收到信的第二天,我就收到了您送的那本书。非常感谢您对我的同情和理解。尽管我知道这可能会让您和罗斯福夫人觉得我对丈夫和儿女们不忠,但我实在没有其他方式能表达内心中由来已久的想法,因此才给您写了封信,吐露了我的心声。倘若借助您的力量,此事可以为塑造新的公众理念做一点贡献的话,我就心满意足了。您完全无法想象,您对我的帮助有多大。对我而言,您能对我的故事感兴趣,简直是莫大的慰藉。在您的鼓励下,我不再自暴自弃、自我封闭,而是选择活出新的自己。此外,非常感谢您寄书给我,我会永远珍藏这本书的,不仅仅是为了书中的内容,更是因为您这位寄书人。这本书非常有趣,书中描述的那位母亲实在是太伟大了。她的处境是如此真实,以至于让人们觉得这些都是日常生活中每天都在发生的事情。她就是我为之奋斗的目标和榜样。

1913 年 1 月 21 日

真情述说的事实,往往要比空洞的说教更令人信服。这两封信,饱含了女性争取权利的辛酸。

顺便说一句,不管什么时候,如果男人觉得自己在各方面都远胜于自己的妻子,也就是他的终身伴侣时,那他们真的应该停下来,好好想一想自己究竟是进步了,还是退步了,自己是否真的履行了对妻子的责任和义务。

为了正义的和平

再没有比追求正义和平更高贵的事业了，这一华丽的殊荣应当归属于那些默默无闻、心灵高尚的人。他们充满智慧，英勇无比；他们满怀崇高理想，冷静理智地面对生活，为早日结束全世界范围内国与国、阶级与阶级、人与人之间的武装冲突而鞠躬尽瘁，死而后已。事实确实如此。有些人鼓吹邪恶的和平远胜过正义的战争。但在我看来，这些人的所作所为更容易导致不同国家、不同民族间的不和与战争，这实在是卑鄙愚蠢至极。正如其他所有国家的历史一样，在美国历史上，地位最高、最受尊崇的人对社会不公嗤之以鼻，自己从不恃强凌弱，也不容许自己的国家欺压弱者。但是，当必须以武力遏制趾高气扬、肆无忌惮的邪恶势力时，他们便毫不犹豫地拔剑出鞘，与之为敌。

上述这些不言而喻，因此无需赘述。然而，凡是乐于阅读历史，并投身当前建设的积极分子，只有在惨痛的经历中才会逐渐认识到这一点：很多人真心钦佩先人的伟大业绩，但是当现实需要我们做出改变时，这些人又不肯从中汲取经验和教训。更值得注意的是，在这些人中，有些确实心怀不轨，但有些实际上则是出于好意。这种情况在我们这一代部分人身上体现得更加明显。他们整天幻想着，只有拥有一味低廉、实惠的灵丹妙药，和平的曙光才会照亮整个世界。

在过去的六十到八十年里，世界上几个主要文明大国的国际责任感和正义感得到了切实、显著的增强。越来越多的人认识到这样一个事实：国与国之间之所以会受到不公正的待遇，就是因为社会道德沦丧；而且，多数情况下，一味地发起战争并不利于国际纷争的解决。不过，迄今为止，旨在为全人类主持正义的国际法庭仍处于发展的初级阶段，国际警察装备也尚未得到任何发展和壮大。正如我所讲，从根本上说，当前的市政法及国内各个法律的结构完全是以法官和警察为基础的。而在国际事务中，到现在为止，警察与法官依旧非常短缺，这使得国际法难以与市政法真正接轨。

此外，与影响个人的普通问题相比，一些重大的国际议题更加复杂，难以解决，有时甚至会将各国卷入战争的漩涡。几乎所有的世界大国都一直被一些难题困扰，或是与其他国家冲突不断，或是与本国部分公民有着难以调和的矛盾。在当前的文明下，要想和定论私人问题一样，给这些国际或地区议题下结论，根本就是痴人说梦。过去的一百年间，不同国家和地区的内战占到了所有战争的50％以上。相比之下，国与国之间的战争所占的比例要小得多。有些疆域辽阔、实力雄厚的大国习惯性地残害其他国家或国内某些派别的公民，其惨烈程度让人瞠目结舌，逼迫最坚定的和平爱好者走向战争的深渊。也有些国家软弱无能，甚至都无法保障外国友人免受本国顽劣公民的骚扰，也无法确保本国公民免受外国敌人的迫害，所以只能请求其他国家担此重任，对本国内政进行有益干预。到目前为止，面对上述两种状况，各国尚未找到有效推动各国采取联合行动的途径和方法。一般而言，倘若只是由几个国家采取联合行动，其结果比某一个国家单独介入要糟糕得多。人类近现代史上那最臭名昭著的恶行，比如土耳其对亚美尼亚人惨绝人寰的大屠杀，就是在这种情况下酿成的。当时几个大国组成同盟，采取一致行动。从表面上看，国际社会歌舞升平，但暴行却接踵而至。实际上，要想阻止人类的暴行和愤怒，唯一的方法便是打破这虚假的和平。有些种族惨遭其他国家的大屠杀，人们亲眼目睹自己的妻子被蹂躏，孩子被虐待，暴行惨绝人寰，情况惨不忍睹。因此，实际上，大国才是裁军的最大受益者。但从另一方面讲，这些种族其实完全可以避免这样的劫难。如果身在俄罗斯的犹太人和身在土耳其的亚美尼亚人能够自我武装起来，善于使用武器，那么那些乌合之众肯定不敢找他们的麻烦。

然而，在铁证如山的事实面前，那些为人友善的昏庸无能之辈仍要求国际法庭仲裁所有决议，包括命令崇尚自由的文明大国裁军及放弃武装力量的决议。否则，他们便心怀好意、郑重其事地写出各种宣传册或社评，并在杂志或报纸上发表文章，大肆宣扬自己的观点：不要迷信发动战争可以发大财，因为它的代价太昂贵。这就好比在讲，我们应当解散警察和军队，转而把全部注意力放在劝说、说服犯罪分子上，告诫他们入室行窃、拦路抢劫以及逼良为娼等种种恶行是徒劳的，是得不到任何好处的。跟这些好心的蠢人争论毫无意义，因为他们的思想长了毒瘤，根本听不进别人的意见。他们从一开始便将所有重点放在了和平而非正义上，由此酿成了大错。这些人并非全都胆小如鼠，体格瘦弱，但绝大部分是懦弱无能之辈。他们当中几乎没有人拥有高尚的荣誉感，也没有崇高的爱国热情。看到自己的同胞侮辱、虐待他国人民，他们从不上前制止。而当自己受到其他国家的侮辱及不公正待遇时，他们却大肆宣扬“这时候，轮到我们逆来顺受了”。身为美国人，他们的愚蠢实在让我们无地自容。如果他们秉持的原则不容置疑，那便意味着美国人当初不应历尽千辛万苦赢得独立，1861 年的南北战争更应该眼睁睁地看着自己的国家被分裂成六个永不安宁的联盟，任由黑人奴隶制永远植根在我们的国土里。倘若仍不愿从自己国家的历史中吸取经验和教训，那就让这些崇尚“不要幻想战争可以给国家带来好处”的人比较一下中国与日本两个国家之间的差别吧。中国没有一艘像样的军舰，也没有一支作战高效的陆军军队。中国是地球上人数最多的大帝国，疆域辽阔，有灿烂的文明，然而，就是因为它不具备任何作战能力，当各国列强纷纷将其作为瓜分对象入侵进犯时，中国毫无反击之力。反观日本，由于具备了强大的军事实力，在众多国际事务上，日本可以与美国及欧洲各国平起平坐。现在，中国之所以眼睁睁地看着日本、俄国、德国、英格兰及法国瓜分自己的疆域，更是在近一个世纪内两次将自己的财富送到联合侵略者手中，是因为，实际上，她实践了那些日夜期盼美国裁军的人们所秉持的理念，坚信国家军事实力的削弱必将使自己免遭更多国家的入侵。

为了追求和平、公平和正义，这些知名人士不惜牺牲一切。只是，他们不明白，这些东西实际上根本无法兼得，自己所做的一切只会招来连续不断的麻烦。在我的印象中，其中一位代表过去常常以马赫迪①和苏丹人的名义创作简短的十四行诗，在这些短诗中，他呼吁苏丹人民必须获得民族独立，苏丹人民理应过上和平的生活。但实际上，苏丹之所以正式独立，只是因为她渴望与所有基督教徒为敌，并在自己的国家无条件地推行农奴贸易。在马赫迪统治的几十年间，苏丹获得了独立。在此期间，盲目崇拜之风盛行，暴君专制大行其道，其他宗教受到残酷压迫，人们仿佛又退回到了七世纪的苏丹。尽管政府布下天罗地网，四处抓捕奴隶，但人数还是减少了三分之二，甚至更多。事实上，在此期间，几乎没有几个孩子能活下来。然而，在国家丧失独立主权、成为英国的殖民地后，苏丹却摆脱了强奸、谋杀、酷刑拷问、拦路打劫等种种恶行，真正迎来了和平、富裕与自由。这位心地善良的十四行诗人由衷地认为，自己的诗篇是伸张人文主义的战斗檄文。几十年过后，人们回首往事，都认为此人非常可笑、愚蠢。不过，跟他相比，有些人更可笑，他们无条件地拥护美国裁军，要求美国中止海军建设，支持美国对所有国际决议进行仲裁，甚至连关系到我们国家利益与荣誉的决议也不放过，这真是荒谬极了！

如果只是秉持自己的观点，不大肆宣扬，这些人也不会给社会带来负面影响。在日常交往中，他们中的多数人都具备良好的公

---

① 马赫迪·穆罕默德(Mahdi Mulammad)：苏丹马赫迪起义领袖。原名穆罕默德·艾哈迈德(Muhammad Ahmad)。1881年称马赫迪(伊斯兰教的救世主)，号召均贫富，反压迫，反对英、埃(及)统治，领导人民起义。

民素质。此外，还有部分优秀公民同他们一样。这部分人坚信只要强制人们崇尚素食主义，接种疫苗，所有的疾病都会不治而愈。但我们不得不承认，由于他们的观点影响了美国与其他大国的关系，因此这些人确实对社会产生了不良影响。而更糟糕的是，他们欠下的债却要无辜的人来偿还。有些蠢人为了追求和平，或者竭力劝说全国人民支持与其他国家签订不平等条约，或者全力反对发展美国的海军力量，不惜牺牲国家的一切。但是，如果到时候其他大国主动找上门并拒绝履行条约内容，或是国际上要求我们国家出兵干预，遭殃的可不仅仅是他们自己。他们可以安全地待在家里，但我们骁勇无比的将士却要喋血沙场，正直守信的人也将为此感到羞耻。

现在我们碰到的主要问题是：由于不同派别、不同领域的公民对政府的态度各不相同、前后不一，因此政府在推行政策时很容易走弯路。这一阶层的民众呼吁政府出台一些不切实际、不合时宜的条约；而在另一阶层的民众看来，只要这些条约不付诸实施，他们便持肯定态度，一旦条约得到切实执行，他们便立刻否决。舆论自由是我们必须遵循的基本信条之一，在这一原则下，我们可以针对他国人民及本国同胞的相关问题自由地发表言论。由于多数人在行使这一权利时毫无分寸、毫无约束，因此我们只有不惜一切代价，用善行为国家赢得良好的国际声誉，才能期望其他国家对我们以诚相待。这一阶层的民众总爱不顾一切地向外国同胞做出各种承诺，另一阶层则与他们针锋相对，大肆谴责他们的所作所为。总的来说，在评判是非曲直时，美国人民都能做到头脑冷静，自尊自爱。这两个阶层究竟哪个更能代表扭曲的美国形象，真的很难下定论。唯一的安全法则便是少做承诺，因为“不出则已，一出即行”。同时，也要“温言在口，大棒在手”，软硬兼施。

国家的当务之急是举全国之力，下定决心，共筑我们的美国梦，而不是在历史的岔路口三心二意、犹豫不决。如果整个国民只是满足于以“新大陆的大清帝国”自居，那我们完全可以解散海陆军队，不再发展军事力量。如果我们的民族自愿放弃夏威夷及巴拿马海峡等领土，同意在全国禁行“门罗主义[①]”，承认欧洲及亚洲各国有权决定自己国家的哪些移民可以派往美国、他们是否应该具备美国国籍、是否应该拥有土地，那我们在国内和国际事务上将毫无发言权。总而言之，在这些议题上，如果人们对自己没有发言权而无动于衷，面对外国军队的入侵仍旧保持沉默，那么我们国家完全可以撤销海军，统一仲裁与各国之间的种种国际议题。在这种情况下，美国人民看到的是太平盛世，实际上却成为世界上任何一个“血气方刚、大义凛然”的民族所嘲笑的对象，在一轮接一轮的和平庆祝大会和高大自满中虚度光阴。秉持这一政策观点的人往往身份卑微，其中的缘由不言自明。

不过，只是一味地大放厥词而毫无实际行动，更没有为一切未知做好充分的准备，实在让人气愤，这同样是不可宽恕的。有些人一方面承认我们的国民及外国同胞共同享有发表言论的自由权，另一方面却又竭力逃避言论自由所带来的后果，这种做法实在是太愚笨了。这些“为了表面的和平而不惜一切”的人，势单力薄，难以在言论自由这个问题上有大作为。同样的道理，对美国人而言，倘若一方面挖空心思、绞尽脑汁地撤除海军，同时又坚称我们有权利推行“门罗主义”；有权掌控自己挖掘的巴拿马运河；有权继续管辖夏威夷；有权阻止其他国家侵占古巴；更有权决定究竟何种亚洲和欧洲移民可以入住美国，决定如何对他们进行归化，决定如何给他们分配土地以及赋予其特权，那我们的国民同样迂腐不化。我们的民族高贵富有，却视军事如儿戏。在国际事务中，我们也总是目光短浅，毫无远见。不过，我非常了解自己的同胞，他们将真性情埋藏在内心深处。面对不公不义，他们终究会爆发，不会一直忍

---

① 门罗主义（Monroe Doctrine）：由詹姆斯·门罗总统发表于 1823 年，表明美利坚合众国当时的观点，即欧洲列强不应再殖民美洲，或干涉美国与墨西哥等美洲主权国家的相关事务。而对于欧洲各国之间的争端，或各国与其美洲殖民地之间的战事，美国保持中立。相关战事若发生于美洲，美国则会视其为敌意的行为。

辱负重。从长远来看，他们决不允许自己的祖国受到诬蔑，更不会让祖国的利益受到损害。在这种情况下，我们的人民必将铭记这一点：国土富饶，国民好战却不尚武，终将招致灾祸。

在七年半的整个任期里，我一如既往、坚定不移地推崇同一项外交政策。这一政策代表美国在国际社会上的真情实意，并顾及其他国家的权利，同时也保证我们始终能做到有备无患。连世界上国力最弱的民族都知道，他们同实力最强的民族一样，永远不会受到美国的侮辱和迫害。与此同时，强国与弱国也都明白，我们美国人民有志气，也有能力使自己的祖国免遭他国的侮辱与不公的待遇。

正是在我的管理任期内，海牙国际仲裁法庭才避免了遭人耻笑的厄运。起初，在取得国际社会的一致同意后，这一组织顺利成立，但在后来的国际事务中，没有几个国家愿意向它提出公诉。当初的建立者渐渐地意识到，海牙国际仲裁法庭面临着沦落为“纸上法庭”的命运，因此在将来的国际舞台上，它毫无存在意义。其中保罗·德康斯坦[①]先生对此尤为担忧。在我们往来的书信和私下的会面中，他不断向我强调采取措施的必要性：一方面，我们所做的不仅仅是让各国在条约中许下承诺，更重要的是在解决悬而未决的国际议题时通过提出仲裁找到突破口；另一方面，在提出仲裁时，要有意识地充分发挥海牙国际仲裁法庭的重要作用。我十分赞同上述观点。在约翰·海伊的引荐下，我与墨西哥成功达成协议，将其国内两大共和政体之间的争端事宜交由海牙国际仲裁法庭调停解决。这也是海牙国际法庭受理的第一起纠纷案件。此后，各种国际及地区案件纷至沓来，这在很大程度上决定了海牙国际法庭国际和平使者的重要地位。阿拉斯加的边界问题是横亘在美国民众与大英帝国之间的唯一障碍，只有通过和平友好的仲裁和调停方式才能圆满解决。因此，双方一致赞同成立联合委员会，

---

① 保罗·德康斯坦（Paul-Henri-Benjamin d'Estournelles de Constant）：法国外交家、政治家、国际仲裁倡议者，因为促进美法和解而获得1909年诺贝尔和平奖。

由联合委员会进行协商,委员会的美方人员包括洛奇议员、特纳议员及国务卿鲁特。最终双方经过商议做出决定,阿拉斯加边界问题得到了和平解决。同时,这也象征了一直阻碍两个民族实现真正意义上和解的障碍已经消除。针对摩洛哥问题,我们在阿尔赫西拉斯①进行了协商,并最终得出了令各方都比较满意的方案。在此期间,海牙国际仲裁法庭做了大量工作,起到了重要作用。我们与英国及其他多数国家均签署了仲裁条约,一致赞同除影响领土完整、损害国家荣誉和国家重大利益的议题外,其他所有国际事务均由海牙国际仲裁法庭进行仲裁,同时还特别商议了条约的定义和细节。我们与英国签订协议,双方应当确保世界各国人民平等、免费地使用巴拿马运河,同时美国保留维持治安和加筑工程的权利,并享有战争期间的控制权。在此条约下,出于敬意,我们必须对美国东西海岸沿海交通的运河通行费用问题进行仲裁。我相信,在这一问题上,我们美国人所持的立场是正确的。同时,我也坚信,在此仲裁条约下,考虑到英国可能会为自己争辩,抨击美国站的立场不合理,尽管在我看来,进行这种争论并不明智,但出于敬意和诚意,我们还是必须对此问题进行仲裁。对于制定并签署所谓的万能仲裁协定,我深表怀疑,原因在于这些协定的制定者及其他相关人员一向不守承诺,我们从不奢望他们能信守条约。同时,我也深信我们有义务也有责任将现有的、为数不多的几个合理合法的仲裁条约继续推行下去。承诺的意义并不在于给予,而在于遵守。在国际事务中,有些国家总爱夸大其词,做出不切实际的承诺。即使自己有能力实现诺言,也不加以兑现,最终恬不知耻地失信他国。这些所作所为使它们在国际社会中总是处于最不利的地位。

在 1905 年早些时候,由于俄日两国冲突加剧,西方文明世界

① 阿尔赫西拉斯(西班牙语:Algeciras):西班牙城市,是西班牙南部的一个港口城市,位于安达鲁西亚自治区加的斯省,邻近英国海外领地直布罗陀,是直布罗陀湾最大的城市。

的局势也随即变得紧张起来。在战争中,双方死伤无数,财产损失严重。通过阅读和分析从各个渠道汇集来的第一手资料和信息,我越来越强烈地感觉到,战争的进一步发展会加大对日本的危害,而对俄国也有过之而无不及。战争不仅使日本一无所获,还使青壮年严重流失,本土资源严重枯竭。战事的升级意味着即使日本取得胜利,也得不偿失。再看俄国,在我认为,尽管这个大国战力充足,资源丰富,但随着战事的不断加剧,相比于日本投入的难以估量的人力、物力和财力,俄国付出的代价将更为惨重。我认为,迫于战争的压力,俄国将很可能无力保卫东西伯利亚及北满洲国,也将无心守护南满洲国和朝鲜。我认为,倘若战争继续,大概的结局是:俄国很有可能被日本驱逐到贝尔湖以西的领域,当然这并非定数。在这样一场鏖战中,一切都是未知。日本有可能惨遭失败,对这个国家而言,失败就意味着空前绝后的灾难。即使日本在接下来的战争中取得胜利,对它来说,由此赢得的一切都没有了价值。巨大的人力和财力损失,会使这个弹丸小国满目疮痍、苍白无力。因此,我坚信,这个时候让两个参战国停战符合双方的利益,也会给两国带来巨大的好处,而且,此时也是催促两国达成和平协议的最佳时机。

首先让我甚感宽慰的是,双方都希望我在中间积极斡旋。两国自然都十分焦虑,担心对方不相信自己的诚意,当然,这些想法也都合情合理。之后,我向双方发出了同文照会,提议两国可以分别派代表团进行会面,看看能否可以直接达成和平协议;同时,我也向他们表示,出于人道主义及世界和平的考虑,美国愿意担任会晤的调停人。在原则上,双方都同意了我的提议。之后,两国在协商会晤地点时遇到了一些困难。不过,最终双方还是放弃了自己在这一问题上的争议,最后两国代表在新罕布什尔州的朴茨茅斯进行会晤。在此之前,我在牡蛎湾的"五月花"号舰艇上分别会见了两国代表,与此同行的还有一艘海军军舰。此后,我代表美国政府将两艘舰艇交给两国代表,他们乘坐这两艘舰艇从牡蛎湾来到了朴茨茅斯。

在此种情形下，俄日两国还是跟往常一样无法保持理智和友好的态度，都提出了一些令对方无法接受的主张，其中主要的问题是日本向俄国提出了赔款要求。在我看来，与其继续与日本为战，俄国还不如支付这笔赔偿金，因为根据我的判断，将来的战事有可能对俄国非常不利；而且，国内的改革运动风起云涌，随时都有可能断送此次会晤。因此，我向俄国政府透露了自己的意思，同时也敦促他们在库页岛南部领土（当时已经为日本所占领）等问题上放下自命不凡、高高在上的架子。与此同时，我也同样向日本特别强调，对日本而言，仅仅因为赔款问题而顽固不化，继续与俄国抗战，终将铸成大错。主要原因是：俄国在这个问题上立场非常坚定，必定拒绝赔款。战事拖得时间越长，俄国的支付能力就越弱。同时，我还指出，这场战争和他们喜欢拿来说事、加以类比的德法战争毫无可比性。当时德国人占领了巴黎及法国的半壁江山，最后法国只能让出众多领土以代替巨额的赔偿金。日俄则不同，日本离俄国首都莫斯科有千里之远，俄国手里也没有愿意舍弃的领土。我还向日本政府指出，在我看来，尽管日本在战争初期及整个战争期间赢得了多数文明国家的支持和同情，但如果他们继续抗战的理由只是为了获得更多的赔偿金，那日本将失去诸国的同情和支持。而且，几乎可以肯定的是，他们不会得到一分钱。到年底，他们就会发现，尽管拥有大片疆土会让他们有点小兴奋，但平心而论，这些领土对他们没有一点用处。更糟糕的是，日本还为此花费了更多的巨额资金，失去了更多的人力资源，最终却一分钱都拿不到。就这样，在我的不懈努力下，日俄最终签订了和平条约。

在这种情形下，双方都不假思索地认为自己应当获得更有利的条款。当危险过去之后，双方又开始认为自己被对方蒙骗了，认为如果继续抗战，自己将会获得比现在更多的利益。除了一直宣称对方必须给自己赔款外，日本政府自始至终还算理智。不管是国际事宜，还是私人事务，只会虚张声势，毫无实际能力绝非明智之举，就个人而言，我从不以此作为办事原则。不过，在这件事情上，日本政府说了大话，吹了牛皮，误导了广大日本民众。尽管签订条约对日本有百益而无一害，但这仍引发了日本民众的强烈抗议和不满，日本政府的愚昧无知显而易见。美国驻日公使提交给我的报告上表明，在日本各地，尤其是在大城市，各种群体组织的暴乱接连不断，警方受到了强有力的挑战，几处基督教堂也被焚毁。我相信，不管是在俄国，还是在日本，多数民众都认为由于我的介入而给他们带来了深深的伤害。他们对我有成见，这在我的预料之中，在我看来，这是自然而然的事情。对此，我毫无愤怒之意。两国政府不仅对我以礼相待，而且谦卑十足，充分说明我的行为带来了不错的效果。至少在日本领导人看来，我俨然已经成为他们的真挚友人。当然，一直以来，我都尽我所能成为日俄两国人民的好朋友。我坚信，总体而言，我所做的一切符合两国及世界人民的共同利益。

在谈判期间，我曾经想取得其他两个国家政府的帮助，以促进日俄达成和平协议。这两个国家一个与日本十分友好，一个与俄国交往密切。但是，我未能获得任何一方的支持。不过，德意志帝国确实给了我莫大的帮助。谈判期间，在一些十分微妙和难以抉择的要点问题上，美国驻圣彼得堡大使梅耶先生得到了当时德意志驻圣彼得堡大使先生的协助。在美国历史上，梅耶先生是最有建树的外交官之一，其能力仅次于怀特先生。由于他们内部存在分歧，我与沙皇几位代表的谈话已经没有继续的可能，就在这关键时刻，梅耶先生自告奋勇亲自拜会俄国沙皇，谈判才峰回路转，取得成功。

由于在日俄两国之间积极斡旋，我获得了诺贝尔和平奖。奖品包括两部分：一枚奖章和总额为四万美元的奖金。这枚奖章，我一直珍藏在身边；这四万美元奖金我作为产业和平基金移交给了一家信任理事会，其成员包括奥斯卡·施特劳斯、塞斯·劳及约翰·米歇尔。放眼当前世界的发展趋势，相比国际和平，行业和平也非常重要，因此将这笔奖金作为产业和平基金捐出，既合情又合理。1910年在欧洲期间，对挪威的国事访问是我最愉悦的经历之一。在那里，我向诺贝尔委员会发表了致辞，并详尽地罗列出了我一直遵循的行为准则。这些准则不仅体现在日俄调停这一事件上，而且一直贯穿在我的整个总统任期内。

此外，我还收到了一份特殊的礼物：苏丽"回忆录"中关于记载"亨利五世大计划"的原文复件。一起寄来的还有下面一段题词，我大体翻译了一下。

1906年1月　巴黎

> "在下面签字的国际仲裁调解委员会法国国会小组成员决定赠送罗斯福总统一枚勋章，以表达小组成员对总统先生崇高的敬意，对总统先生在国际冲突面前勇于主动承担重任、敢于用和平公正取代蛮横暴力的行为深表认同和赞许。
>
> "各成员认为，罗斯福总统的所作所为终于使人类历史上最宏大、仁慈的期望变成现实，他续写了之前法国先人为追求世界和平而取得的辉煌业绩。根据亨利四世国王时期首相——德·苏里伯爵撰写的回忆录，我们知道，法国亨利四世国王为实现国际和平，推出了一项规模宏大的工程，这便是后来广为人知的'亨利四世的宏伟计划'。因此，各成员找出了首版回忆录的复印本，呈送给罗斯福总统，并希望罗斯福总统把它作为罗斯福家族的资料传承下去。"

签名者包括法国总统埃米尔·卢贝，还有卡诺、保罗·德康斯坦、阿里斯蒂德·白里安、苏利·普吕多姆、尚·若雷斯、阿尔芒·法利埃、庞加莱，以及其他的两三百人。

当然，关于朴茨茅斯和平协议，我的作为也被一些心地善良、真诚友好的人误解了。就在平息煤矿工人罢工后不久，有人想当然地认为我有权力也有义务镇压其他行业的罢工。因此，在促成日俄两国签署朴茨茅斯协定后不久，就有人认为（顺便说一句，这次不仅仅是美国人），我有义务毛遂自荐，跟“和事佬”马蒂一样，立即着手干涉世界其他国家的混乱内政，给他们带去和平与正义。还有人在毫无根据的情况下，欣喜地得出这样的结论：既然我乐于行善，心怀仁慈，为日俄两国带来了和平，那我就必然已经改变了一贯坚持“战争永远都有必要”的主张。在和平协定签署几天后，我便给一位朋友写了一封信，在信中，我写道：

“虽然现在人们对我褒奖有加，但请千万不要被这表面现象所误导，因为不久之后，他们便会对我恶言相对。正如今天罗卜对我所说的，不久后的某天，迫于压力，我将不得不抨击某些小规模国际土匪的无赖行径。到时候，那些心怀善意的傻瓜，他们的态度就会来个一百八十度的大转弯，高声惊呼我的这一举动与之前在和平会议上的作为自相矛盾。实际上，我前后的立场是完全一致的。”

在政治上，舒尔茨先生是我的一个死对头，在朴茨茅斯协议出台后不久，他便写信向我表示祝贺。我认为，在裁军问题上取得进展的时机已经成熟，于是便在给他的回信中详细地表明了自己的立场和观点。在我看来，在当时，这些观点有根有据，十分合理，即便现在想来，亦是如此。信的具体内容如下：

1905 年 9 月 8 日　纽约　牡蛎湾

亲爱的舒尔茨先生：

非常感谢您的贺词。至于您在信中提到的裁军问题，我想大致上可以这么说，裁军问题将逐步减少由于世界范围内的武装和平而造成的沉重军事负担。但至于我们能做什么和我们该做什么，我仍不太明白。倘若作为传统的和平倡导者而为人们所知，现在我根本无法给世界带来和平，将来也不会取得任何成绩，更无法通过美国在古巴、菲律宾、波多黎各及巴拿马采取的实际行动而给他们带去上帝的恩惠。对日本人民而言，过去的二十年间，如果没有进行武装斗争，整个十九世纪都会充满哀痛；而对美国民众而言，如果没有发动美西战争，没有在巴拿马采取相应的措施，遭受损失的将是整个人类社会。亚美尼亚人一直惨遭土耳其人的疯狂屠杀，但欧洲各国始终无动于衷，依然按兵不动，这使得十九世纪的欧洲声名狼藉。为了维护现有的和平，不计其数的亚美尼亚人被杀害，被害人数是自拿破仑时代以来，所有欧洲战争之最。妇女、儿童、青年壮丁含冤而死。侵略者一再打破道德底线，不断迫害灾民，种种恶行与罪孽远远超过人类现代文明史上记载的所有战事。和平之所以可贵，主要是因为它是人类通向正义的大道。和平只有与正义同行，才能使世界更美好；和平，才是我们一切行为的最终目的。人们只有在心中牢牢铭记这两点，才能为和平的来临做一点事情。由于私人法与市政法具有制裁力，而国际法却不具备，因此当前这两者并无可比性。我们国家有武装力量，包括警察、武装部队、国民警卫队及民兵，这些武装力量可以保证法律的实施。遵纪守法的公民无需再自我武装以防卫视法律如粪土之徒的伤害。不过，在现在的国际社会，尚无类似的武装力量供各国倚仗。到目前为止，我也不知道该如何创建这样的武装力量。迄今为止，人类之所以能在大部分时间里维护世界的和平，主要还是依靠某些实力强大、相对公正的大国。他们利用本国的武装力量，或是以此作为震慑力量，来平息各国、各地区的混乱。前几天在一本非常有趣的法语书中，我了解到地中海地区各国是如何依靠英国海军建立起“强权和平”，从而使自己免受海盗的困扰。只有在俄国、法国等文明大国的统治下，阿尔及利亚与土耳其人惨绝人寰、卑鄙无耻的恶行才会宣告结束。同样的道理，只有在英国的管辖下，缅甸、马来亚联合邦及埃及才会结束野蛮与暴行。只有在公平正义、仁慈行善的文明大国的武装干预下,和平才会走到世界的每个角落。如果英国实行裁军,大大削弱了军事力量,甚至连苏丹与埃及都无法占领与管辖,那么马赫迪派会在非洲东北部建立自己的专制政权,这必然会给各国带来血雨腥风,给人类带来毁灭性的灾难。欧洲各国只有不断提高军事效率与战斗力,才能将东欧各国从鞑靼人及土耳其人的践踏中解救出来。非正义的战争令人讨厌,正义之战是人类的最高使命。对人类而言,让世界上最优秀的国家,让崇尚自由、文明开化的国家裁军,而让那些专制独裁与野蛮粗俗的民族拥有强大的军事力量,这会产生毁灭性的灾难。相比之下,十九世纪期间所有战争带来的灾难都不值一提。然而,要想准确地说出哪些国家的自由文明已消失不见,哪些国家更接近蛮夷与专制,并获得国际社会的一致认可,这绝非易事。举个例子,我认为,就这一点而言,俄国与日本就很难达成一致意见。不用说各国政府,在这一点上,就连其他国家的民众都很难说到一块。

但这决不意味着所做的努力毫无回报,因为我们也有可能研究出合适的方案和对策。值得庆幸的是,美国有能力,也有诚意为此努力。但凡是头脑冷静、目光长远的人都不会建议我们进行裁军。此外,尽管我们需要进一步完善规模尚小的海军和陆军,但我认为就目前情况看,根本没必要增加军舰的数量,也无需再扩充军队。当然,我们的海军必须始终保持高效的作战能力。用一流的新设备取代破旧不堪、毫无价值的老军舰,带来的后果是工作人员数量的不断增加。但这对你提出的行动方针不会产生实质性的影响。不过,在我弄清楚该采取何种措施之前,除了委托海牙国际仲裁法庭过目之外,我手上还必须有本合情合理、切实可行的行动策划书。

在我看来,在全世界范围内停止以战争为目的的海军扩张,似乎是一件好事。当然我不是盲目乐观,随便说说而已。

事实上，从整个世界来看，只有欧洲大陆拥有规模宏大的军事力量。因此，在针对他们提出举措之前，我必须好好权衡各方面的利害关系，其中也包括对土耳其军队的态度。不管怎么样，只有弄清楚了正义永在和平之上这层关系，我们才能真正有所作为。

西奥多·罗斯福敬上

就我自己判断，我为世界和平作出的最大贡献就是让美国海洋战舰巡游世界。我一直坚信，我们有充分的理由让全世界人民，尤其是我们本国同胞深刻认识到，太平洋海域同大西洋海域一样，都是美国的国内水域。因此，我们的战舰有资格，也有必要在两大水域之间自由穿行。在我看来，此次航行会使整个海军受益匪浅，这也将唤起普通民众对海军的关心和对发展海军事业的热情，更会使其他各国接受这样一个必然的事实：我们的军舰可以时常在大西洋集结，在欧洲各国眼里，这不应被视为是一种公然的挑衅。同样的道理，现在美国的军舰也可以不定期地在太平洋集结，在亚洲各国看来，这也不应被认为是心怀敌意的威胁。想当年我尚未征得内阁成员的同意，便下令出兵攻下了巴拿马，这次我同样未与内阁成员进行磋商，便下令军舰出海巡航。战争委员会的成员向来只知道开会协商，从不亲自上战场。面对危机，领导的职责在于统领全局，而不是躲在一群胆小如鼠的顾问后面，逃避自己的使命。当时，我碰巧从别人那里了解到，英国和德国当局都不相信美国有能力派出一支舰队航游世界。在他们看来，别说美国，就连自己国家的舰队都无法完成这一壮举。于是，我下定决心一定要完成这次巡航，而且我认为也到了向世界证明美国实力的时候了。如果我们的舰队确实无法穿越大西洋抵达太平洋，那也有助于我们摸清自己的实力，从而帮助我们根据已有的情况制定相应的策略。然而，当时许多人在私底下反对这一举措，给出的理由是：环球航行很容易被日本认为是在威胁他们。对此，我没有向公众做出任何回应。不过，在私下里，我向他人解释道，我坚信日本民众能感受到我与他们的真挚友谊以及我对他们的敬仰之情。日本政府也会明白，作为一个国家，我们没有发动进攻的意图，因此日本不会将其视为挑衅和威胁。倘若日本方面真的如民众所言，感到自己受到了威胁，那我会即刻下令让军舰返航。1910 年的春天，我对欧洲各国进行了国事访问。在此期间，我发现，在德国与意大利的海军高官看来，在美国军舰巡游世界期间，很有可能会爆发战争。他们问我是否担心这样的事件发生，问我之前是否已经预料到军舰在抵达麦哲伦海峡时，冲突便会激化。我的回答是：这的确有些出乎我的意料。我始终坚信，在这件事上，美日两国都会保持友好态度。不过，如果事实与我的期望有所出入，那只能充分说明了有人打算不惜一切代价袭击我们。在这种情形下，为使舰队整装待发，我们用了整整三个月的时间，事先准备炮火工作，这样做将会取得巨大的回报。在舰队出发前，我私底下会见了各位指挥军官，向他们表明，这次航行会一帆风顺。但同时，我也告诫他们，要做好必要的防预措施，要始终保持与敌对战的紧张状态，以应对任何形式的突袭。不管敌人以何种理由发动进攻，我们都要奋力还击；不管敌人以任何方式突袭，我们都必须有所防备。

我之所以推出这项举措，主要是为了给美国民众留下深刻的印象。后来事实证明，我充分实现了这个目标。此外，这次巡航还在世界历史上书写了浓墨重彩的一笔。只是一味地吹嘘自己的作为，根本无法打动各国友人，只有通过实际行动，取得辉煌的成就，才会赢得他国人民的尊敬。在二十世纪头十二年里，美国人民有两项伟大的成就被世界人民永远铭记在心中，一项是开凿巴拿马运河，一项是美国舰队巡游世界。两大事件给本土的美国人民带来了较为深远的影响。在美国年轻的海军史上，还没有哪件事能像世界巡航一样，唤起普通民众对海军浓厚的兴致，激发对海军坚定的信仰。此次壮举的伟大影响，受到了英国杂志《伦敦观察者》的密切关注和详细报道。1907 年 10 月，距舰队驶离汉普顿水道还

有一个月的时间,《观察者》做了如下的报道:

> “所有美国人民都将密切关注舰队的此次航行活动。航行期间,人们可以从中了解到,处于作战状态下的军舰是如何完成加煤补粮等细枝末节的工作的。总而言之,这次航行将引起普通民众的广泛关注。下一次罗斯福先生或其代表们呼吁全国制造新战舰时,受到此次航行的巨大影响,民众将会纷纷响应。罗斯福政府的海军计划并非是一成不变的。可以肯定的是,除了提高现有舰队的作战效率外,罗斯福先生还打算增加新的舰艇。他的军事政策关系到海军未来的发展前途。不过,如果我们单纯地认为罗斯福先生的政策目光狭隘,只注重单一武力的发展,那就大错特错了。”

尽管其他国家纷纷指责此次舰队巡航事件,对舰队平安巡航表示怀疑,但我们队伍中最优秀的指挥官对舰队顺利完成世界巡游信心十足,尽管他们也认为派出鱼雷艇并非明智之举。于是在没有及时征求各位副官意见之前,我勉强同意了他们的观点。不过,舰队启程后不久,我便乘坐政府的“五月花”号游艇前往普罗温斯敦郊区视察军队的打靶训练,当时,两位海军中尉指挥两艘鱼雷艇驱逐舰一路护送我们。两位军官都是好斗之人。晚上,我邀请两位上船,与我共进晚餐。就在晚餐即将结束时,两位军官忍不住向我问起,鱼雷快艇纵队是否也会与那些大型船只一同前往。我告诉他们不会,因为各位上将和上尉都坚信,鱼雷艇根本无法完成如此漫长的航行。贝壳大小的舰艇在茫茫大海上摇来晃去,舰体很容易受损,艇上的军官和海员将会因为晕船和接连不断的维修工作而筋疲力尽。听我说完后,两位客人异口同声地向我保证,鱼雷艇经受得住大海的挑战和洗礼。他们对我说,与各位军官相比,所有士兵都跃跃欲试,渴望一同前往。同时他们还提到,其中一艘舰艇的多数船员服役期已到,只要所在舰艇能参与航行,他们就可以继续服役。现在这些人仍在观望，热切希望能参加巡航。我回答道，了解了人们急切参与航行的心情，我十分欣慰，他们也应当随舰队一同前往。不到半个小时，我便下令让鱼雷快艇纵队整装待发。在后来的行进过程中，纵队工作状态良好，没有一艘舰艇拖大部队的后腿。在我看来，与巨型军舰环游世界的壮举相比，这些鱼雷舰艇更应获得人们的称颂和赞誉。于是，我给鱼雷舰艇的指挥官写了下面这样一封信：

> 我们的海军舰队成功完成了绕行南美洲抵达旧金山的壮举，在国内和国际上引起了很大的反响。此时此刻，任何赞美之词都无法表达我对舰队军官及士兵的崇高敬意，感谢你们为祖国付出的一切。然而，如果必须优中择优，那我会选择负责指挥鱼雷舰艇纵队的你及你的各位副官，你们的伟绩更值得人们称赞。在鱼雷舰艇纵队服役的各位军官和所有士兵都有资格坚信，自己为美国海军、为美国人民做出了突出的贡献。我非常希望能亲自向各位道谢。因此，可否麻烦你通知各鱼雷舰艇的指挥官在各位军官和士兵面前朗读这封信呢？
>
> 西奥多·罗斯福敬上

关于此次航行，还有很多有趣之处。听到舰队将驶离大西洋水域的提议后，东部城市的大多数富人及舆论先锋者恐慌不已。作为舆论咽喉的《纽约时报》甚至疯狂地呼吁国会必须阻止舰队的航行活动。来自东部沿海某州的海军事务参议员委员会领袖向公众宣布：由于国会拒绝拨款，因此舰队不应该参加航行，也不能驶离大西洋。但我公开表示，我已筹备了足够的资金用以支持舰队的航行活动，因此舰队必将启程。当然，倘若由于国会拒绝拨款而导致资金不足、舰队无法驶回大西洋的话，那它就会永远停留在太平洋海域上了。此言一出，舰队很容易就拿到了拨款。

按照我最初的计划，舰队不应造访澳大利亚，但澳大利亚政府向我发出了诚挚的邀请，于是我欣然接受了。我对澳大利亚充满敬仰之情。如每位美国公民一样，我与澳大利亚同胞亲同手足。我相信，如果澳大利亚陷入危机，美国会毫不犹豫地向其提供援助。澳大利亚政府为舰队举行了非常隆重的接待仪式，再次显示出美国人民同伟大的南太平洋联邦之间的手足之情。澳大利亚人民同美国人民一样周全体贴、慷慨大方、热情好客，他们盛情接待了我们的海军军官及士兵。舰队首先访问了美丽至极的海港城市悉尼。到达后的第二天，一位美国上校注意到自己的一个船员想在公园的长椅上打个盹儿，于是便在一张大纸上写了几行字，贴在了这位士兵的脸上。显然，这是为了事先回答东道主一国的人们可能提出的问题，以免打扰士兵休息。纸上写道，“我非常喜欢澳大利亚同胞。在我看来，你们有着世界上最棒的海港。我疲惫不堪，想在这里睡一觉。”

整个航行期间，最引人注目的是日本为我们舰队举行的接待仪式。在以礼待人和教养养成方面，日本教给西方世界一些国家的东西实在是太多了。此前，我始终坚信，日本人民能够正确理解此次航行的真正意义所在，并将此次巡航视为荣誉之行，其中就体现了我对日本人民和政府崇高的敬意和真挚的友谊。我也坚信，这个伟大的日本帝国对美国人民同样友好，同样充满敬意。接待仪式规模宏大，气氛热烈，其隆重程度甚至超过了我的预想。日本人民盛情、礼貌地接待美国舰队的各位军官，对此我深表敬意，感激之情溢于言表。我甚至可以说，每位美国军官和士兵回国之时，都将成为日本人民的挚友，成为日本文化的追随者。斯佩里上校给我写了一封十分有趣的信，信中不仅提到了在东京举行的接待仪式，还提及了美国军官和士兵在海上的工作。因此，在这里，我几乎给出了信的全部内容：

1908年10月28日

亲爱的罗斯福先生：

在这封信中，我详细叙述了日本官方关于此次访问的报告。此次访问非常成功，有些事无法在信中一一细说。

您可能已经有所耳闻，在日本外交部工作的丹尼森先生与我一样都在海牙国际仲裁法庭供职。我对他充满敬意。为了尽可能地避免引起误解和冲突，去年六月份我给他写过一封信。在信中，我详细说明了美国人民身体力行的人格品质以及此次航行的众多有利条件。为了避免各位军官和士兵因下船在码头闲逛而耽误了事先规定的行程，我们准备了合适的着陆地点，提供了优秀的向导，并在船上准备了各种休息室以及货币兑换场所。除了到别具一格的小店里小憩外，很少有人会到码头上的酒吧找乐子。

此外，我还在信中谈到了我们此次的着陆安排。每次着陆，我们都会派出一支训练有素、毫无装备的巡警队，暗中逮捕并遣送有不良行为的士兵。丹尼森先生将这封信呈送给了日本海军部的部长，他十分赞同包括巡逻在内的所有安排。在我看来，除了认可之外，这位部长可能流露更多的是羡慕和嫉妒。后来，当我在马尼拉的时候，丹尼森先生给我回了信，一同寄来的还有一份海军部长亲笔签署的备忘录，这让双方发生不快的疑虑烟消云散了。为了方便我们的舰队登陆，日本修建了三个长达三百英尺的临时码头。码头灯光熠熠，装饰一新。虽然海岸的宾馆房屋满足不了两三千名士兵的住宿需求，但充足的着陆空间还是保障了士兵们的安全，让他们能有条不紊地生活。

横滨的码头和火车站为我们提供了很多休息室和售货亭。日本政府还特地挑选优秀的水手，组织了一支军官小分队，为我们提供向导服务。此外，许多声名远扬的金融家及数千名精通英文的日本大学生也纷纷加入到志愿者的行列。在东京的很多场所，我们不仅可以享受到美味可口的饭菜，可以入店休息，还可以吸烟、写信。这儿的服务非常周到，让人心情舒畅。更重要的是，尽管店主们很希望从中盈利，但日本政府下令，所有场所都不得向美国军队收取费用。日本政府为我们安排的这一切真的是太体贴周到了，简直可以说是完美至极。

10 月 18 日一接到您关于向天皇发表演说的电报，我便立马将电报的抄本递交给了美国驻日大使，驻日大使又派人送到了日本外交部工作人员的手中。日本天皇看似早已起草好了一篇热情洋溢的演说辞，并希望在对外宣讲完毕后通过我转交给您。不过，您发来的电报彻底改变了事情的发展动向，天皇先生不得不准备给您回信。在这件事上，您主动友善，礼貌地拿出橄榄枝，让天皇心情大悦，这从他在后来举行的午宴上的一言一行中可以很明显地感觉到。一位沉默寡言、十分保守的先生向我透露，此次行程安排不仅让日本天皇喜不自胜，也让日本内阁各位大臣欣喜若狂。我可以信心满满地向您禀报，到现在为止一切都在掌握之中，没有发生任何影响民众满意度的意外事件。我们的驻日大使也向我表示，他们非常满意此次活动和行程的一切安排。

由于在途经马尼拉时遇到了恶劣天气，我们的舰队不得不又补添了三千五百吨煤炭。

过去的几天里，"杨克敦"号一直负责幕后的联络工作。昨天，它把日本天皇的电报转发给了您。这封电报是在我们的舰队起航后，天皇通过驻日大使发给您的。得知自己派出的舰队圆满地完成了任务，您一定高兴极了！您对我如此信任，坚持任命我为舰队的指挥官，对此我非常感激。这样，我漫长而坎坷的军人生涯就可以在光荣和勋章中谢幕了。

此次远航给训练、军纪及作战效率带来的积极影响，已无需多说。由于这次巡航的每个细节都是按照军事演习的要求设定的，因此航行期间，我们始终保持无线通信，这在人类历史上尚属首次。火奴鲁鲁与奥克兰相距三千八百五十公里，在此期间，除了有一晚上未能与一个电缆站点取得联系外，其余的时间我们都做到了全线通话。而近期某国的三艘舰艇从奥克兰到悉尼行驶一千二百五十英里，期间保持全线通信的时间不过几个小时而已。

我们刚一启程，各位军官和士兵们便将注意力全部集中到重炮射击及战术工作上来，其热切程度与参加晚宴差不多。每天早上都会有几艘军舰驶向距离大部队七八千码的海面，充当其他舰艇火力控制、距离测量以及群体合作的练习目标。不过，我不得不说，由于我们的舰艇都被涂成了白色，训练结果让人不太满意，而且在有些方面甚至误导了我们。1903 年在波特兰的时候，我亲眼目睹了巴克上校的白色舰艇被一万四千码（也就是七海里）外的军队用探照灯发现了；而另一艘“哈特福特”号黑色舰艇尽管从 1.5 海里外的海域驶过，却自始至终都没被察觉。因此，尽管我是总理事会的成员之一，但数年来我一直提议应该把舰艇全部涂染成战争时期所使用的保护色。借这封信，我也再次请求相关部门对相关规定作出必要的修改，以保证给军舰合理上色。迄今为止，在这一问题上，我尚不清楚谁与我意见相左。温莱特上校很支持我的建议，军事学院联合会对此也一致认同，年年都向相关部门推荐此方案。

每天下午，舰队都会用两三个小时进行战场演习训练。舰员们对此项练习很感兴趣，其兴奋程度不亚于平时的枪炮射击练习。

各国在煤炭经济方面的竞争仍在继续，而且在众多领域引发了连锁反应。为了节省煤炭消耗量，我们在使用水、电时尽量做到少用、少浪费。据说某些总工程师向舰员下令，一到晚上所有舰艇都必须关掉所有的灯，并派人亲自四处巡视。或许煤炭经济产生的最重要的影响，是激发人们找出了机械运行时浪费能源的原因。“杨克敦”号通过对气阀进行重新调整，使航行速度从10海里/小时提到了11.5海里/小时。

我们已经力所能及地采取了措施，不过仍然赶不上先进科技的发展，因此我们的工作才刚刚开始。

斯佩里

随着卸任总统一职，我完成了长达七年半的任期。在此期间，美国没有与其他国家动过干戈。我们处在一个和平盛世，战争的硝烟从未笼罩在其他国家头上。我们美国人一直都是以诚待人，从未冤枉过其他国家，也从未害怕过某个国家。此次世界航行为维护世界和平做出了不可磨灭的贡献。

十六个月后，当舰队完成世界巡航荣归故里时，我亲自前往汉普顿水道欢迎英雄的归来。那天正好是1907年2月22日，也是华盛顿总统的诞辰。载誉而归的舰队刚跃入眼帘，我便在舰队上校的旗舰船上向各位军官和士兵发表了如下的讲话：

斯佩里上校、各位舰队军官和士兵们：

十六个月前的今天你们在隆隆的蒸汽声中驶出这个海港，开启了航游世界的征程。这个清晨，当巨大的战舰缓缓地从地平线上驶来时，所有迎接你们的人都被一股骄傲之情主宰着。你们去过南半球，也到过北半球，你们曾先后四次穿过赤道，你们踏足过所有重要的海域，你们碰触过每个大洲的海岸线。过去一年多的时间里，你们一路向西，终于在今天回到了当初起航的港口。你们是人类有史以来第一支巡游世界的舰队，以后若再有此壮举，也只能是你们的后来者。

我们的小鱼雷舰艇纵队同你们一起绕过南美洲，通过麦哲伦海峡，最后抵达太平洋海岸。当你们绕世界走了一半时，全副武装的装甲巡洋舰中队与你们汇合，然后又与你们告别。你们用实际行动打破了航行注定失败的预言。在漫长的返航旅程中，没有哪一艘战舰遇到过值得一提的意外事故，也没有哪一艘鱼雷舰艇和巡洋舰遇到过突发状况。你们在启程之时，舰队已是一支作战高效、训练有素的威武之师；而现在，你们在归来之时，不管是人员素质，还是硬件水平，不管是舰队准备，还是作战能力，都已经更上一层楼了。整个全球巡航期间，你们没有忘记进行常规的射击训练。虽然之前你们对机枪大炮已了如指掌，但现在你们的枪法射击更厉害了。相比枪法，你们的战术素养仍有很大的进步空间，但通过此次训练，你们在这方面已经取得了很大的进步。附带说一句，我想无需我多说，提高自我的必要途径之一便是清楚地认识到自己仍需付出更大的努力以提高自己的能力。假如你们认为自己已经足够优秀了，那么在下此论断的那一刻，你们已经开始退步了。

作为战争机器，舰队回来时候的状态比出发时更出色。此外，这支舰队战力强大，令敌人畏惧。作为军官和士兵的你们向世界人民充分展示了和平使者的良好形象。不管在何处登陆，你们都以礼待人、谦卑温和，让我们的本土同胞以此为荣。除此之外，你们还向世人展示了最精英的海上作战部队必须清楚如何在登陆的时候注意自己的言行举止，如何给外国友人留下良好的印象，以使自己尽享天时地利人和。舰队所有的舰艇、所有的军官都是我们的骄傲，我们高举双手热烈欢迎你们的归来。你们所做的一切，让祖国在世界民族之林中名声大震。

第三辑　狩猎笔记

美洲野牛

1776年我们赢得了民族独立，之后便开始开荒拓野。但随之而来的首先是美洲野牛的不断减少。面对人类的入侵，它们不得不流浪到宾夕法尼亚、弗吉尼亚和南北卡罗来纳等州西部边界的群山之巅。美洲野牛曾成群出没在当今俄亥俄州、肯塔基州及田纳西州的区域。不过，到本世纪初，它们已经被迫迁徙到密西西比河以西的地区。在接下来的八十年间，它们始终是大草原上一道最亮丽、最独特的生命风景。它们种群庞大，数量之多令人难以置信。每一个种群都由成千上万头野牛组成，它们在萨斯喀切温省、格兰德河及西部的落基山脉之间漫步。当地众多种族部落依靠野牛维持生计，其中包括生活在马背上的印第安人、红河谷里习性古怪且数量众多的法国混血人、那些勇敢无畏且颇具开拓精神的流浪者、白人猎人和陷阱捕猎者，因此野牛种群的数量在不断减少。不过，在内战之前，野牛减少的速度还是比较缓慢的，但是之后由于拓荒者大肆修建铁路，以野牛皮为目标的捕猎者不断大量涌入，野牛数量急剧下降。

内战结束之后，横贯美国大陆的铁路建设工程如火如荼地开展起来，铁路不断向前推进。但到现在为止，铁路设施仍十分匮乏。对猎人而言，此项工程必不可缺，建成后将为猎人提供廉价的交通工具。与此同时，由于市场对野牛皮及其成衣制品的需求与日俱增，而野牛数量巨大且容易捕杀，因此吸引了一批又一批冒险者前来狩猎。这导致的直接结果便是在全国范围内掀起了一股前所未有的野牛屠杀热潮。在短暂的时间里，这一大型物种遭到了大批量的屠杀，这在人类历史上是绝无仅有的。据统计，大概有几百万头野牛惨遭杀戮。这次大屠杀后的十五年里，人们再也没有见过成群的野牛种群了。据说到现在为止，整个美国大陆上很可能就只有五百多头野牛，而且自从1884年以来，再没有超过一百头的大型种群了。

随着太平洋联合铁路的破土动工，野牛数量第一次大削减也随之而来。当时，美国中部地区的野牛遭受灭顶之灾，被捕杀殆尽。其他地区的野牛则被分裂成南北方两大种群。南方野牛于1878年首先遭到灭绝，北方野牛则一直幸存到1883年。我对野牛的了解并不多，跟它们打交道的经验主要是在后来的数年时间里积累起来的。当时，我在小密苏里河畔建了座牧场，几小群野牛便在这里栖息，有时也能看到远离种群的零星的几个个体。相比而言，我的两个兄弟就比我幸运多了。想当年放眼望去，数以万计的牛群奔走在一望无际的草原上，它们个个气势不凡，彰显贵族风度。我的两个兄弟就在这个时候参加了野牛狩猎行动。

1877年，我的弟弟艾略特还是个未满十七岁的毛头小子。就在这一年的一二月份，他向德克萨斯州北部的艾斯卡塔多平原边缘进发。当时除了零星散布的几个种群外，几乎就见不到野牛了，原来数量巨大的南方野牛群在近两年的时间里被消灭殆尽。我弟弟正好赶上野牛种群濒临死亡的糟糕时刻。同他一起前往的还有我的表弟约翰·罗斯福，他们同另外六名小伙子一起组成了一支探险团队。这群年轻人虽然个个生活拮据，但都能吃苦耐劳，而且精力充沛，整天想着能经历热血激情的时刻，他们有冒险精神，因此经常到边境地区探险。所有人当中，艾略特年纪最小，户外探险经验也最少，不过他非常热爱拳击、摔跤、跑步、骑马及射击等运动，所以身体素质不错，体格也很健壮。此外，他还做过猎人的学徒，去打过鹿和火鸡，因此长了不少见识。他们将餐具、弹药、被褥以及预备的食物统统装在两辆长形布篷马车上，每辆车前边各有四匹马。除了这些赶联畜[①]之外，探险队还有六匹毛发蓬松、桀骜不驯的北美野马坐骑。马车后边还跟着三四只猎狗，其中有塞特种猎犬，也有杂交的灰狗。探险队的人轮流当马车夫和厨师，每人两天。此外，每次外出狩猎都是六个人两两结对行动，剩下的两个人留在帐篷和马车里负责看家，以防发生意外。他们之所以组织这次探险，一方面是为了进行户外运动，锻炼身体；另一方面也期盼着能有所收获。为了购买马匹和马车，所有人都已一贫如洗，不得不靠贩卖野牛皮及其他动物的皮来挣钱。倘若到了靠近贸易站的地方，他们还可以通过贩卖牛肉大赚一笔。

他们于 1877 年 1 月 2 号启程，向布拉索斯河源头挺进，这里是大型野牛种群的集散地。开始的几天，他们在一个有人定居的村落周边徘徊，只猎杀到一些小型动物，包括鹌鹑和草原的各种禽类动物。后来他们开始射杀火鸡、野鹿及羚羊等体型较大的动物。他们用这些猎物换面粉，或是在牧场和脏乱落后的边境小镇上换顿饭吃。有几次，这些猎人迷失了方向，不得不在开阔的空地上过夜。倘若运气好，能找到个牧场，他们便在那里睡觉。来镇子和牧场的顾客很多，个个野蛮粗鲁。我弟弟的几个同伴身强力壮，年轻气盛，容易头脑发热，因此跟这些人激战了好几场。不过，庆幸的是没有人受重伤。艾略特坚持每天写日记，只是内容极其简短，有些让人不知所云。日记多次提到他们今天到达了一处休息地，或是到了一座小村落，抑或是偶遇了同他们一样前来捕杀野牛的竞争对手，但只是极其简略地写了句“大战一场”或“大吵一架”。不过，这也体现出了这些年轻人勇猛无畏的一面。其中 1 月 20 日的日记内容是这样的：“在路上——穿过贝尔纳普——精力太充沛了，继续向布拉索斯河前进——天色已晚。”前来狩猎的探险队之间你争我斗，互相排挤。每支狩猎队都认为自己对首先发现的狩猎目标有专属权。有几次，这种狭隘之心差点让我弟弟和他的同

---

① 赶联畜：一起拉车或拉犁的一队马(或牛)，一组牲畜及它们拉的车。

伴惹上大麻烦。

探险队驾着沉重的马车向猎场徐徐前进，他们真切地感受到了在大草原行进时必然会遇到的难处。这里同德克萨斯州大部分地区一样，冬日里时而酷热难耐，时而冰冻刺骨。草原雨水很少，他们时常缺水，有两次，他们不得不冒着生命危险穿过荒凉的不毛之地。第一次，马匹体力还算充沛，经过三十六个小时的长途跋涉，他们终于穿过了滴水全无的乡村地带。虽然有几次短暂的停歇，但总体来说行程还算顺利。艾略特当时的日记这样写道："1月27日——狩猎一番——没水，我们在凌晨三点钟离开了奎恩家的小木屋——整晚都在前行。1月28日炎热的一天——没水——好热——七点时我们找到了水，八点时分我们到了斯汀金溪——齐声呐喊。"不过第二次时，马匹已经非常虚弱，举步维艰，行进缓慢。队伍行进了四十八个小时却滴水未沾。"2月19日——艰难行进了二十一英里——路况极差——寒夜，没有水，狼群对我们虎视眈眈。20日——又在草原上行进了十九英里，还是只有泥土，没有水，我们冻得厉害，渴得要命。21日——还要走三十英里才能到福客溪。"当时，我弟弟草草记下了发生的一切，因为在他看来，在面对困难和苦痛时，只有亲笔记录下来才能彰显出男子汉气概。不过，说归说，只有生活在草原上的人才能真切地体会到他们所受的煎熬和磨难——一天两夜，没有水，冰冻如霜，外加各种意想不到的困难。到了最后几英里，马匹走得趔趔趄趄，只能拖动当时仅剩的那辆较轻的马车。此时此刻，探险队员们也个个步伐沉重，缄默不语，疲惫不堪。他们口干舌燥，说不出一句话。我一直在北方狩猎和经营牧场，由于这边水源一直很充足，因此我从未有过类似的经历。曾经有一次，我带领自己的队伍在荒野中连续行进了三十六个小时，也是滴水未沾。不过，那次我们很走运，当天晚上就下起了大雨，马匹吃了湿漉漉的肥草，而我则披着雨披站在雨中尽情享用这上帝的恩惠。就我个人而言，类似的经历少之又少，唯一一次是在无水的情况下连续行进了二十六个小时。

我弟弟的狩猎大队将大本营建在了布拉索斯河有名的布兰科大峡谷中。探险的最后几天，由于长期干旱少雨，所有动物都来到这视野开阔的水域，整个乡间看上去被密密麻麻的生物覆盖着。探险队的成员们便沿着河岸，穿过这片人间天堂。不管是哪天，也不管是一天里的什么时候，马车经过的地方都有成群的羚羊在河岸吃草。河流两岸树木茂密，浓翠蔽日，只要队伍靠近河谷边缘走，成群结队的野鹿便会从密林中跳出来。很多时候，这些野鹿甚至跟羚羊一起在大草原上悠闲地漫步，一点都不怕人。之前的印第安本土部落和现在的白人在打猎时只以野牛为狩猎目标，根本不把这些体型较小的动物放在眼里，因此野鹿和羚羊很少受到猎人的追捕。后来，这群体型巨大、毛发蓬松的大型动物成群地遭受屠杀、濒临灭绝后，这些小猎物才开始进入猎人的视野。

曾经有一次，探险队很长时间都没能吃到新鲜的野味，于是我弟弟便自告奋勇外出打猎，仅在一处就打死了五只羚羊。当时他隐蔽得很好，又处在下风向，因此枪响之后，羚羊看到同伴纷纷倒下，眼中透出的不是惊慌和恐惧，而是困惑和不解。正如他们所料，猎物实在太丰盛了，野狼与土狼的数量也不少。到了晚上，狼群总会围起探险队员的帐篷，不时发出尖尖的哀嚎声，在空中互为应和。有一天晚上，狼群步步紧逼，离队员的营地只有寸步之遥，探险队不得不拴住马匹，并派专人保护。还有一次，一只体型巨大的野狼竟然直接钻到队员们的营地里，不过，庆幸的是，几只猎犬死死地将狼咬住。那只狼呼嚎着，与几只猎犬厮打在了一起，扭成一团，正好滚到一个正在睡觉的队员身上。最终，那只伶牙俐齿的偷袭者还是竭力摆脱了猎犬的控制，仓皇地消失在夜色之中。一天傍晚，又来了一位不速之客，他们被吓了一跳。就在他们吃完晚餐之际，一位印第安人突然出现在不远处，在黑暗中慢慢向他们走来，最后靠近火堆蹲下来，面无表情地对他们说道："我是同卡瓦人。"说完之后，他便毫不客气地吃起炖肉来。这位印第安人属于同卡瓦族，与白人友谊深厚，因此我们的几位主人公很快就平静下来了。不过，这位不速之客倒是面不改色，镇定自若，一直坐在火堆旁享用美餐，直至吃得所剩无几才罢休。由于当时正值印第安人的卡曼其族大肆伏击、摧毁营地运动的高潮，因此印第安人的突然出现势必会引起恐慌，有几次甚至还发生了流血事件。

他们将营地驻扎在一处深潭附近，或者说是水坑附近。两边的悬崖同墙壁一般耸立而起。在起伏不大、地势平坦的地方，一代又一代的大批野牛群从这里迁徙而过，在小路上留下深深的沟壑。野牛经过此处时，乍一看仅比周围的土墩高一点点。河谷有峡谷般的地形，周边被成群的悬崖顶峰包围着。河谷底部密布着成片的树林，树木枝繁叶茂，互相缠绕，里面栖息着成群的野火鸡。有一次，我弟弟向一对火鸡开了几枪，枪法很准。当时正是黄昏时分，那两只火鸡从他的正上方飞过，从一道悬崖跃到另一处峭壁上。他恰好手持一支口径为 9.65 毫米的巴拉德步枪，就在两只肥硕的野火鸡展翅高飞之际，我弟弟连发两枪，成功将它们击落在地。当然，这其中有很大的运气成分，不过也在一定程度上说明了他枪法很好。那支巴拉德步枪射击精确，是一种便于携带的小型武器。这是我拥有的第一支步枪，也是我第一次使用的步枪。我曾经用这利器杀死了一只野鹿，这也是我当时唯一射杀过的大型动物。在他决定前往德克萨斯州探险时，我把这把枪送给了他。当时我们还盲目乐观地认为，别说是杀野牛，就是捕杀其他大型动物，这支枪都没有问题。不过，在大草原上生活过一段时间之后，我弟弟便发现，自己必须想办法弄个更有分量、更有杀伤力的武器。

安营扎寨后，队员们便将马匹松开，让它们在艰苦跋涉之后尽情享用嫩嫩的青草。探险期间，这些马饱受痛苦，瘦了不少。除了有几次让它们托运野牛皮之外，整个狩猎期间，它们一直由留在营地的两位成员看守和照料。营地看门人同时也扮演了厨师的角色。尽管有时咖啡和面粉严重匮乏，甚至消耗殆尽，但新鲜可口的牛肉一直都是供大于求。狩猎期间，营地没缺过野牛、野鹿、羚羊、野火鸡、草原鸡、鹌鹑、野鸭及兔子等野味。如果有需要，队员们会将各种鸟类“一窝端”。如果猎物是野鹿或羚羊，猎人们通常会带上几只猎犬，去追赶受伤的猎物。不过，一般情况下，队员们都会将全部精力放在大野牛的身上。傍晚，队员们围坐在一起吃完晚餐，然后穿着长袍，盖着毯子美美地睡上一觉。他们会在破晓之前起床，匆匆吃完早饭，在冷冽的黎明中结队出发。野牛数量巨大，开始的前几天，他们共猎杀了二十头。不过令人讨厌的是，牛群居无定所，喜欢四处漂泊。有时，我们在营地周围就可以看到成群的野牛，而有时得走上一天才有可能发现野牛的踪影。与观察生活在森林中的猎物不同，监视野牛并非难事。有时，人们可以看到它们三三两两地结队而行，有时也能遇到多达二百头的大种群，甚至有时还能看到成千上万的庞大群体。一些孤零零的老公牛被继任者无情地驱赶出群体，倘若牛群处在群山和沟壑崎岖不平的路段之间，那么从背风向慢慢接近它们并非难事。尽管野牛的嗅觉十分灵敏，但它们的前额长满了厚厚的粗糙的毛，垂下来后恰好遮挡了视线，因此在距离较远时，它们根本无法看清目标。此外，如果它们处在视野开阔、“草波粼粼”的大草原上，那么悄悄尾随它们难度要大得多。大到每一处洼地和土丘，小到每一丛鼠尾草，猎人们必须充分利用每处障碍物作为自己的屏障。在狩猎中，他们根本无法顾及那些荆棘丛生的仙人掌，紧贴着地面，手脚并用，匍匐穿过密密的草丛，必要的时候，甚至需要如此行进四五百米的距离。一旦体型巨大、尚未察觉到危险的猎物进入射击范围，猎人便在保证自己不被发现的情况下开始射击。如果打枪所产生的白烟被风吹散，野牛又未注意到袭击者，它们通常会傻乎乎地一动不动地站在原地，直到猎人杀掉更多同伴后，它们才意识到大事不妙。猎人在射击的时候必须非常小心，不可以射得太高，只能瞄准猎物的肩膀，也就是野牛身体上面的三分之一处，这样才有可能射穿野牛的肺部，一击致命。有时，尽管已经看到了猎人，但野牛们也只是乱作一团，一直用充满恐惧的目光盯着那阵阵白烟，不知所措。不过，通常情况下，一旦意识到自己身处险境，它们会拔腿就跑，体态显得有些笨重。一旦跑起来，它们会一口气跑上好几英里才停下来，因此徒步追逐这种动物非常累人。

有天早晨，我弟弟和表弟没有随大部队出发，而是留在营地负责看守行李物品。正当他们懒洋洋地坐着，尽享初升的阳光时，四头野牛朝附近的池塘狂奔而来，吸引了他们的注意力。这些野牛沿着悬崖边的一道深沟跑了下来，在我弟弟和表弟面前停了下来。他们俩就地蹲坐在那里，丝毫不敢动弹，生怕被猎物发现。野牛们索性直接踏进水池，开怀畅饮。在“水足饭饱”后，它们伫立了片刻，嘴中还时不时地流出水，摇着短小的尾巴拍打着自己的身体，享受着清晨时旭日的温暖与光明。之后，伴着泥淖阵阵，它们离开水塘，爬上了悬崖。它们虽然体型笨拙，但动作很轻盈、娴熟。野牛刚转身离开，我弟弟和表弟便迅速跑去拿枪。不过，等他们带着枪回来的时候，野牛们早已越过了悬崖顶。两位猎人对自己的猎物穷追不舍，开始徒手攀登悬崖。但是，当爬到峰顶时，他们惊奇地发现猎物并没有就地停留，而是迈着轻松的步子缓慢地穿过了大草原。毫无疑问，它们是想跟刚才脱离的群体重新汇合。此时，两位猎人早已被兴奋冲昏了头脑，商议一番后，两个人决定继续追踪，完全将看守营地的责任和义务抛到脑后。他们一边稳步前行，一边用余光寻找野牛的行踪，最终在越过一个山丘后，发现了野牛的踪迹。起初的四五英里，草丛很深，追踪猎物对这两位猎人而言，易如反掌。为了弄清野牛的行踪，他们马不停蹄地埋头追赶，只是偶尔抬头确认猎物的大致方向。

随着中午的临近，天气渐渐暖和起来，剧烈的奔跑让他们气喘吁吁。在骑马越过崎岖不平的草原斜坡时，他们脸上不时滑下豆大的汗珠，还不时将步枪从一个肩头移到另一个肩头。不过，幸运的是，他们两个都是训练有素的猎人，不用停歇。最后，他们终于到达了目的地。这里有一连片的光秃秃的地，寸草不生，在烈日的暴晒下，野牛的踪迹早已变得模糊不清了。于是他们只好缓步前行，认真仔细地寻找野牛在土地上留下的些许足迹，从之前的许多旧蹄印中判断出追踪的猎物的踪影。尽管这项工作既单调又繁重，但可以使他们在重新踏上草原、继续追踪猎物之前养精蓄锐，好好地缓口气。当趴在地上仔细观察猎物的踪迹时，他们注意到就在离草原边界几百码的地方有一处浅浅的洼地，之前的四头野牛正准备加入一个多达五六十头的群体。这群野牛零星地分布着，悠闲地吃着鲜草，丝毫没有注意到新成员的加入，见此情形，刚才的四头野牛也狼吞虎咽起来。我的两个弟弟低声商议了一番，决定偷偷撤退，绕了一个大大的弯，来到野牛群的背风方向，放眼望去前方正好是一处微微突起的高地。之后，他们便匍匐在这个山丘上，透过一簇簇高大茂密的草丛，偷偷监视一百多米外的猎物。做好充分准备后，他们便一齐开火，两只猎物应声倒下。就在野牛尚处于仓皇无措之际，他们直接冲上前去，射杀那些被同伴拦在中间、寸步难行、慌忙逃窜的家伙。最终，他们又猎获了三头猎物。

还有一次，还是他们两个人，又一次面临死亡的威胁，差点被一大群受惊奔跑的野牛踩死。当时，牛群陷入了恐慌中，完全丧失了理智，一群群野牛以雷霆万钧之势疯跑起来，前方的一切生物都将死在野牛的乱蹄之下。马匹，尤其是家养的牛群，经常遭此劫难，因此，牛仔们不得不做好充分准备，时刻提防着这一潜在危险。倘若一大群马受惊，它们会陷入巨大的惊恐中，前赴后继、不顾一切地冲过前方的岩石或树丛。虽然身处下方的马匹死伤累累，但即使知道自己身处危机，幸存者也还是会在惊吓之中继续狂奔。一路上，马车和帐篷全被撞翻，损失惨重。路上的行人若是不幸被卷到这样的暴走中，基本没有生还的可能。野牛暴走的危害更是有过之而无不及，最起码在过去是如此。以前野牛群数量众多，野牛体型又十分庞大，因此如果因为某件事而暴怒，它们会冲下悬崖，跳入湍急的水流，踏平路上的一切。在上文提到的这次探险中，我弟弟和表弟正走在回家的路上。刚踏上草原上一处又长又低的断裂高地，他们便听到远处传来一阵阵低沉的轰隆声，与愈来愈近的雷鸣声十分相似。那声音越来越大，渐渐逼近。由于不知道到底是什么声响，他们便赶紧跑到高地的顶端一探究竟。爬上峰顶后，他们惊呆了，恐惧笼上心头。放眼望去，整个草原有成千上万只的野牛，正发疯似的向自己袭来。

后来，他们得知在四五英里之外，几位猎人开枪射杀了几头野牛，从而让整个牛群集体暴走。在奔走中，其他野牛也加入其中。在不断蔓延的恐慌中，牛群如排山倒海般奔跑起来。

当时，两位猎人被眼前的情形惊得目瞪口呆，离断裂地面及其他避难场所均有百里之遥，而这一大群体型笨重、完全丧失理智的野牛正从四百米外的草地上向他们奔来。最后，它们冲了过来！成千上万头野牛组成了一个巨大的阵列，从正面看绵延长达一英里。在牛群快如闪电的奔跑下，整个大地都在颤抖。牛群越来越近，蓬松柔软的前额毛发在扬起的一阵阵干燥尘土中若隐若现。我们的两位猎人心里都很清楚，逃生的机会只有一个，那便是将这一大群野牛分为两路。尽管整个牛群的宽度很大，但前后长度还不算深。倘若分离失败，他们将在劫难逃，死在野牛的铁蹄之下。

等野牛进入射程后，两位猎人便举起沉甸甸的后膛装填式步枪连续开火，并歇斯底里地向牛群高喊。起初，他们的行动看上去并不奏效，牛群还是整齐如一、稳步地向他们跑来。不过，前面两三只野牛倒下后，旁边的同伴就开始拼命地向周边奔跑，寻找出路，因此牛群开始向两边迅速分裂，牛群的锋线便出现了一处狭窄的楔形缺口。牛群不断前行，不断接近两位猎人，为了避开前方敌人的炮火，野牛纷纷拼死向两边逃窜，以避免遭受身旁同伴同样的厄运，于是这个缺口在不断扩大。我弟弟和表弟不断加快射击的频率，继续高声大喊，但快要被牛蹄扬起的尘土窒息了。透过滚滚烟尘，在射程范围内，他们只能看到一个个黑黝黝的庞然大物一晃而过。很快，险情结束了。此时，偌大的草原上只剩下两位惊魂未定的猎人。牛群抛下被射杀和射伤的五头野牛继续奔跑，最后消失在地平线上。

还有一次，我弟弟和一个朋友外出打猎，他们向一小群野牛开了一枪，不料里面有一头老公牛拔蹄狂奔，一时间尘烟四起，整个牛群都随它扬尘而去。后来想想，可能当时牛群只是因为受了惊吓才会暴走，对他们并没有什么恶意。尽管如此，他们还是射杀了领头的那只公牛，剩下的牛群也疾驰而过，没给他们带来损伤。

不过，有时野牛也会毅然决然地、孤注一掷地向猎人发起攻击，此时它们便成了猎人致命的对手。我表弟是位吃苦耐劳、勇敢坚定的优秀猎人。有一次，他为了跟踪一头受伤的母野牛登上了一道绝壁，更准确地说应该是沙崖，历经九死一生，最终保全性命。当时他刚到达绝壁顶部，母牛便向他发动攻击。幸亏猎狗及时出现，分散了母牛的注意力，表弟才得以全身而退。他只是摔倒在地，擦伤了皮。

我弟弟在射杀一头公牛时也曾经遭过袭击，这头野牛是整个狩猎队猎杀的体型最大的一头。当时他孤身一人，看到不远处有一小群母牛和小牛犊，一头公牛如巨人般矗立在牛群中间，显得十分高大威猛。当时，四周没有可以藏身的断裂带，也没有树木或草丛。我弟弟绕了大半圈后，迎风来到了一处微微凸起的草原高地后面。接着，我弟弟慢慢地靠近猎物，距离牛群只有不到七十五码了，此时野牛们仍在悠闲地吃着鲜草，丝毫没有察觉到即将来临的危险。当时，在高地和牛群之间零星地分散着的几只母牛和小牛犊，阻挡了他的视线。我弟弟不得不稍等片刻，等野牛们缓步向前吃草、改变位置的时候，便可以将它们一击致命。有时候，牛群会向前走很远，这样年轻的猎人就可以对野牛的分布情况一目了然了。他第一枪打在了大公牛的肩部，牛群听到枪响后受了惊，开始环顾四周，但大公牛只是慢慢抬起头，向前走了一步，把尾巴向上卷了一圈。第二枪打得也很漂亮，几乎打在同样的位置，子弹击中那厚厚的牛皮传来“啪”的一声巨响，蓬松的牛毛上尘土飞扬。连中两枪后，大公牛立马转过身来，愤怒地向猎人发起反攻。与此同时，整个牛群开始向反方向逃窜。由于草原上光秃秃的，没有地方可以躲避，因此对我弟弟而言，逃跑毫无意义。于是，这位猎人将手枪重新上膛，静候猎物，等它冲到离自己不远的地方时，再举枪射杀。或许是过于紧张，也可能是当时大公牛不停地跳跃各种障碍物，射出的子弹偏差很大。不过，我弟弟运气不错，子弹恰好打断了公牛的一只前腿，这只庞然大物随即轰然倒地，还没等公牛再站起来，我弟弟就射死了它。

两天后，一支全副武装的印第安科曼奇人的队伍沿着河流一路烧杀抢掠。他们侵袭了邻近的一个营地，杀死了一个猎人，打伤了两个，还强占了我们八位探险者好几匹马。牵着幸存的三匹马，驾着马车，猎人们踏上了归家的路程。旅程十分艰苦，而且单调乏味。途中，他们迷了路，时刻面临着被流沙和狂风暴雨吞噬的危险。他们饥渴万分，无处御寒。鞋子磨破了，脚被仙人掌刺伤，他们只好一瘸一拐地前行。最终，他们安全回到了格里芬堡。在狩猎最后的两周时间里，他们早已用光了面粉，吃完了所有的蔬菜，甚至连咖啡都没有了，只能以血淋淋的鲜肉维持生活，所以当吃到久违的面包时，他们欣喜若狂。不过这是一次非常有益的经历，整个行程欢喜连连，刺激不断。我想，在余下的人生中，狩猎队的所有人都会将此次布拉索斯河畔的野牛狩猎之旅铭记在心。

来自弗吉尼亚的沃克将军是我的挚友，十九世纪五十年代初，他在阿肯色河上游地区探险时也有过类似的经历。那时，当地野牛多如牛毛，给人们留下了深刻的印象。那天沃克将军同一支侦查大队在河畔安营扎寨后，打算外出打点野味作为晚餐。放眼望去，到处都是野牛群，它们仍旧按自己的习性，三三两两地零星分布着，悠闲地咀嚼着嫩草。当沃克将军离河岸还有两三公里路程时，远处传来了一阵沉闷巨响，这阵巨响引起了他的注意。沃克将军极目远望，发现河流南岸远处有一大群野牛正向他惊跑过来。他心里很清楚，要是在开阔地带卷进野牛的暴走中，自己肯定毫无生还的希望，于是便立刻向河流那边跑去。沃克将军拼命奔跑，终于在野牛到达河岸之前，跑上了一处断裂高地。他在一小片断崖的顶部找到了一处安全的藏身之地，这个地方正好是战略要地，从这里可以俯视整个大草原。透过纷杂的扬尘，只见成千上万的棕色野牛大军从地平线处绵延数千里，犹如惊涛骇浪一般奔涌而来，发出阵阵雷鸣般的声响。幸亏牛群恰好从一旁涌过，驻扎在一英里外的营地才得以安然无恙。沃克将军瞅准时机脱身，一路东躲西藏，最终全身而退，安全回到了营地。整个下午，沃克将军看到不计其数的野牛成群结队地向一侧的陡崖边缘涌去。它们直奔而下，蹚过河水，又跃上另一侧的悬崖，然后重新在大草原上奔驰起来。在它们的踩踏下，原本平静多沙的浅滩也变得湍急而且浑浊不堪，久久难以恢复平静。夜幕降临，经过的牛群依旧庞大，数量没有明显地减少。那天夜里，无休止的溅水声表明牛群仍在渡河。清晨时分，雷霆般的声响终于退去，沃克将军很早就起了床，心中的愠气仍未退去，本打算杀点猎物好好享用一番，结果被野牛们搅了局。他心想，现在河南岸应该已经没有野牛的踪影了。不过，当他在断崖上漫步，再次俯视整个草原时，他惊讶地发现成群的野牛分布在大草原的各个角落，正在安逸地吃着鲜草。很显然，尽管在下午和晚上的暴走中已经有成千上万的野牛渡过河流，跑到断崖的另一侧，但还有同等数量的野牛仍在河流南岸继续生活。在美国，现在可能只有瘠地驯鹿才会有如此大规模的种群活动。

1862 年，克拉伦斯·金先生沿着横贯大陆的小径骑马穿过堪萨斯州西部地区时，遇到了一个规模庞大的野牛群，他在与一只公牛的交锋中受了伤。据金先生估计，那个野牛群前前后后大概有七十英里长、三十英里宽。金先生横向穿过了整个牛群，他很清楚向北行进到达某一点需要多长时间，以此为基础，便可以大体估摸出牛群的规模。当然，这一大群野牛并非属于同一个种群，而是由不计其数的小型群体组成。这些群体成员数目不一，规模有大有小，都奔走在一望无际的草原上。当时，金先生甚至连自己的坐骑都有些驾驭不了。有一次，金先生尾随一小群野牛一段时间后，射伤了一只体型巨大的公牛，不料却被暴走的牛群困在原地难以动弹。被射伤的公牛奄奄一息，但仍垂死挣扎，向金先生发起最后一击。它径直朝金先生扑过来，一跃而起，飞到空中，用自己厚重的前角重重地顶在了马鞍后部。坐骑顺势被掀翻在地，摔断了脊背。金先生的腿也被摔断了。那只公牛在他们身边翻了一个跟头，然后就再也没站起来。

从科罗拉多州向北到加拿大阿尔伯塔省的落基山深山区域及萨斯喀切温省的亚北极区森林中，总有小群体的野牛出没，当地人称它们为山地野牛或森林野牛。实际上，在一般情况下提到平原野牛时，从未用过“bison”这个词，因为这个词多指代水牛，不过富有经验的猎人还是会将平原野牛称为“bison”。从某种程度上讲，山地野牛和森林野牛是平原野牛的一个变种，是向平原野牛过渡的一个种群。总体上讲，它们肤色更深，毛发更长、更厚，因此给人的印象是四肢更短、身体更健壮。有些人甚至认为，它们已经成为一个单独的物种了。不过，根据自己有限的野外经验判断，通过对见过的牛皮进行对比后，我认为它们实际上是同一种动物，只不过是相同物种下两个难以区分的群体而已。实际上，迄今为止，仅存的、生活在黄石公园中、受保护的一个中等规模的牛群便是由山地野牛和平原野牛的变种构成的，其中也包括分布在大角河、比格霍尔河、上麦迪逊地区和上黄石山谷的所有种群。它们的生活习性和毛皮均带有从山地野牛向平原野牛过渡的特点。

正是由于生活在深山老林里，森林野牛和山地野牛才免受了猎人的追捕和杀害。不过，对生活在大草原上的野牛来说，要想免受猎人的骚扰几乎是不可能的。对猎人而言，在森林和山地里射杀野牛要远比在平原地区困难得多。同样的道理，这也可以解释麋鹿的生存现状。在大草原上的麋鹿几乎已经绝迹，但在落基山深处依然有许多麋鹿成群结队地出没。此外，野牛的视力天生较弱，这在深山密林中当然不会有什么负面影响，但在视野开阔的草原上却是一大隐患，因为对草原动物而言，相较其他各种感官，视觉最为有用。按照这一理论，草原上真正最难追捕的猎物是美国大陆上视觉最为敏锐的雄叉角羚。但值得注意的是，野牛的听力很不错，虽然这在草原上帮不上什么忙，但在密林中却大有用处。此外野牛的嗅觉也很灵敏，在草原和密林中嗅觉的作用不分伯仲。

尽管在森林和山地里捕杀野牛肯定会比在草原上困难，但由于这一物种基本已经处于濒临灭绝的边缘，因此不管是捕杀何地的野牛，其难度都大大增加了。大自然把手握钢枪的猎人作为工具，对野牛这一物种进行筛选。“物竞天择，适者生存”，法则非常残酷，而且毫不留情。为了生存，所有野牛拼死抗争，最后生存下来的都是那些小心谨慎、感官能力异常突出的精英成员。到现在，生活在平原和大草原上的野牛早已绝迹，只有数量极少的一小部分还生活在西部山区和北部林区，在美国它们已经不能算是猎物了。不过，如果谁能有幸遇到这种动物，并打算射杀的话，那么他必须竭尽所能，充分发挥自己的狩猎本领，否则将难以猎杀成功。

1889 年秋天，我听有些猎人说在威斯登河源头附近仍生活着极少数野牛群体，于是我听信了传言，欣然前往狩猎。但到了威斯登河以后，我们发现在这里生活着各种各样的动物，唯独不见大野牛的踪迹。不过几天后，我外出狩猎时，无意之中竟然遇到了一个野牛群。

就我们所知，当时我们正处在爱达荷州境内，位于爱达荷州与蒙大拿州交界线以南、爱达荷州与怀俄明州边界线以西二十五英里左右的地方。随我们同行的还有一小队驮运货物的马匹。到达目的地后，我们便在山里安营扎寨。就在抵达的当天，我们拿好猎枪外出狩猎驼鹿，但自始至终都没有发现野牛的踪影。于是我们便向海拔更高的山顶进发，希望能猎获几只山羊。后来想想，我很庆幸当时与我同行的是那位上了年纪的老猎人。因为患有严重的类风湿病，他并没有带猎枪，而是拿了根拐杖。在这里我之所以说庆幸，是因为平日里这家伙连母牛和小牛犊都不放过，倘若当时真的带了猎枪，他肯定会把我的劝告当作耳旁风，向野牛之类的大型猎物开枪射击。

下午三四点的时候，我们越过了一座在森林线以上、地势颇低、怪石嶙峋的山脊。爬到峰顶时，我们俯视了脚下风景如画的盆地和美不胜收的圆形山谷。盆地和山谷四周都耸立着陡峭的山峰，盆地的顶部有一个面积不大的湖泊。湖泊毗邻着一片绿地，不时发出翡翠般耀眼的光泽。湖泊另一侧是一处地势险峻的峡谷，湖水从谷口倾泻而下。此外，这侧的湖面还与一片松树林相接。这片松树林繁荫茂密，苍翠挺拔，高耸入云，铺满了峡谷的空地，给人一种阴森森的感觉。穿过湖面，一道关隘拔地而起。不难想象，在过去，这里曾是动物们的天堂，同其他地区的动物一样，它们留下错综纷杂的踪迹，后者呈Z字形规律密集地分布在这片土地上。每一条都绵延数百里，这些印迹由清晰逐渐变得模糊，然后又在另一处重新显现。

我们沿着这些踪迹开始徒步追捕，没走多久，便发现了第一个动物留下的足迹。老猎人很兴奋，不禁高呼起来，并俯身认真查看。毫无疑问，土地上留下的是一小群野牛的牛蹄印。不难推测，就在几小时前，牛群正向湖边前行。整个牛群有六头牛，其中有一头大公牛和两只小牛犊。

我们立刻调转方向，沿地上的踪迹行进，最终来到了湖边。从踪迹上推测，牛群在湖边散开了。每只牛喝足了水、吃完鲜嫩的绿草后，又重新出发了。蹄印又合拢在一起，这表明牛群再次集合，以纵形队列走进了森林。显然，它们清晨时分从附近的山谷出发，越过那道关隘，来到这片水域，吃饱喝足后便踱进松树林，寻找午休的地方去了。

当时，差不多还有三个小时太阳就落山了，四周鸦雀无声，万籁俱寂。一路上，这位老猎人沉默不语、一言不发，像是空中盘旋的猎鹰一样，聚精会神、专心致志地扫视着整片郊野。他还不时地跪在或趴在地上，认真观察猎物留下的行迹，然后起身追踪，还不断地招呼我快点跟上。不一会儿，我们踏进了森林，长长地舒了口气。因为我们自始至终都无法断定，牛群是否恰好躲在某个高处俯视着我们，是否对我们的一举一动了如指掌，所以在草地上我们始终保持警惕。

此刻，老猎人的积极性已经完全被调动起来了，举手投足间都显示出他娴熟的追踪技能。这片森林相当开阔，很多地方都没有灌木丛和东倒西歪的枯树，这对我们十分有利，因为开阔的地形便于跟踪和射击。正如落基山的多数森林一样，这里的松树十分矮小，没有东北部山区的树木高大，更无法同太平洋海岸的大片丛林相提并论。地面上铺满了厚厚的松针和松软的青苔，踩上去会发出吱吱声，因此我们很难悄无声息地前行。有一两次，我一不小心踩断了一根小枯枝，鞋子上的铁钉碰到了路面的石头，每每这时，老猎人都会转过身来，皱着眉头，流露出十分不耐烦的恼怒神情。他缓慢前行着，我发现，虽然他不时停下来巡视前方，或伏在地上察看踪迹，但都悄无声息，没有一点声音。有时他会为了用一些树枝做掩护而蹲下身来，这时我便踩着他的脚印前行。除此之外，我都会紧跟在他身后，走在一边。自始至终，我都没看地上的踪迹，而是盯着前方，期待着随时出现的猎物。

我们很快便找到了牛群的栖息地。那里是一座小山，四周树木稀疏，还有很多倒下的枯木，视野很开阔。离开午休地后，牛群先是在绿草如茵的山脚周围吃了点草，然后又同往常一样组成一列纵队径直向森林深处的湖泊走去。喝完水后，它们便离开水塘，开始向位于盆地出口的峡谷行进。峭立的山峦上有很多陡坡，牛群留下的踪迹沿着陡坡绵延开来。河流断裂处，一道大瀑布势如猛虎，咆哮而下，声如奔雷，激湍翻腾。到了这里，地上的踪迹逐渐变得清晰起来。牛群又再次分散开进食。我们离它们已经很近了，因此我跟老猎人的一举一动都倍加谨慎小心。如果脚印穿过林间的空地，我们通常会从森林里绕过去，以免被牛群发现。

最终在走进一处林间空地的边缘时，离我们仅有五十码远的小树林中发出了一阵声响。繁茂浓密的常青灌木丛是我们藏身的天然屏障，透过灌木丛，我们很快就发现了一头母牛、一头小牛犊和一头一岁左右的小牛正在开阔地边缘的树下贪婪地吃着嫩草。它们一边享用美食，一边不停地向山顶张望。不久后，另一头母牛和另一只小牛犊跟在它们后面走出了森林。我很清楚大公牛一般都会陪在母牛和牛犊的身边，于是我打算等大公牛出现后再射击。

在接下来的几分钟里，这些体型巨大、举止笨拙、毛发蓬松的动物都来到这片开阔地带悠闲地吃着嫩草。它们未察觉我们的存在，我继续密切注视它们的一举一动。它们身后是茂密的松树林，它们左边的空旷地突然塌陷，形成了一道深深的峡谷。条条瀑布飞流直下，溅起了白色的水珠，发出轰轰隆隆的声响，似千军呐喊，似万马奔腾。远处，高耸入云的山峰静静地矗立着，夕阳为它披上了一道深红色的霞光彩衣。发现了牛群，同行的老猎人很兴奋，一副蓄势待发的架势。不过，当我默默注视着这些野牛时，内心隐隐有一种忧虑：它们面临着灭绝的危险，它们是整个种群最后的幸存者。的确如此，不管是现在还是将来，人们基本没机会再次目睹北美大野牛的风采了。它们力大无穷，野性十足，却只能生活在遥远偏僻、人迹罕至的深山地带。

就在我担心会引起其他野牛的警惕时，大公牛终于出现在了空地边缘的林地里，还不时伸出脑袋在一棵小树上不停地摩擦脖子。在巨大的作用力下，小树东倒西歪，摇摇晃晃。我趴在地上，匍匐着身子，瞄准它的肩头部位，扣动扳机。枪声一响，野牛们没有像大部分其他动物一样被吓得呆若木鸡，坐以待毙，而是立马转身，没有片刻停留，全力向前跑。疾驰而过的牛群像是一股势不可挡的龙卷风，使空地周边的小松树左右晃动，最终纷纷折断。片刻后，野牛们便爬到了山顶。那里的斜坡十分陡峭，大卵石和枯树枝遍布坡面。此时它们已经顾不上这些杂乱的路障了，迅速地从斜坡上冲下去。从表面上看，野牛动作笨拙、行动迟缓，但此刻它们还是平平稳稳地跑下了山坡。野牛的稳定性和平衡性，的确让人惊叹不已。一路上，飞扬的尘土恰好为它们的逃脱提供了天然屏障，在尘土的掩护下，牛群很快就消失在了丛林中。不过那头受伤的公牛一路上留下的斑斑血迹为我们指明了方向，我们便顺着这条轨迹一路小跑，紧追不舍，并最终在松树林的边界发现了那头公牛。它皮肤黝黑，一动不动地躺在那里。不得不承认，这头公牛很不简单，尽管已经上了年纪，但仍充满活力，头角硕大而锋利，鬃毛极其厚重，牛皮也发出耀眼的光泽。在仔细检查这头牛的时候，我的心中充满了自豪与骄傲，因为今天捕获的这件战利品在未来的日子没有几个人能再得到。

当时，天色已晚，想当天解剖野牛是不可能了，于是我们割下公牛的舌头，又从身上割下了足够的牛肉，为晚餐和第二天的早饭做准备。经过艰苦跋涉，我们下了山，到了溪流附近。经过仔细勘察，我们找到了一处非常好的安营地。追踪了一天，浑身又热又脏。脱下外套，我一头扎进溪流中，冰凉的河水冻得我瑟瑟发抖。洗过澡后，我们搭建了一个微微倾斜的单斜面灌木帐篷，然后又把一根根枯木堆在一起，这些足够烧一整夜，除此之外我们还砍了很多长长的桤木枝以备不时之需。我和老猎人在扒开的余火前坐下，待牛肉烤熟后便狼吞虎咽地吃了起来。夜幕降临，从山谷里吹来阵阵凉风，流水咆哮着奔涌而去。我们兴致勃勃地谈起白天的经历和捕获的战利品，话语淹没在河水的怒吼声中。篝火熊熊燃烧，火苗不知疲倦地欢快地跳跃着，照亮了整个幽暗的森林。

猎杀大灰熊

倘若是在深秋或早春时节外出狩猎，我们通常会通过雪上的脚印来追捕大灰熊。有时我们运气不错，能恰好寻觅到这些线索；有时则需要经过艰苦跋涉才能找到它们的踪迹；有时甚至要通过灰熊饱餐后留下的尸骨来搜寻猎物。在追捕过程中，猎人必须随时保持警惕，因为在这个万物凋零的时节，野外视野开阔，灰熊在很远的地方就能轻易发觉敌人的一举一动。这种动物警惕性非常高，随时防备着追捕它的敌人。

我曾经通过痕迹追踪、射杀过一头大灰熊。当时虽然正值早秋时节，但大地早已被皑皑的白雪覆盖了。那天天空灰蒙蒙的，一片暗黄，一场暴风雪即将来临。我的营地安扎在一个山谷中，这里十分阴冷，荒无人烟，狂风不停地怒吼着。营地四周都是高山，鲑鱼河与哥伦比亚的支流克拉克溪源头在这里分开，各自奔流而下。当晚我继续停留在昨天抵达的地方，在一棵枝叶繁茂的树下躲避冷风，用落在地上的杉树松针做棉垫。整个夜晚，我都蜷缩在用野牛皮缝制的睡袋里。身后的一条山涧溪流，被冰雪覆盖的块块岩石堵住了河床，水流湍急。溪水飞溅发出阵阵轰鸣声，裸崖高高耸立，山风低沉地呜咽着，我慢慢地进入了梦乡。第二天黎明时分，我就起床了，抖掉了结在睡袋上的白霜。火堆的余烬已经没了火苗的朝气。太阳尚未升起，昏暗的山谷里刮起凛冽的寒风。我并没在这里停留很久，收拾好行李后，便拿起步枪，戴上皮帽和皮手套，一边吃着昨晚剩下的大块鹿肉，一边大步向身旁的溪谷进发。

沿着陡峭的山壁，经过两小时的艰苦奔波，我终于爬到了山坡的顶部。此时太阳早已升起，只是被一大团乌云遮住了。我在山丘的分水岭处驻足，俯视着广阔无垠的空地。这里毫无生气，荒凉萧瑟。周围一座座巍峨高大、高耸入云的山峰构成了落基山脉的框架。站在这里，极目远望，一条条山脊与一块块巨石高低不平、纵横交错，光秃荒凉的景象从脚下一直延伸到远方。在我身后，万丈深渊之下溪水潺潺，放眼望去，如同一条银白色的蛟龙在谷底蜿蜒前行。两岸松柏树星罗棋布，白杨树、颤杨树落叶纷纷，在谷底的前方分布着深色的常青树。四处都围绕着结了薄冰的小湖泊，湖水清澈见底。在地势险恶的峡谷里，灰褐色的云杉多如牛毛，郁郁葱葱，遮天蔽日，也有一些杉树零星地散落在山两侧。在外力的作用下，积雪已呈条形状或条纹状。在山风吹过的地方，地上光秃秃的，什么也没有。

两个小时后，我越过这些山脊和山谷，此时映入眼帘的是一片稀疏的云杉林，这里有些地方的积雪深达半尺。在前行的过程中，我突然发现了大灰熊刚刚留下的凌乱不堪的脚印。很显然，这家伙正焦急不安地到处寻找冬眠的好地方。如果灰熊在搜寻住所的途中遇上唾手可得的猎物，它就会心甘情愿地费点工夫抓捕猎物。我立刻抖擞精神，开始沿着雪上的痕迹追踪。我一边向上攀爬，一边注视前方，始终保持高度的警惕性。这只大灰熊一路上都是顺风而行，很容易追踪。我的行进速度虽然很快，但一直都小心谨慎。在大片光秃秃的地面上，我可以放心大胆地前进；在其他地方，我会尽量做到无声前行。满地的积雪减小了我的脚步声，同样也使灰熊的行踪清晰可见。我一边不断观察，一边追寻灰熊的踪迹。

最终来到了一座山脊上，穿过山上遍布的碎石，我终于看到了追捕已久的猎物：一只体型巨大、身披银色毛发的大灰熊。此时，它正在一片空阔的山坡上忙着挖掘隐藏在岩石下面的囊地鼠和松鼠。它正全神贯注地寻觅食物，想偷偷靠近它非常容易。我悄悄溜回来，朝山坡的另一头跑去，不到十分钟便到了一条溪谷跟前。

溪谷的一条支流恰好从大灰熊的附近流过，离大灰熊只有七十码远。此外，谷中长满了矮小的常青灌木丛，这为我提供了极佳的藏身处。不过有几个地方，我还是得趴下身，匍匐爬过积雪。当我到达目的地时，大灰熊也恰好猎食完毕，准备重新启程。我轻轻地吹了声口哨，灰熊闻声停了下来。我瞅准时机，开枪射击，如愿打中了灰熊的肩部。接着我又蹲下来，把步枪架在了一根弯弯的云杉树枝上。枪声响后，出于本能，灰熊撒腿就跑。从灰熊的伤口不断地流出鲜血，鲜血在雪地上留下鲜红的印记。这说明灰熊受了致命伤，必死无疑。我沿着血迹追了几分钟，最后在山脊顶部看到了这只体型庞大的猎物。它翻滚到低矮的岩壁下面，一头栽进厚厚的雪堆里，一动不动地躺在那里。

通常情况下，多数伏击大灰熊的猎人都会用诱饵引诱猎物上钩。他们或者在埋伏地点放上动物的尸体作为诱饵，或者趁灰熊进食时进行偷袭。

有一次，我在蒙大拿的比特山脉附近安营扎寨时，突然发现一头灰熊正在吃一具驯鹿的尸体。那里离我的营地只有五英里，我下定决心下午一定要猎获这头灰熊。我在营地一直待到下午三点，懒懒地躺在用常青灌木丛编织成的床上，一边闻着枝条散发出的淡雅香气，一边观望着伫立在远处的小马。它们站在空地边缘的松树底下，时不时地跺下脚，摇晃着尾巴。这里静得像一潭水，一切都显得那么静谧。天空澄碧，纤云不染。虽然当时已经进入九月份，但是到下午三四点钟的时候，太阳还是有点灼热。营火徐徐燃烧，升起袅袅炊烟。体型微小的花栗鼠急匆匆地从巢穴中窜出来，径直跑向堆在地上的包裹和行李，“猎食”成功之后，又疾驰而归。一对土褐色的灰噪鸦眼睛明亮有神，它们拍打着翅膀，四处走动，不时地从地上啄取其他动物留下的残食，一点都不怕人。它们还发出各种各样的叫声，但是听上去十分聒噪嘈杂，并不优美。不过，这些鸟儿实在是太温驯了。当我沐浴着温暖的阳光半睡半醒时，有一只灰噪鸦索性直接歇落在我伸开的臂膀上。

当太阳开始下山的时候，我扛起步枪，钻进了茂密的树林。起初，我一直沿着大山的一边行进，但后来有一公里路全被横七竖八的枯木覆盖着，走路十分困难，于是，我便沿着一条小溪来到了谷底。谷底阴冷潮湿，地上长了一层湿漉漉的青苔，像是铺上了一块海绵地毯。溪水的源头是一处水塘，水面上浮着婀娜多姿的睡莲，美丽极了。从这里再向上攀爬，穿过一道崎岖不平的关口，我又来到了一处地势险要、潮湿阴暗的山谷。在这里，云杉与草地遍布，相互交织在一起。那具驼鹿的尸体便躺在这个山谷的底部。

我穿着鹿皮靴缓步前行，穿过静谧的树林，尽量不发出声响。树枝丛生的地方，光线十分昏暗。傍晚时分，空气中多了一丝凉意。在接近驼鹿所在的树丛时，我倍加小心谨慎，时刻观察着周边的一切事物，倾听一切声响。突然，不远处传来细枝折断的声音，顿时，我心跳加速，热血沸腾。我知道我的猎物正在吃晚餐。果不其然，不一会儿，一只毛发浓密的大灰熊便出现了。它看上去从容闲适，正聚精会神地享用着美食。它挪动着笨拙、肥胖的身躯，将驼鹿从一边拖到另一边，试图将食物掩埋起来，以备冬眠后享用。不过灰熊一旦被激怒，它会以风驰电掣般的速度用巨大的熊掌重重地拍打猎物，动作既让人忍俊不禁，又让人感觉残暴无比。趁灰熊忙着进食，我偷偷向前爬行，最终离猎物仅有四十码的距离。不过，恼人的是，灰熊总会不时扭动脖子，我很难用枪瞄准。后来，森林中的响动转移了它的注意力，它立马停下动作，把前掌插在驼鹿的尸体上，向远处望去。我恰好在它的一侧，便抓住时机，瞄准灰熊眼睛与耳朵之间的部位，扣动了扳机。枪声一起，猎物就像一头惨遭斧劈的公牛一样应声倒下。这一枪打得非常漂亮！

倘若在诱饵附近有极佳的藏身之地，猎人最好埋伏在诱饵的尸体旁边，等待大灰熊的出现。有一天，我在麦迪逊河源头地带发现了一头灰熊，当时，它正朝我前几天猎杀的一只麋鹿走去。我立即决定，趁当晚灰熊折返回来享用美食时，把它射杀。那只死去的麋鹿在一处宽约四百米的山谷中央，谷底是一片高大的松树林，视野开阔。树林与两侧高山的交界处遍布着低矮的常青灌木丛。山谷四周还散落着很多巨石,其中有一块石头离麋鹿的尸体仅有七八十码远,石头的形状非常适合我藏身。于是我爬到那块大石头上,隐藏得严严实实的。石头顶部覆盖着一层厚厚的、柔软的松针,这样我可以安逸地躺在上面休息休息。

时间慢慢流逝。一只长着黄色鸟喙的小啄木鸟在树干周围上上下下地飞了一阵儿,动作十分轻盈,然后随着一群山雀和五子雀飞走了;一只克拉氏乌鸦不时地在上方拍打翅膀,飞一段时间后便站在摇曳的松树枝头上歇息,吱吱地叫个不停;成群的交喙鸟在空中上下飞舞,发出阵阵鸣叫,后来又飞到附近的一处矿岩上,用长相奇特的鸟喙啄食岩石表面的泥土。

夕阳西下,落日缓缓坠落到群山之中,白天纷杂的鸟叫声渐渐平息。成片的松树高高耸立着,傍晚时分,林间寂静无声,散发着原始的荒凉气息。一种悲伤和孤独以及一种野性的哀思渐渐笼上我的心头,像受到诅咒一样,让我深陷其中,难以自拔。我一动不动地趴在岩石顶部,密切注视着远处的麋鹿。天色渐渐暗了下来,林间每一个轻微的声响都让我激动不已。不过,我也开始担心,如果在夜幕降临之前灰熊仍未到来,今晚便无法射杀这头猎物了。

但是,就在转眼间,这头灰熊毫无征兆地从灌木丛中走了出来,一路踏着厚厚的松针,轻盈而安静的步伐与它硕大的身躯有点格格不入。它警惕性很高,行进过程中不断停下来四处观望,窥视四周的情况。有几次,它甚至抬起前掌,立起身子,朝着被落日染红的西方远望。就在它到达麋鹿尸体所在位置的时候,我朝它的双肩之间开了一枪。它应声倒下,林间回荡着撕心裂肺的咆哮声。灰熊立即踉跄地站了起来,摇晃着身子试图逃跑。我又开了一枪,它再次扑倒在地,不停地嚎叫,这么反复了两次,灰熊便丧命了。每当遭受袭击,这种灰熊都会发出惨烈的吼叫。当它们受伤严重时,因为身体虚弱便不再动弹。当然,有时它们也会跟其他沉默不语的熊类一样疯狂地挣扎着。不过,在这次狩猎中,灰熊受的是致命伤，没等走到密林边缘就一命呜呼了。

在 1899 年的秋天，我主要的狩猎地点在爱达荷州的萨尔蒙斯河与斯内克河的源头地带以及蒙大拿州的边界地区（这条边界从大孔盆地绵延到威斯登河源头，并一直延伸到红岩关附近及亨利湖的北部和西部）。在这次狩猎的最后两个星期里，与我同行的是一位上了年纪的山区猎人。我在以前的文章里曾经提到过他，不过，我一直都搞不清楚他是叫“格里菲斯”，还是“格里芬”，因为人们只是简单地称他为“汉克”或是“格里芬”。他虽然脾气有些暴躁，但非常诚实，狩猎技术也十分娴熟。毕竟岁月不饶人，年迈的他饱受风湿病的折磨，体力已大不如前，性子更是急得要命。就在那短短的两个星期内，他向我展示了猎获不同猎物所需的技巧，这让我有了前所未有的收获。不过，他性情古怪，喜怒无常，让人觉得非常不好相处。大部分的时间，都是我早起床，点上火，做好早餐，即便如此，他还不满意，总是因为一些鸡毛蒜皮的小事跟我吵嚷。有一天，在我离开营地到红岩关狩猎时，他偶然间发现了我为不时之需而准备的威士忌酒，并将其一饮而尽。当我回到营地时，他早已酩酊大醉，浑身的酒气让人难以忍受。一番激烈的争吵后，我离开了他，独自穿过树林踏上了回家的路。当时我们一共带了四匹用于驮运货物和供人骑的马，但最后我只选了一匹既聪明又温顺的小母马。即使不把小马拴在树上，它也会乖乖地待在营地附近，这一点是难能可贵的。我也没拿多少狩猎和生活的装备，只带上了我的牛皮睡袋、一件皮手套、洗刷用具、几双备用的袜子和几块手帕。我把煎锅、一些咸猪肉、一把短柄小斧、被褥装进了一个背包，用一根绳子和备用的捆绑带把背包牢牢地拴在马鞍上。弹药筒和小刀都插在腰带里，指南针和火柴还是跟以前一样放在口袋中。我在前面缓步前行，小马就像只小狗一样十分听话，忠诚地追随着我。我走，它便走；我停，它便停，完全不需要牵引。

乡间大部分地区的视野都很开阔，我便沿着山脚一路前行。林间空地和小片草原把大片森林分隔成一块一块的。林中的树木十分矮小。整个地区都没有现成的小路，但路途还是比较平坦的。刚开始时，一切都很顺利，不过到了第二天，我便遇上了麻烦。那天下午，我沿着一条溪流前行。这条小溪的下游有些塌陷，形成了峡谷般的深壑，两边是悬崖峭壁，小马根本无法通过。于是，我便朝旁边的山谷走去，打算穿过这条溪流的源头到另一个山谷的上游，从而到达峡谷的底部。

然而这些山谷全都位于悬崖峭壁的山脚，纵横交错，错综复杂，不一会儿我就迷失了方向。天渐渐黑了起来，我停下脚步，在一条小溪旁找了一小块空地安顿下来。小溪水流湍急，隆隆作响，溪水清澈见底。四周潮湿阴冷，全被柔软而湿漉的绿苔覆盖着，里面还长着一种名叫基尼果的红色浆果。河岸边沿，在大树的遮挡下，有些空地十分干燥，而且散落着一层散发着淡雅香味的松针，像是铺着一层棉垫，我便把牛皮睡袋扔到上面。我打开行李袋，在地势较为平坦的地方铺上被褥，用绳子拴住小马，又从别处拖来几根干燥的原木以方便在晚上点起篝火，一会儿营地便驻扎好了。此时，天已经黑了下来，四周也已结了霜。我扛起步枪，离开营地，看看能不能在附近打只松鸡当晚餐。

我踏着厚厚的松针悄无声息地疾步前行了半英里，穿过了一连串的小山岭。这些山岭坡度不大，被又窄又浅的山谷分割开了。森林里密密麻麻的，全是高大、纤细的黑松，一直绵延到山岭上。不过在山谷里，植物的相对间距较大，生长密度较小。尽管夕阳早已躲到群山后边去了，但对狩猎而言，光线还足够明亮。不过，天黑得越来越快了。

找了半天也没发现松鸡的踪影，于是我决定先返回营地。我爬上了一处山岭的顶峰，俯视相距五十码之外的山谷，一眼便看到了一个体型巨大、长着黑色毛发的动物在山谷里若隐若现。我定睛一看，原来是一头耷拉着脑袋的大灰熊正准备离开山谷。当时，它正好在我的一刻钟方向，我便朝它的侧腹开了枪。我判断子弹打穿了它的一叶肺。被子弹击中的瞬间，大灰熊便发出了刺耳的呻吟声，并开始疯狂地向前奔跑。见此情形，我立刻沿着对角线方向下了山，以切断它的去路。飞奔了几百码后，灰熊停在了一处三十码宽、六十到九十码长的月桂灌木丛旁。跑到树丛旁边后，我也停了下来，心想不能盲目踏进这一大片密密麻麻地缠绕在一起的树茎和滑溜溜的叶丛中去。我刚停下脚步，便听见灌木丛深处传出一声哀鸣，那声音听上去十分怪异，野性十足。于是，我绕过树丛，踮起脚尖，急切地注视着灌木丛，看看能否看见灰熊。当我来到灌木丛最狭窄的部位时，它突然向对面跑去，然后在山的一侧转身，在我的侧面停了下来。它的脑袋僵硬地伸向我，嘴边渗出猩红色的鲜血，眼睛犹如黑暗中的明珠一样闪闪发亮。

我再次瞄准它的肩部，开了一枪，子弹重重地打在了它的心脏上或是心脏的下部，它的身上留下了一道深深的伤痕。大灰熊立即转过身来，怒吼着，咆哮着，向我发起进攻。鲜血如泉水般从灰熊嘴中喷涌而出，它张开血盆大口，露出闪着银光的白色獠牙，穿过月桂树丛径直向我扑来。在很大程度上，灰熊的行动增加了我瞄准射击的难度，于是我便一直待在原地，静候时机。直到它跑到一棵歪倒的树前时，我才再次开枪。这次子弹射进了它的胸部，又一次在它身上留下了伤口。灰熊倒在了地上，像皮球一样滚到了一边。不过灰熊并没有调转方向，也丝毫没有退缩的意思。当时我并不确定这一枪是否击中了它。它又站起来，疾步向我奔来，不一会儿就到了我面前。我又对着它的前额开了一枪，不过这次子弹射得有点偏，钻进了它的血盆大口中，击碎了它的下颚，又射穿了它的脖子。就在扣动扳机的一瞬间，我跳了一步，转到了一边。透过弹药发出的阵阵烟雾，我看到硕大无比的熊掌迎面向我扑来，打算将我置于死地。但是灰熊冲得过猛，它从我身旁掠过时，突然前倾，一头栽倒在地，从嘴里和鼻子里流出了一地的鲜血。可是这个大家伙很快就站起身来，又向前跳了几步，打算再次向我进攻。步枪只能装四发子弹，子弹已经被我打光了，我瞅准机会，又往弹膛里加了两颗子弹。它试图再次站起身来时，身上的肌肉突然断了弦，松了劲儿，脑袋一耷拉，像只被射伤的兔子一样翻滚在地上，渐渐地停止了呼吸。看来，我射出的前三颗子弹都给了它致命打击。

此时天已经完全黑了，因此我只能剖开灰熊的尸体，一路小跑回了营地。第二天早上，我返回原地，费了九牛二虎之力才将熊皮剥了下来。这头灰熊把自己的皮毛打理得十分整洁，颜色非常鲜亮，因此剥下来的熊皮十分精美。不过遗憾的是，后来在整理东西的时候，我忘了把熊头放到哪儿了，最后只能用石膏做了一个替代品放在了熊身上。在我的收藏室中，这件战利品称得上是上品，而且正是为了得到它，我才有了如此美妙的探险经历。因此，我对它格外珍视。

在我所有猎杀大灰熊的经历中，只有这次受到了猎物的不断攻击。但总的来说，人们一直以来对猎杀这些体型巨大的熊类动物所存在的潜在危险性，有点言过其实。早在十九世纪初，当白人猎人刚碰上大灰熊这种猎物时，毫无疑问，它还是个十分残暴、野性的动物。即使猎人不去招惹灰熊，它也会在毫无预兆的情况下发起袭击。当时猎人们配备的只是体型笨重的小口径前装式步枪，难以与这个可怕的对手抗衡。不过，到了今天，一系列惨痛的教训已经让灰熊们学会了如何小心行事。在过去很长一段时间里，人们纷纷下悬赏令捕杀大灰熊，意在消灭这种偷袭粮食和家畜的危险惯犯，因此很多大灰熊都惨遭杀戮。只有生活在极其偏远荒凉地区的熊类，才幸免于难。在这个过程中，它们被迫学会了如何比野鹿更为小心谨慎。它们成了最胆小的猎物，看到人类出现只会选择躲避。如果碰到人类，灰熊多数情况下都会选择逃避，很少主动向人类发动攻击，即使在受伤的情况下，它们的首要目标也是逃跑，而不是与猎人为敌作战。

当然，如果被逼入绝境，或是难以抑制心中的怒火，灰熊也会选择反抗。在这种情况下，它是一个极其危险的对手。倘若猎人在距离灰熊很远的地方就开了枪，并且没有伤到它，那一般不会有太大的危险。灰熊最多就是受了点惊吓，然后开始向前狂奔，躲避危险。不过，一路追踪受伤或是受到惊吓的灰熊，并随它一起进入茂密的树丛，却是非常危险的。那些经常在密林中捕杀这种“美洲大陆猎物之王”的猎人有着出神入化的狩猎技巧和坚定无畏的勇气，他们全神贯注地跟踪猎物留下的踪迹，永不放弃追捕，将自己的生命置之度外。熊的性格不尽相同，个体之间也有着天壤之别。不管受到怎样的威胁和虐待，有些灰熊都不会流露出攻击的欲望。不过如果灰熊受伤后三番两次地受到挑衅，并被迫撤到密林中后，那么猎人在追踪时就必须时刻保持警惕。因为在这种情况下，只要有机会转身，灰熊势必会发动一轮又一轮的攻击，会与猎人决战到底，而且毫无畏惧之心，誓不屈服。此时，猎人透过下层的灌木林便能看到灰熊的身躯，两者之间距离非常近。灰熊也正处于盛怒之下，随时可能发动反击。况且这种动物生命力顽强，战斗力持久。这样就需要猎人在紧急情况下保持冷静的头脑，具有迅速瞄准、准确射击的能力。面对此种情形，最好是两个人结队一起追踪。不过，对出色的猎人而言，通常情况下，追捕受伤的灰熊不需要同伴的帮助。无论猎物躲到多么复杂、偏僻的地方，他都紧追不舍，找准时机准确射击，不给猎物任何逃脱的机会。不过，要想躲开猎物的绝地反击甚至是致命一击，再出色的猎人也必须小心行事，坚定信念，始终保持警惕，然后将猎物捕获。经验丰富的猎人会时刻留心周围的一切，从不鲁莽行事、掉以轻心。一个人狩猎时，他会充分发挥自己良好的耐性，运用娴熟的捕猎技巧，借助对猎物习性的了解，尽可能在空旷地带捕杀猎物，这样便无需跟随猎物进入密林。不过，没有任何证据可以证明，猎人在任何情况下都不应冒险跟随灰熊进入密林。尽管猎人应当时刻保持警惕性，以免招致不必要的危险，但有一点却是千真万确的，即人类之所以对狩猎持有如此强烈的热情，其原因便是危险的存在以及为了克服险情而锻炼优秀品质的需要。对一位美国猎人而言，狩猎生涯中最刺激的时刻，便是精神高度警惕，神经绷到最紧，独自一人沿着盛怒之下逃入密林的灰熊所留下的血淋淋的脚印，进入茂密、复杂的森林。在整个美洲大陆，再也没有比这更荣耀的胜利了。

通常情况下，这些大灰熊的攻击范围都小于一百码，不过也有例外。1890 年的秋天，我的朋友阿奇博尔德·罗杰斯在黄石公园南部的怀俄明州打猎，前前后后一共射杀了七只大灰熊，其中有一头是上了年纪的公熊。当时，这个大家伙正在光秃秃的平地上全神贯注地挖树根来寻找食物，不料却被我的朋友盯上了。那天午后不久，猎人们站在地势高峻的坡面上，借助功能强大的望远镜观望了很长一段时间，才弄清楚远处的物体确实是一头灰熊。于是，他们偷偷前进，在平地另一端的森林边缘藏了起来。由于方圆三百码之内全是光秃秃的平地，根本找不到可以继续藏身的场所，所以猎人们无法继续靠近目标，只能待在原地，伺机行动。几个小时后，罗杰斯觉得继续靠近已基本无望，便冒险朝灰熊开了枪。子弹虽然射中了目标，但可以看出灰熊伤得并不重。由于受到惊吓，灰熊开始向侧面逃窜。罗杰斯等人立马冲出去，拦路阻截。看到有人阻拦，这个大家伙立即转身，径直向他们冲过来，甚至都没意识到自己已经又挨了一枪。显然，这头灰熊已决定孤注一掷，做最后一搏。罗杰斯等人并没有着急，而是等到离灰熊只有二十码时才开了第三枪，这次子弹直接打穿了灰熊的脑门。

实际上，不管是在勇气上，还是在凶猛程度上，灰熊同人类很相似，会因个体不同而有所差异。这一点与西班牙的斗牛也很相似。据说平均下来，二十多头公牛中才会有一头适合在格斗场上厮杀。灰熊要么很软弱，不管猎人怎样欺压威胁都不反抗，要么毫不退缩，不惧任何困难，与敌人抗争到底，甚至在不受任何刺激的情况下便发动袭击。因此，参与此项活动年限不长、经验不足的新猎人在有了三两次狩猎经验之后，便匆匆得出结论，认为灰熊的好战性和战斗能力非常有限。有时甚至经验丰富的老猎人（作为一个阶层，他们向来都以思想狭隘、固执己见著称）也会同新手一样，犯下以偏概全的错误。有的人夸大其词，声称所有熊类都极其危险;有的人则恰好相反,认为这种猎物如野兔般温顺,对熊的危险性轻描淡写、一带而过。我认识一位老猎人,他前前后后猎杀的大灰熊多达二十只,但自始至终都没见到哪只熊曾经展现出好战的一面。在美国陆军服役的詹姆斯·梅里尔医生同我一样,猎熊经验相当丰富。但与上文提到的老猎人恰巧相反的是,他告诉我他曾前后三次面临灰熊的绝地反击。三次情况下,梅里尔医生都尚未开枪射击,更没有伤到灰熊,只是搅了它们的美梦,这些家伙便从二三十步外直接向他扑来。幸运的是,三次对战,我的朋友都成功将对手放倒,全身而退。在猎杀其中一头灰熊的时候,有件事引起了人们的注意。事情发生在比格霍恩山的北部山坡,当时梅里尔医生同一位老猎人溜进了一处狭窄的深谷。谷底布满了乱七八糟的麋鹿的脚印。他们追随着其中一条踪迹向前进发,刚转过峡谷的一角,一头年迈的母熊迎面向他们袭来。当时双方距离非常近,两个人只能乱射一通。幸运的是他们的运气不错,射出的一发子弹恰好击中了母熊,母熊猛然倒地。随后它那庞大的身躯翻滚着,掉进一道陡峭的绝壁中,葬身崖底。后来他们发现,当时那头母熊就直接横卧在猎物经过的小径上。那个地方没有植被,光秃秃的,被母熊用熊掌拍得很光滑。从表面上看,这块土地仿佛被挖开过,之后又被重新填埋,土被夯得很结实。他们满怀好奇地朝那边望去,发现地面的一边露出了一点皮毛。于是,他们走上前,动手挖起土来,后来竟发现了一只发育良好的灰熊幼崽的尸体。小熊的头骨被压得粉碎,脑浆也被吸得一干二净,身体的其他部位也有受伤的痕迹。对于这个意料之外的发现,两位猎人思索了很久,绞尽脑汁做出了种种猜测。最终,他们下定结论:可能某只公熊或美洲狮杀死了这只幼崽,并吸干了它的脑浆。它的母亲回来赶走了凶手,埋好了自己的孩子,然后静候在那里,随时准备向第一位过路者复仇。

在长达三十年的狩猎生涯中,老猎人塔泽维尔·伍迪在落基山区及大草原上猎杀了许多只大灰熊。在进行追捕时,他总是小心翼翼，慎之又慎。每次受到猎物的反击，他都会找棵位置不错的树作为自己的屏障，只要熊冲过来，他就爬到树上。灰熊会向上仰望一会儿，感到无计可施，便扬长而去。但是我并不赞成这种做法。有一次，他与同伴一起在山中狩猎。当时他的同伴正在谷底，伍迪在山坡上，他朝一头灰熊开了一枪。伍迪心里很清楚，受伤的灰熊会跑上来，从后面攻击他。就在他转身之际，灰熊用爪子抓住了他的猎枪。尽管他使劲扭动着猎枪，但灰熊依然紧拽着不放。无奈之下，伍迪扣动了扳机，子弹射进了灰熊的肩膀。剧痛之下，灰熊手掌一挥，把枪打到了旁边的岩石上。幸运的是，伍迪正好落在一个雪堆上，没有受伤。那头灰熊继续向前飞奔，不一会儿便消失不见了。后来他们又费了很大工夫搜索灰熊，但是没找到它的踪影，最终无功而返。

还有一次，伍迪碰上了一头非常奇怪的大灰熊。这头猎物十分鲁莽，同时又非常懦弱。当时，伍迪与同伴住在一个小型的圆锥形帐篷里，并在帐篷前点了一大堆篝火，火光照亮了漆黑的夜晚。地上的积雪有一英尺厚。就在他们酣然入睡后，一头灰熊来到营地旁边。他们的猎狗冲了出去，朝着漆黑的远处狂吠了近一个小时。但灰熊毫不畏惧，把猎狗吓跑了，然后直接钻进了营地。这个大家伙走到篝火旁，捡起地上的碎肉和碎面包末进食，还从树上扯下了一大块鹿腰肉大口地吃了起来。它在圆锥形的帐篷前大摇大摆地走来走去，丝毫没有注意到还有两个人在帐篷口窃窃私语。其中有一次，那头熊离伍迪仅有一只手的距离。最终，伍迪的同伴开枪打伤了灰熊。它身受重伤，落荒而逃，丝毫没有回击的意思。第二天早上，他们沿着雪上的血迹一路追寻，在距营地一英里外找到了它，当时它正躲在一棵松树旁，用松土、松针和雪遮盖了自己的身体。伍迪的同伴走到它身旁，将步枪对准熊的耳朵，给了它致命的一枪。

在所有经历中，伍迪曾先后四次目睹灰熊袭击猎人的场景，其中有三次猎人惨遭重创。第一个人的后背被灰熊严重咬伤，第二个人的胳膊被熊咬掉了一部分，第三个人的小腿被咬伤。第三个人名叫乔治·道，他那场事故大约发生在1878年，地点是黄石公园。当时，他正牵着一匹驮马，沿着小路穿过一片树林。一头体型硕大的母熊带着自己的幼崽从旁路过，乔治朝它大声呼叫。母熊随即转过身，向远方逃去，不过，逃跑不是因为害怕，而是因为它想将自己的孩子藏到安全的地方。藏好之后，母熊就重新杀了回来。由于自己的驮马跑得太慢，乔治只能爬上离自己最近的那棵树。不过，还没等他爬多高，母熊便一把抓住他，一口咬在他的小腿上，差点从上边扯下肉来。就这样，母熊硬生生地把他从树上拽了下来，又咬了他几口，给了他两掌，然后继续赶自己的路。

熊杀人事件，伍迪只亲眼见过一次。当年他在新贝尔福德的捕鲸船上工作，生活丰富多彩，非常有趣。有一次，捕鲸船甚至到了普吉特海湾的某处海港。之后，捕鲸船继续北上，最终来到了阿拉斯加的某个地区。这里的熊种类繁杂，胆子也很大。有一天，两位船员下了捕鲸船，到了海岸边。当时他们的装备只有渔叉和长矛等捕猎器具。上岸后，两个人在海滩上各自活动，其中一个法国人潜入海中捕捞贝类动物。就在此时，一头灰熊突然从旁边的树丛中冲了出来，不断攻击两位惊魂未定的水手。不过，用伍迪的话说，灰熊对那位法国人情有独钟。灰熊径直朝海边的法国人扑了过去，那个法国人高喊救命，叫声中充满了恐惧。为了躲开灰熊，他几乎将全部的身体沉到水中，只把脑袋露在水面上。不过，灰熊并没有知难而退，反而穷追不舍。灰熊跳进水中，将他抓住，把他的五脏六腑全都掏了出来。与他同行的美国人见此情形，将一根长矛插在了灰熊的屁股上，这家伙这才灰溜溜地逃进了繁茂的灌木丛里。船上的同事听到此事后勃然大怒，纷纷赶到岸边寻找凶手，但是费了很大工夫也没有找到灰熊的身影。

事实证明，一般情况下，大灰熊在人类面前都会表现出懦弱的一面，尽可能选择逃避，但切不可掉以轻心，毫无防备。灰熊一旦受伤，陷入困境，通常都会作殊死搏斗，誓死奋战到底。有一小部分熊哪怕受到一点点刺激和挑衅，都会主动出击。

在边境地区的几年时间里，我接触过很多被灰熊袭击过的人，有些人甚至落下了终身残疾。与此同时，我还听说过多起熊杀人事件。不出所料的话，在大部分事件中，猎人在遇难前，都射伤并激怒了灰熊。

一头开启搏斗模式的大灰熊，有时用厚重的熊掌作为武器，有时则依靠锋利的牙齿。很多人都认为灰熊可以通过死死地抱住对手，使其窒息而死，但事实并非如此，起码我从未听说过有类似事件发生。虽然有时大灰熊会用熊掌向敌人发起攻击，但那样只是为了牢牢地控制住敌人，使敌人难以脱逃，然后用锋利的牙齿将敌人撕碎。通常情况下，灰熊在向对手发动进攻时，也不会站起来，动用后肢的力量。但是，如果猎人在密丛的掩护下不断向灰熊靠近，或是不小心与蜷伏在洞中的灰熊不期而遇，那么它通常会立起身来，直接向猎人扑过去。此外，灰熊还会以同样的方式攻击骑在马背上的猎人。1882 年，一位骑马外出狩猎的印第安人便死于灰熊的这种攻击方式。事发地点就在离我现在居住的平房几英里之外的河谷中，此处与比富尔河和小密苏里河的交汇处相距不远。当时，这只大灰熊在一大队印第安人的追捕下匆匆地逃进了茂密的灌木丛中。此时一位已婚男子恰好路过这里，目击了事故的整个过程。这件事也是后来他告诉我的，我还跟他做过几笔生意。也许是被兴奋冲昏了头脑，一位印第安人索性直接冲进了树丛后面。就在此时，大灰熊如离弦之箭一样迅速跃起，直起身子，后退一步，用它那厚实而又庞大的前掌给马匹和猎人重重一击，将猎人扫在地上。然后灰熊又转向这位不幸的印第安人，把他开膛破肚，碎尸数段。虽然其他印第安人立刻前去营救，并成功杀死了这个杀人凶手，但他们还是晚了一步，未能挽救同伴的性命。

通常情况下，大灰熊往往会根据实际情况来决定用哪个部位发动攻击。倘若想直接将对手置于死地，它一般会使用牙齿；但假使灰熊只是想逃跑保命的话，那它会用熊掌反击。在逃跑的过程中，灰熊也更习惯用熊掌为自己作掩护。如果被逼到走投无路的境地，它也会频繁地进攻，努力为自己赢得逃生之路。在疯狂逃跑的同时，灰熊也会不断挥舞自己巨大的熊掌，以清除所有拦在路上的猎人和敌人，然后逃之夭夭。不过，在这种情况下，它们不会停下来露出尖锐的牙齿撕咬对手。如果灰熊在密丛中酣睡或休息时恰好有人不小心碰到了它，搅了它的美梦，那它会一路追赶，决不罢休。此时的灰熊，与其说是出于愤怒，还不如说是受到了惊吓。此外，如果在近距离内遭到人类或是猎犬的袭击，大灰熊也会张牙舞爪，拼死抵抗。

在狩猎过程中，猎物所谓的反击，有时只不过是为了逃命而已。在容易被捕的区域内，熊同其他猎物一样一直处于高度警觉状态，时刻提防猎人的袭击，随时准备逃跑保命。不管是进食，还是晒太阳，甚至是四处游逛，它们都一直牢记着，倘若遭到敌人侵袭，逃往哪个方向最为明智，这个方向一般都通往极其茂密的树丛或是崎岖不平的凹地。一旦遭到射击，它就拔腿跑向这些避难所。当然，有时它们也会陷入困惑，在还没搞清楚状况的前提下，便向不熟悉的地方跑去。尽管其初衷并非是要攻击猎人，但这两种情况下，它们通常都会径直向猎人跑去，抑或是从猎人身旁飞奔而过。大灰熊往往像脱缰的野马一样飞速前向狂奔，毫不停歇，对任何拦路者都给予致命的打击。在早春时节甚至是秋收时分，如果灰熊一直在较为柔软的土地上活动，那它的爪子就会变得十分锋利，如锐斧般削铁如泥。因此，此时灰熊的攻击性也就随之成倍地增强。不过，一般情况下，在晚秋时节，如果土壤比较干燥，地面十分坚硬，或是被岩石覆盖，那么熊爪会磨损得很厉害，有时甚至会伤到爪子下边的嫩肉。此时，灰熊攻击主要靠爪子的侧面。不过，即使是在如此不利的情况下，大灰熊还是可以轻易地把一匹骏马打倒在地，或是将一位成年人的胸骨击得粉碎。之前，猎人霍福尔的一匹良驹便遭到了灰熊的黑手。当时，他开枪射伤了一只大灰熊。在逃窜过程中，这个大家伙恰好经过霍福尔先生拴马匹的地方，于是不幸发生了。灰熊万分恐惧之下给了这匹可怜的马一掌，马应声倒地，挣扎了一番，但还是未能幸免，不一会儿就命赴黄泉了。

如果大灰熊发动攻击并非是为了逃生，而是志在给敌人带来伤害，那它的最终目的便是与敌人抗争到底，把敌人击倒并把对方撕成碎片。有时灰熊是在一次次狂奔中发动攻击；有时，它们会紧闭着嘴，默不作声地向敌人袭来；有时，它们会张开血盆大口，裂开双唇，露出狰狞的獠牙，发出阵阵狂野的咆哮声，一路飞奔而来。部分灰熊在进攻时，只顾着径直向前冲，不会发出任何声响；另一些则先摆出一副高高在上、威胁恐吓的架势，在狂奔攻击中不断地停下来吼叫，摇头晃脑地咬碎一旁的树木，用前掌不停地拍打坚硬的地面，留下一个个的小孔；还有一些灰熊性格十分固执，往往会铤而走险、破釜沉舟，不顾一切地攻击对手，这是十分危险的；还有些灰熊则恰好相反，遭到射伤后，即使不是致命伤，它们也会选择转过头，逃跑保命。受伤时，不同的灰熊会做出不同的反应。多数情况下，尤其是在向猎人发动进攻时，面对猎人冰冷的枪口，体型巨大的灰熊毫不退缩，丝毫不在乎射入体内的子弹。不过，有些灰熊在被子弹射中后，会嗷嗷大叫，在地上翻来覆去。有些灰熊即使没有放弃抵抗，继续奋起还击，它们也会在途中停下来哀嚎几声，舔一舔自己的伤口。

有时，人被熊咬上一口便会气绝身亡。1886 年的晚春或是初夏时节，在鲑鱼河的源头地区，我熟悉的一位老猎人便死在了熊口之下。他可以称得上是一位非常成功的猎人，不过真实姓名我已记不清了，人们都尊称他为“老艾克”。他的枪法十分精湛，在整个狩猎生涯中用步枪射杀过近百头灰熊。尽管屡次遭到猎物的攻击，但老艾克每次都毫发无损，全身而退。如此一来，他倒是有些粗心大意了。出事的那天，他遇上了两个采矿工，便与他们一同前行。一头大灰熊出乎意料地从路前方径直穿过，老猎人便立马追了过去。看到有人追捕，灰熊并没有乱了分寸，仓皇而逃，而是放慢了脚步，还不时地回头向敌人露出自己的利牙，吼上几声。不一会儿，老猎人便追了上来，不过，此时的灰熊已经冲进了一片茂密矮小的云杉丛中。就在老猎人追到树丛旁时，灰熊一跃而起，扑了上来，仓皇之下，老猎人朝灰熊开了一枪。虽然这一枪伤到了这个大家伙，但并未击中要害，因此无法阻止其反扑的脚步。就在两位同伴到达现场前来救援时，灰熊用庞大的熊掌死死地抓住老猎人，然后把他重重地按在了地上。两位同伴冲着灰熊大喊，并朝它开枪。受惊后，灰熊将老猎人扔到一边，快快地撤回到密林之中。由于处境危险，两个人没敢尾随灰熊进入云杉林。此时，他们的朋友，也就是这位老猎人早已奄奄一息了。他的整个胸部都被灰熊咬碎，肋骨折断，肺叶也露了出来，情况惨不忍睹。

不过，多数情况下，灰熊并不会一口置猎人于死地，而是扑到他们身上不停地撕咬，直至把猎人咬死。在这种情况下，假若猎人手无寸铁，孤立无援，那他只能坐以待毙。即使猎人可以装死，有足够的勇气面对灰熊的粗暴对待，但灰熊只有在把猎人埋到一半后才会相信这只是具尸体，然后才扬长而去。这样，猎人才会侥幸保全了性命。只有在极少数的例子中，胆识过人的猎人才依靠匕首成功击退灰熊的进攻，有些甚至对猎物造成了致命的伤害。不过，总体而言，在多数情况下，只身一人与义无反顾、决一死战的灰熊短兵相接，面对的只有死亡。

有时候，尽管灰熊十分残暴，攻击力很强，但它们的心里也十分恐惧，因此在撕咬一两口之后便会匆匆离开。很多受灰熊攻击的猎人在命丧熊口之前能成功地被同伴救出，其中的原因可能是这些大家伙没好好利用自己的武器，给了对手可乘之机。因此，我们可以看出，一方面，大灰熊想直接将人置于死地，它们或靠肌腱的巨大力量击碎敌人的头部或胸部，或用无坚不摧的熊掌将敌人的身体撕得粉碎；另一方面，它也可能仅仅是急忙给敌人一击，使敌人受伤或变残，以方便自己逃跑，所以我们经常可以看到从熊爪下死里逃生的猎人。不过死里逃生的他们却付出了惨痛的代价，或是被灰熊毁了容，或是终身残疾，无法继续生活。在蒙大拿州的西部以及爱达荷州的北部地区，几乎所有上了年纪的居民都知道两三起类似的不幸事件。我曾经在海伦娜和密苏拉碰见过这样的人。我最后一次见到他们是在 1889 年，因此在此之前他们都还在世。其中一位的头皮被灰熊用獠牙撕掉了一半，不幸中的万幸是这只灰熊上了年纪，因此尖牙并未刺进头骨；而另一位的脸则直接被熊咬穿了，直到最后，伤口也未完全愈合，因此整个面容狰狞不堪，让人难以直视。

所有这些意外事故，大多数都是由于猎人擅自跟随受伤或受惊的猎物进入密丛中才发生的。在此种情形下，很显然，猎物已经陷入绝境，走投无路，又忍受着剧痛，因此只能背水一战，殊死一搏，杀死一名甚至多名袭击者。1874 年，我妻子的叔叔、美国陆军亚历山大·摩尔上尉和我的朋友贝茨上尉，率领第二和第三步兵团的一些将士，在怀俄明州的弗里兹奥特山脉附近进行侦察。一天早上，他们在视野开阔的大草原上惊醒了一头大灰熊。恐慌之下，这头熊向前方的一条小溪奔去。部队全速前进，紧追不舍。在溪流某处，河狸建了一道堤坝。同其他溪流一样，此处长满了茂密的灌木丛和柳树苗。就在到达小树丛的边缘时，灰熊接连被几颗子弹击中，两根前腿都被打断了。不过，这个大家伙还是靠着后腿的力量半爬半滚地躲进了树丛。灌木丛虽然低矮，但十分茂密，把灰熊挡得严严实实的。但实际上，这片密林仅仅是一小片灌木丛，方圆不过二十码。就在灰熊踉跄着滚入树丛后不久，军队的领头兵也来到了灌木丛旁。其中有一位名叫米勒的士兵，魁梧高大，力大无穷，到了之后便立即下马，准备强行进入齐胸高的小柳树林中。后来快马赶到的队伍中除了摩尔和贝茨之外，还有两位声名远扬的侦察兵布法罗·比尔和加利福尼亚·乔，其中，前者是摩尔上尉的长期助手，后者则是卡斯特准将的忠实支持者。乔是一位出色的猎人，曾经同印第安人战斗过，一生中大部分的时间都是在大草原和深山中度过的。因此，看到骑兵米勒急不可耐地准备闯入密林，乔大声叫喊，警告他树丛里危险重重，不要擅自闯入。不过，米勒行事鲁莽，不仅对乔的善意提醒不屑一顾，反而嘲笑这位老猎人太过谨慎，竟被一头受伤的灰熊吓破了胆。听到这些，加利福尼亚·乔没有再次劝阻，只是轻轻地说了句："很好，小伙子，进去了就不关我的事了。"米勒从土堆上跳下来，双手斜持着枪，大步迈进密林。刚走了不到三步，灰熊遽然出现在他的面前，灰熊忍着剧痛，疯狂地怒吼着。当时米勒和熊之间距离非常近，米勒根本没有机会开枪射击。灰熊站起身来，两只前爪耷拉在胸前，跌跌撞撞地向对手扑过去。米勒揪住了它的耳朵，挡住了灰熊的攻击。这个步兵力气非常大，竟然能抓住灰熊，自己不仅没被灰熊推倒，而且还稳稳地站着。灰熊开始左右晃动自己的血盆大口，不停地嘶哑，咬伤了米勒的肩膀和手臂。另一位士兵见此情形，跳下土堆，朝灰熊开了一枪，击毙了灰熊，救了自己的战友。尽管米勒没被咬死，但多处受重伤，还没送到医院就断气了。后来，布法罗·比尔得到了那套熊皮，我相信他到现在还一直珍藏着

有些时候猎人不计后果地追随大灰熊进入密丛中，最后或者惨遭杀害，或者身受重伤，这样的例子不胜枚举。我自己就知道前后有八个人因此而丧命。

有些年纪大的灰熊非常狡猾，它们会潜伏在离猎人咫尺之近的地方，趁对手不备，突然一跃而起，大声狂嚎，把猎人打倒在地，并在猎人开枪之前将猎人制服。甚至在极少数情况下，志在战胜猎人的大灰熊会耍奸计，故意让猎人靠得非常近，或者让猎人经过它的藏身地，然后以迅雷不及掩耳之势向对手迅速发动攻击，使对方措手不及，连开枪的机会都没有。当然，此种情形下，猎人危机重重。

一般情况下，即使灰熊是在占据了天时与地利的灌木丛里，它的首要目标依然是逃走，而非正面作战。即使猎人没有天时、地利的优势，但很多时候仍可以在不受伤的前提下，射杀猎物。如果一只受伤的大灰熊认为自己没被猎人发现，它便不会轻易发起进攻。

这种大型动物在密林中隐藏自己及在危险的境地下进行潜伏的能力令人惊叹。就在距我的牧场十二英里外的地方，有几处开阔的谷地和溪谷，那里长满了三叶杨、白桤木、银水牛果丛、蔷薇丛、白蜡树、野李子和其他灌木丛。自从我第一次来到这儿，这里就一直是大灰熊栖息的好住所。尽管通常情况下我都是与大部队同行，但还是会经常孤身一人穿过那片灌木丛。虽然有很多次我们离猎物非常近，但它们只是静静地待在原地，没有任何动静。

倘若在视野开阔的林地或光秃秃的山顶射杀大灰熊，那猎人面临的危险会小很多。与在其他地方狩猎相比，在开阔地带射杀数百头大灰熊可能都不会有太大的危险。不过，即使是在视野开阔的林地或山顶，猎物通常也会攻击猎人，有时这种攻击会对猎人产生很大的影响。对猎人，尤其是对装备有连发步枪的猎人而言，危险所带来的紧张感和刺激性会激起追逐猎物的欲望，胜利的成就感和喜悦感主要来自靠近高度警觉的猎物，进而对其进行近身射击的过程。通常情况下，唯一让人感到紧张刺激的是尾随猎物。此时大灰熊观察着周围的一切，显得焦躁不安，随时准备逃跑。但正如现实一样，意外事故还是时有发生。只不过，人为疏忽或装备失灵是造成事故的主要原因，与灰熊的威力没有太大关系。以前我认识了一位生活在布特的优秀的猎人，他就是在开阔的林地里射杀大灰熊时，受到了灰熊致命的反击，不幸身亡。在挨了第一颗子弹后，猎物便发起攻击，但就在扑到猎人身上时，大灰熊突然放慢了脚步。不幸的是，这位猎人的步枪卡壳了。于是面对近在咫尺、高声嚎叫、气势汹汹的大灰熊，他一边调整步枪，一边慢慢后退寻找逃跑的路。更不幸的是，在后退的过程中，猎人不小心被身后的一棵枯树绊倒，直接栽倒在木头上。猎物随即扑了上来，一阵狂撕滥咬，最终猎人还没等到营救就断了气。

在极少数情况下，有些没有实施狩猎的人会成为大灰熊掌下无辜的牺牲品。在一无所知的情况下，这些人与大灰熊不期而遇。灰熊不仅仅是因为愤怒，更是出于极度的恐惧，才向人们发起攻击的。我牧场附近就曾经发生过类似事件，导致一人丧生。当时受害人在穿过河流拐弯处的小片丛林时，差点踩到一只大灰熊。受到惊吓后，灰熊朝受害人的头部打了一掌。据我所知，还有一个受害者没做多少挣扎，便侥幸地从灰熊掌下逃走了。这位受害人名叫珀金斯，当时正在庞多雷湖畔上坡一侧的密林中采摘越橘，突然背后有个东西狠狠地打了他一下，把他打倒在地，一时间他没了气息。整个过程几乎发生在一瞬间，后来他能回忆起的就只有在倒下的一刹那所瞥见的一头灰熊的身影。当苏醒过来时，他惊恐地发现自己躺在上坡下面，离原来的地方有一段距离。携带的木桶也不在眼前，而是滚到了一百码外的上坡上。不过，仔细想想，这已经是不幸中的万幸了。根据大灰熊留下的脚印，我们不难想像，在这个人惊扰了自己的美梦后，灰熊惶恐之余匆匆地给了他一巴掌，然后拼尽全力跑上山的情景。

带着幼熊的母熊危险性极大，这是人尽皆知的事实。但即便是在这种情况下，不同灰熊的反应也迥然不同。幼熊年幼的时候，有些母熊如影随形地陪着自己的孩子。此时，它们始终保持高度警觉，十分焦虑，很容易被激怒。因此只要有人闯入，甚至是经过母熊所在的地方，它们都会攻击人类。一旦受到威胁，母熊只会顾及自身安危，把孩子抛在一边，自己溜之大吉，而让幼崽听天由命。

1882年，现在身居纽约的卡斯珀·惠特尼先生便与一头携带幼崽的母熊偶然相遇，这次经历让他终生难忘。当年我和惠特尼先生都在哈佛大学进修，不过后来同众多优秀的哈佛子弟一样，他选择了退学，只身前往西部，从事牧牛工作。当时他在新墨西哥州的里奥阿里巴县经营一家牧场，平日里喜欢狩猎，对追捕美洲狮、大灰熊及麋鹿等猎物尤其痴迷。一天，在骑马经过一条怪石嶙峋、崎岖不平的山区小路时，惠特尼恰好看到一只幼熊正从上方茂密的丛林里俯视他。于是，他立即下马，开始竭力追捕。他手握夏普式猎枪，偷偷地靠近幼崽。就在马上逼近目标时，他突然听到一阵震耳欲聋的咆哮声。惠特尼回头一看，一头体型巨大、凶猛无比的老母熊映入眼帘。见势不妙，他立刻调过头来往山顶跑去，停靠在几棵高大的山杨树下。凝神静气之后，在相距大概七十码的地方朝母熊开了一枪。母熊被射伤了，它忍着伤痛，大声吼叫着向惠特尼奔来。惠特尼又开了一枪，但母熊似闪电一样迅速而疯狂地向他跑来。见此情形，惠特尼马上拽着步枪上的皮带，爬到了一棵离他最近的白杨上。母熊一路奔走，很快就到了白杨树下。它立起身子，用锋利的牙齿和厚实的熊掌不停地撕咬、拍打细细的树干，并不断摇晃白杨。就在这时，惠特尼抓住机会，又给了母熊一枪，但是子弹没有射穿它的脑袋，只是打穿了它的一只眼睛。剧痛之下，母熊趔趄着往后退了几步，绕着树干走了几圈，像是喝醉了酒一样，又像是受到了一定程度的惊吓。但这家伙仍不放弃，再次来到树下，站起身来，用头顶着树干使劲摇。惠特尼瞅准时机给了它致命的一枪，母熊一下子倒在地上，不久便一瞑不视了。然后惠特尼先生从树上下来，向一直充当看客的小熊走去。刚开始这个小家伙纹丝不动，但等到惠特尼先生想要伸手把它制服时，小家伙却突然像疯猫一样向他扑去，然后一头钻进茂密的树丛中，没了踪影。

查理·诺顿是一位擅长使用老式陷阱捕猎的猎人。1888 年夏天，当他行进到鲑鱼河中部分岔的潜鸟溪上时，不小心惹怒了一只母熊和她的幼崽。当时母熊气势汹汹地向他袭来，大掌一挥差点把他的下颌打下来。不过，万幸的是后来他渐渐地康复了。最后一次听别人提起时，他还在世。

不过，就在接下来的那一年的春天，牛仔们驾着我的马车在小密苏里河流域通力合作，轻而易举就杀了一头母熊，这比猎杀丛林狼的难度稍微大一点。这头母熊有两个幼崽，清晨时分在广阔无垠的大草原上漫步时遭到了突袭。当时，整个狩猎牛仔队伍大概有八到十名成员。队伍在出发的时候围成一条长长的弧形圈。发现母熊后，他们干净利落地准备好绳索，不停地鞭策活力充沛的坐骑，一边大声叫喊，一边在头顶上挥舞着索套，直接冲向狩猎目标。

起初，那头老母熊试图通过暴怒喊叫的方式向他们示威、恐吓，假装要向他们发起攻击。不过，面对大部队的高声呐喊、快速出击以及挥舞的绳索，它还是败下阵来。母熊直接将孩子丢在一旁，任它们自生自灭，自己拔腿逃跑了。不过，牛仔们不会轻易放弃，依旧步步紧逼。逃了一英里后，母熊慌忙躲进了山峰旁一个浅浅的洞穴中，蜷在那里，低声吼着，不敢出来。一个牛仔快马赶到，跳下马背，跑到洞边，掏出左轮手枪，一枪便把它打倒在地。开火之时，牛仔离母熊仅有一步之遥，火药迸发出的火花烧着了母熊的皮毛。两只可怜的幼崽也被牛仔们用绳索捆住，绑在了马鞍上。牛仔们满载而归。跟往常一样，等到达营地时，幼崽已经没了气息。

在上文提到的几次经历中，大灰熊仅仅是在自己受到攻击后，害怕自己或幼崽会受到袭击才发动反击的。然而，在过去，很多地方的人都反映，很多情况下，大灰熊更倾向于主动进攻，而不是选择逃跑。很多先人经常遭到此类攻击，其中就包括路易斯、克拉克及其他继承两位事业的早期探险者们，最早一辈的猎人和陷阱设置者，甚至还包括在本世纪[①]头几十年里生活在落基山区的居民。那个时期，很多猎熊者还尚未认识到，根本没必要在偷偷靠近猎物上花费太多精力。因为一般情况下，大灰熊一直都敢于接受挑战，一旦发现敌人，它们便会主动发起进攻。不过，所有的一切都在悄然发生变化。就算是在今天，猎人有时也会在某些遥远偏僻、人迹罕至的地区碰上几只异常凶猛的老熊。由于长期与世隔绝，这些老家伙依然保持着原有的习性。几乎所有的老猎人都能讲出几个与此相关的故事。大灰熊究竟有多大威力，有多狡猾，有多大力气，有多凶残，这些一直都是猎人们在落基山区安营扎寨时最爱谈论的话题。不过，多数情况下，切不可对所有故事都全盘接收，而应认真思考，做出自己的判断。

不过，全盘否定这些故事，也是不可取的。我手下的一个牛仔

① 十九世纪。

曾经就受到一头大灰熊的攻击，只是这个大家伙的一举一动更像是在嬉戏玩闹。当时，这位牛仔正沿着溪谷骑马前行，就在他刚要经过一片玫瑰丛和银水牛果丛时，坐骑突然高高跃起，差点把他掀到地上，之后便发疯似的向前跑去。惊魂未定，他坐在马鞍上转身望去，眼前的一幕令自己目瞪口呆：一只体型巨大的灰熊正穷追不舍，全力向他奔来。几番较量后，这场速度的比拼结束了。马载着牛仔成功脱身，大灰熊也调头钻进了浓密的野李子丛中。盛怒之下，这位受到惊吓的牛仔在稳住坐骑之后，立马掏出左轮手枪，策马来到树丛旁，四处搜寻，试图激怒刚才那位凶猛的追逐者，然后再跟它过过招。不过，灰熊刚才的疯狂举动只是虚张声势，生性谨慎的它不会离开丛林这个安全的庇护所的。

从某种程度上讲，其他大灰熊的攻击更符合它们的本性。来自迈尔斯城的摄影师胡福曼先生曾经告诉过我，有一次自己在屠宰几只猎获的麋鹿时，曾两度遭到一只母熊和两只发育良好的幼熊的突袭。从根本上讲，这完全是一种恃强凌弱的行为。大灰熊之所以向猎人发动进攻，纯粹是为了赶走猎人，然后独自享用这顿饕餮盛宴，从它们采取的进攻方式上可以明显看出这一点。两次突袭中，三只灰熊都是咧着大口，露着锋利的牙齿，咆哮着向胡福曼先生袭来。但一到离人不远的地方便停了下来，观望猎人会有何反应。在另外一次探险经历中，我认识的一位名叫卡尔的先生由于打扰了灰熊享用美餐，灰熊怒不可遏地朝他袭来。当时卡尔先生正骑马准备往山谷顶部前进，而大灰熊则正在一处云杉树丛旁津津有味地吃着麋鹿。尽管此时卡尔先生距离灰熊进食的地方有一百多码的路程，但那个大家伙发现有人骑马靠近，便立刻一跃，跳到了麋鹿的尸体上，打量一番之后，便径直朝他扑过去。至于灰熊为何会突然袭击他，卡尔先生也想不出特别合理的解释。这头灰熊体格肥硕，皮毛整洁。人们把它射杀后，在它的头部发现了几道疤痕，可能是在与同伴的搏斗中留下的。很显然，这头灰熊生活条件一直很不错，从未断过鲜肉，但也正因为如此，它变得十分好斗。在与同伴不断的争斗中，它原本还不错的脾气渐渐变得急躁、粗暴。在另一次探险中，一头大灰熊的脾气比它更差，对人的攻击也更加匪夷所思。我时常会从一位上了年纪的陷阱设置者那里购买动物的皮革。他告诉过我，有一次自己正在山口设置陷阱，意外地瞥见一头大灰熊，当时它正优哉游哉地躺在不远处的山坡上。这位前辈立马朝它大喊大叫，并挥舞着手中的帽子。不过，令他颇感意外的是，这头大灰熊高声呼啸着，径直向他冲过来。结果，灰熊为自己不合时宜的冒失和鲁莽付出了代价，成了老前辈手下的牺牲品。

有时，我甚至更愿意相信，肯定还存在这样一种例外的情况，那就是大灰熊向人类发动攻击，其目的只是想借此饱餐一顿。换句话说，一旦将此想法付诸实践，灰熊吃人的生涯也就随即开始了。至少在我看来，之前的一次意外事故套用其他理论都不合适，只有这一理论才解释得通。当时我驻扎在庞多雷湖的桑德角，在那里，我遇见了几个法国混血的陷阱设置者。他们有大捆大捆的河狸皮、水獭皮和黑貂皮，收在镇子里。他们当中有一个自称是巴普蒂斯特·拉莫歙的人，头部曾被灰熊咬过，所以他的头倒向一边，看上去十分丑陋。事发时，他正与两位同伴在野外布置陷阱，准备捕猎。他们的营地建在湖中一处小水湾的岸边上。当时，两个同伴乘独木舟外出钓鱼，而他则独自一人坐在岸边，微斜着身子，用快要熄灭的火堆烤着几块河狸肉。突然一只体型庞大的灰熊用高大的常青树的阴影作掩护，偷偷地潜伏到这位年轻人的身后，然后在毫无征兆的情况下，叫嚷着向他冲去。还没等这位猎人站稳脚，灰熊便一把抓住他，一口咬在年轻人脖子与肩部的结合处，锋利无比的牙齿咬穿了他的锁骨、肌腱和肌肉。大灰熊又转过身，拖着自己的猎物进入密林中。此时这位受害者已全身瘫痪，孤立无援，只能任凭灰熊摆布。幸运的是，那两位划船钓鱼的同伴恰好经过那里，而且离营地不远，因此营地发生的一切，他们都看得清清楚楚。看着自己的同伴陷入困境，独木舟上的猎人抓起身旁的步枪，朝灰熊开了一枪。子弹打穿了灰熊的肺部，它立即丢下手中的猎物，落荒而逃。跑了二百码左右后，大灰熊一下子歪在路边，挣扎了一会儿便断了气。后来这位年轻人经过调养后，身体是完全恢复了，但是头却一直歪在一边，再也无法回到正位。

一些老猎人和生活在山区的居民曾向我们讲过很多故事，其中有些是关于大灰熊侵入猎人营地恶意伤人的，有些则是它们盯上了某些只身前往深山狩猎的猎人，沿着他们留下的脚印偷偷跟踪，并在时机成熟时将其杀害的。当然，这些故事多数纯属虚构，只是有极个别的事例有事实依据。我认识这样一位老猎人，曾经向我转述过这样一件事。讲述者是个非常值得信赖的人，看得出来这位老猎人毫不质疑他所讲的故事的真实性。讲述者的同伴确实是被大灰熊夺去了性命，但也有可能是讲述者自己没弄明白同伴真正的命运。事发当时，他的同伴并没有被灰熊尾随、跟踪，他只是不小心碰上了这头野兽，但是还没等缓过神来，便死在了熊口之下。

但不管怎么样，总体来说，被大灰熊意外袭击的事件还是比较罕见的。普通猎人可能一辈子都跟野外的世界打交道，却从未听说过灰熊主动伤人这种怪事。在遭到射杀时，多数灰熊在情绪上没有太大的波动，它们基本上都是选择毫不反抗，坐以待毙，即使有所反抗，也都在对猎人造成人身伤害前被杀死了。倘若是在视野开阔的草原上受到了灰熊的突袭，并且草原离树林或是崎岖不平的高地有很长一段距离，那即使猎人是孤身骑马前往，也能用左轮手枪把灰熊击毙，因此这算不上了不起的成就。近几年，在我的牧场附近类似事件发生了两次。其中的一次，当事人只是普通的牛仔，而并非是外出狩猎的猎人。事发之时恰好是清晨，他们迎着朝阳骑马越过山脊，穿梭在牲畜之间，履行着日常的职责。我认识这两个人，还曾同他们一起围捕过猎物。同多数牛仔一样，两个人也随身携带口径为十一毫米的柯尔特左轮手枪，而且用枪技术娴熟，枪法精湛。当时他们骑的是两只普通的母马，母马虽然体型瘦小，但奔跑迅速，肌肉结实，勇猛无比。他们看到一只大灰熊正从远处悠闲地穿过一片宽阔的台地①，于是灵机一动，巧妙地利用风向和浅浅的河谷，偷偷地到了猎物附近，然后迅速爬出山谷，策马加鞭，飞奔到距大灰熊不到四十五米远的地方。大灰熊从朝阳的阴影中看到有东西向自己袭来，它十分明白那究竟是何物，也非常清楚自己将要面临的一切，因此毫无还击之意，而是全力加速前进，向离河谷源头不远的一处密林奔去。不过，还没等它爬上山坡，骑手早已策马飞奔而来。牛仔连发了三颗子弹，全都射进灰熊宽厚的背部。灰熊并没有转身反击，而是继续向前奔跑，躲进了丛林中，最后翻倒在那里，停止了呼吸。

另一个遇熊事件发生在一位德克萨斯牛仔身上。当时，这位牛仔的坐骑是一匹十分出色的小型马匹。这种小马虽然体型较小，但充满活力，而且动作敏捷。不过，它们很容易兴奋激动，喜欢不停地跳跃，这会让坐在马背上的猎人难以瞄准猎物，无法准确开枪射击。当时，狩猎大队决定让这位牛仔驱赶围捕用的马车，穿越地势低平、罕无人迹的孤丘地区。在大部队看来，在这一带迂回前进，最多会碰上几头牲畜，没太大危险，于是就派他自己一人前往。不过，就在绕过小洞口的一角时，他差点撞到一头大灰熊身上。当时，那家伙正在啃食碱水洞里一头阉牛的尸体。一时间，双方不知所措，面面相觑。但短暂的惊恐后，这只大灰熊挪动着庞大的身躯怒气冲冲地向这位不速之客袭来。见此情景，牛仔在原地调转马头，不停地扬鞭飞驰，最终摆脱了大灰熊。等小马跳跃了几次后，这位牛仔便勒住了马，在原地再次调转方向，并拔出了自己的左轮手枪。此时，灰熊再次发起攻击，而且离他非常近，眼看就要扑到他身上了。此时，牛仔瞄准它脖子和肩膀的连接处开了一枪，子弹直接打穿了灰熊的胸腔。与此同时，他快速地闪到一边，避开了灰熊的迎面进攻，也逃过了灰熊强有力的一掌。灰熊停顿了片刻，这位牛仔趁机从它身旁一闪而过，连开了两枪，但这却刺激灰熊开始

① 台地：指四周有陡崖的、直立于邻近低地、顶面基本平坦似台状的地貌。

了又一轮的殊死搏斗。当时地面崎岖不平，破裂地带众多，但这匹坐骑却像猫般轻盈迅速，而且十分稳健，甚至在躲避灰熊第一次全速奔袭时都能安全着地。不过，不妙的是，由于过于兴奋，小马开始不停地跳跃，牛仔几乎无法举枪瞄准射击。有时牛仔会走向前去，等着灰熊发动反攻。灰熊也不负其所望，先是同小马一样小跑一段，然后快速挪动着笨重的身躯，疾驰而来。面对灰熊的攻击，牛仔会在被迫逃离之前再给对手一两枪。其他时候，如果灰熊静静地待在地势不错的地方，牛仔就会骑马从它旁边奔驰而过，边跑边射击。这一次，他耗费了好几匣弹药。尽管多数子弹都没打中，被白白浪费了，但还是有几发击中了目标。虽然身负重伤，但那头灰熊仍旧非常凶猛，有力地活动着血淋淋的双颚，愤怒地咆哮着，简直就是邪恶女神的化身。有那么几分钟，灰熊不是攻击敌人，就是陷入困境，茫然地伫立着，毫无逃跑之意。不过，在这之后，它便开始慢慢地向数里之外的河谷源头的一片白蜡树和野李丛赶去。那个牛仔一路穷追不舍，当他和灰熊之间的距离足够短时，便从旁飞驰而过，向猎物射击。而此时，灰熊也迅速转身，同之前一样怒不可遏地朝牛仔袭来，只是进攻的力度明显大不如前。最终，在追到离灰熊藏身地只有不到二百码时，牛仔发现弹药都已经用完了，因此只能在保证与灰熊之间距离安全的前提下继续尾随。此时，灰熊也不再注意他的一举一动，而是摇头晃脑地缓步前进，鲜血从微微张开的大嘴中不断喷涌而出。到达灰熊的藏身之地后，牛仔通过灌木丛的摇动分辨出猎物正向中央地带走去，最终停了下来。几分钟后，其他几位牛仔闻声骑马赶来。几个人包围了灌木丛，朝树丛连开数枪，并往里面投掷石块，以确认灰熊的具体位置。最后，在一切恢复平静后，他们壮着胆子踏进密林，发现那头威武不屈的大灰熊静静地躺在地上，已经没有了呼吸。

对牛仔们而言，世界上没有什么比展示自己的骑术和用绳索捕猎动物的本领更令人欢欣鼓舞的事情了。如果离猎物足够近，而且占据天时地利，牛仔们肯定会快马加鞭，将视野之内所有的猎物都套到手。倘若一大帮牛仔在视野开阔的空地上与一头大灰熊不期而遇，他们会兴奋异常，好好地享受狩猎的刺激。牛仔们个个体格健壮，齐声呐喊，而毛茸茸的猎物则一路狂奔，不断反击。整个狩猎过程令人非常紧张，不过值得注意的是，这种刺激感与危险并存。通常情况下，大灰熊能将套在头上的绳索猛地甩开，因此对牛仔们而言，抓住它并非易事。此外，灰熊还会不断向牛仔队伍发起冲击，将整个围捕队伍冲得七零八落。相比其他动物，马似乎更不愿与灰熊短兵相接，因此牛仔们的坐骑非常害怕这种体型庞大、不停狂吼的动物。不过，灰熊虽然非常勇猛，但倘若无法及时找到藏身地，那它必死无疑。因为在空地上对战，牛仔们迟早会用绳索套住灰熊的一条腿，然后勒住它的脖子和前掌。只要牛仔们拉直绳索，马匹拼命地使劲拽，灰熊便轰然倒地。不管灰熊能否重新站起来，牛仔们都会拉紧绳索，并趁机套起它的另一条腿，不一会儿灰熊就孤掌难鸣了。

在我的牧场周围，尽管从未亲眼目睹过类似的场面，但我听说在怀俄明州北部曾多次上演牛仔大战灰熊的好戏。阿奇博尔德·罗杰斯先生的牧场位于注入比格霍尔河的灰牛溪上。他手下的牛仔们曾用这种集体围攻的方式在牧场附近成功制服了好几头灰熊。此外，格林内尔先生手下的牛仔们也偶尔会有如此惊艳的表现。只要队伍里成员的套绳技艺和骑术还算可以，而且彼此默契配合，互相照应，团结合作，同时捕猎地地面较为平坦，空间开阔，那就不难取得类似的佳绩。不过，倘若是单枪匹马跟灰熊作战，那真的是“艺高人胆大”。虽然困难重重，危险众多，但据我所知，确实有一人一马用套索降服灰熊的勇士，而且还不止一个。其中一个是混血儿，1887 年在弗拉特海德印第安保留地与灰熊单挑；另一位英雄于 1890 年在比格霍尔河河口处，凭一人之力用绳索套住了一只大灰熊，而且最终取得了胜利。

我的朋友杰克逊将军，曾在田纳西州一个风景宜人的中等县城贝尔米德上演了一场精彩的比赛，令那些擅长使用绳索降服猎物的牛仔们相形见绌。在内战中，杰克逊将军是南部邦联骑士部队最为干练的领导人之一，在整个军队中享有盛誉。不过，当时杰克逊将军还只是枪骑团(也就是现在的美国第三骑兵师)的一位年轻军官。那是在南北战争爆发的前几年，杰克逊将军所在的兵团正好驻守西南部各州，然后又被派往一直饱受争议的印第安科曼奇族和阿帕奇族的领地上。有一次，军队正在对印第安人进行跟踪侦察，在行进时不小心惹怒了一头大灰熊。这头受惊后的灰熊直接穿过广阔的草原，风驰电掣般向队伍奔来。为了不打草惊蛇，引起在附近驻扎的印第安人的注意，军队下令严禁开枪射击。当时，杰克逊将军还是个小伙子，力大无比，喜欢剑术，总是将剑刃磨得无比锐利。他骑着一匹动作迅捷、活力充沛的肯塔基宝马。这匹马在战斗中瞎了只眼，幸运的是另一只完好无损。杰克逊将军快马加鞭，不一会儿便追上了这头灰熊。听到马蹄声渐行渐近，灰熊慢慢地停下了脚步，转过身去，利用后腿站起来，露出尖锐的牙齿，挥舞着宽大的熊掌，向杰克逊将军示威。我们这位勇猛的骑手小心翼翼地从宝马瞎眼的一边从灰熊身旁飞驰而过，这样马匹看不到猎物，就能保持镇静。杰克逊将军身手矫捷，娴熟地控制着马匹，轻盈地躲过了熊掌的袭击。同时杰克逊挥舞起手中的马刀，还没等猎物反应过来，便泰山压顶般劈开了它的头颅。灰熊只是裂开了血盆大口，没做任何反应便一命归天了，死后还直挺挺地立在那里。

狼与猎狼犬

狼是一种非常重要的肉食性动物，习惯生活在人迹罕至的荒野地区。到现在为止，在整个美国大陆所有人烟稀少的地区，几乎都能找到零星分布的狼群的身影。不过，随着人类文明进程的不断推进，狼的数量和分布面积正在大幅度减少。

狼的体色、大小、身体构成以及性情依个体的不同而不同。几乎所有种群之间都互相交配繁衍后代，因此现在很难在两个狼群之间划出泾渭分明的界限。但是在密西西比河西部地区，有两种狼在各方面都有着明显的差异。一种是严格意义上的狼，又称为大野狼，跟东部各州的狼群十分相似；另一种是体型较小的丛林狼，又称为草原狼。从格兰德河到密苏里河、哥伦比亚河的上游山谷，在几乎所有偏远地区的荒野地带都有可能发现草原狼和大野狼的行踪。在整个地区的任何一小片区域里，草原狼和大野狼在外形上都有着本质的区别。不过，在某些地区，大野狼比其他地区的同族狼类更魁梧强壮。例如，分布在哥伦比亚河上游地区的大野狼外形高大，而分布在格兰德河两岸地区的狼外形要小很多。哈特·姆利亚姆博士向我解释说，根据他多年的野外工作经验，他发现，在所有丛林狼中，分布在南加利福尼亚地区的种族体型最大。此外，丛林狼和比它们体型更大的近亲在很多方面都存在显著的差异。两者之间最主要的差别是，在人类环境下，丛林狼具备更强的适应能力。大野狼多分布在阴森恐怖、人迹罕至的边远山区，而丛林狼多分布在人类的某些聚居点及周围地区，甚至是某些大型城镇的近郊地区。

相比丛林狼，大野狼在毛色上的差异更为显著。尽管每个地区的狼族都有自己的主色调，但成员之间还是有很大的差别。我见过的就有白色、黑色、红色、黄色、棕色、灰色以及灰白色，还有介于任意两种颜色间的其他各种颜色。通常情况下，灰白色、灰色以及棕色的狼群与丛林狼的毛色相同。不同地区，或是同一地区之间的狼族在外形上有非常明显的差异。更令人好奇的是，有些种群外表体型大小相仿，但牙齿的尺寸却有着天壤之别。我见过来自德克萨斯州和新墨西哥州地区的狼族。德克萨斯州的狼身材矮小，体型瘦弱，牙十分短小，根本无法与生活在西北部及远北山区的种群相提并论。新墨西哥州的狼体格健壮，常年生活在深山的密林中。一般情况下，与大野狼相比较，丛林狼的牙齿要小些。

很早之前，狼群广泛分布在一些荒野地区，种族规模庞大，数量惊人，其中大草原地区的狼群最密集。为了捕食，狼群每年都会跟随大群野牛一同迁徙，因此当地居民称它们为野牛狼。在以前，每位旅行者或猎人都知道这样一个事实：站在大草原上放眼望去，看到最多的就是密密麻麻的狼群。为了吃到人们在营地留下的残羹冷炙，它们有时会尾随狩猎大部队和移民队伍。不过，到目前为止，没有哪个地区的狼群数量可以用庞大一词形容了。猎狼人，也被称为职业猎狼者，为了获取狼皮不惜采取各种手段毒杀它们。此外，因为这些生物惯于偷袭牲畜，牧牛人也同样猎杀它们。可以说，这两种人是造成大草原狼群数量锐减的罪魁祸首。从十九世纪七十年代初到八十年代初的这十年里，仅在蒙大拿州、怀俄明州北部及达科他州西部便有数以万计的野狼惨遭杀戮。如今，那些在大草原上幸存下来的狼群学会了如何小心行事，它们从不在正午时分外出觅食、闲逛，也不再跟以前一样为了意外收获而频繁地追随猎人和行人的踪迹。如今在大草原上，它们已经不像以前那样常见，而是变得十分稀少，成为草原上的稀有动物。现在，即便猎人花上数月的时间，横穿整个大草原，自始至终都可能看不到一只大野狼的踪影，顶多能碰到数量众多的丛林狼。而且，更令人痛心的是，狼群的数量仍旧在减少，只是减少的速度忽快忽慢，并不稳定。此外这些家伙还会不时地改变自己的居所，因此有时大量狼群可能会出现在之前数量一直十分稀少的地区。

就1892到1893年的冬季而言，在我的牧场附近定居的大野狼的数量是过去十年来最多的一年。这些家伙盯上了我的牲畜和小马驹，这给我带来了不少的损失。我手下的牛仔们也一直在与它们抗争，一次次地发动清剿活动，杀死了很多只狼。也有些狼因为过度贪婪而搭上了性命，就在它们尽情享用马驹或牛犊的尸体时，牛仔们快马赶到，趁虚而入，用绳索套住它们的喉咙，让它们措手不及，然后再活活拖死它们。

尽管在一些地区人类大规模地屠杀狼群，但这并不足以解释为什么在整个美国范围内狼群数量锐减得如此迅速，以致到了濒临灭绝的边缘这一现象。在大部分地区，猎人早已不再热衷于追杀野狼，而是追捕其他大型的野生动物。即便进行了追捕，成功率也非常低，猎人常常无功而返。在所有动物中，野狼生性多疑，警惕性极高，因此也最难捕杀。倘若要对它们进行伏击，那难度与猎杀美洲狮一样大；如果是借助猎犬、陷阱或毒药猎杀野狼，那难度更大。然而，这种动物很少会像美洲狮一样与敌人奋战到底，更没有大灰熊那种视死如归的韧性。与大野狼相比，大灰熊一次生产的幼崽数量极少，因此在面对敌人侵袭时，它们向来不会轻言放弃幼崽。在整个美国东部，人们在很多地区都能经常见到黑熊的踪影，但却从未发现过野狼的踪迹。现在这种动物已经十分稀少了，只零星地分布在缅因州北部以及阿迪郎达克司的深山里。在宾夕法尼亚州，狼基本上已经灭绝了，有一部分狼在西弗吉尼亚州与田纳西州东部之间来回迁徙，佛罗里达州也有狼。不过，总体而言，在各个地区，狼的数量都远低于熊。当然，这种数量上的锐减也有可能归咎于狼群之间的某种疾病，比如狂犬病。众所周知，这是一种十分可怕的疾病，狼群时常会受到这一灾害的侵袭。对熊类而言，冬眠的习性在很大程度上帮了它们大忙，使它们能够在冬季免受疾病的干扰。但考虑到生活在南方地区的熊类并无冬眠的习性，却也和北方熊类一样健康，疾病论似乎就完全站不住脚了。而且，更令人感到奇怪的是，在美国，狼的灭绝速度远远超过熊类的灭绝速度。而在处于同一纬度位置的欧洲大陆，情况却恰好相反，那里的熊类已经快被赶尽杀绝了。

实际上，我们确实无法解释为什么关系相近的两种动物会有如此巨大而且令人匪夷所思的差异。美洲大陆与欧洲大陆的熊类和狼类之所以在性情上有着如此巨大的差异，应当归结于它们截然不同的生活环境，以及它们世世代代遗传下来的不同本能。不过，总的来说，它们之间的很多差异，我们根本就无法提供科学的解释。同样的道理，即使在相同的环境下，不同动物也有可能向着迥然不同的方向进化、发展，我们很难对这种生理和身体上的不同和差异给出既合理又科学的解释。此外，与欧洲大陆相比，美洲大陆的水獭体型更大，但貛的体型却小得多。相较斯堪的纳维亚半岛和俄罗斯大陆，美洲大陆的水貂更强壮，但紫貂或松貂却恰好相反。因此在进化过程中，大自然究竟是按照什么规则进行的，我们无法做出合理的说明。同样的道理，我们根本无法弄清楚，为什么生活在欧洲大陆的马鹿身型要比美洲麋鹿矮小，为什么欧洲地区麋鹿的平均体重比美洲新大陆的同伴轻，为什么生活在立陶宛及高加索山区的野牛总体上要比其美洲大陆的表亲更魁梧强壮、更令人生畏。此外，我们同样无法解释，为什么在相似的环境下生存的白山羊与杉松鸡之类的动物要比其近亲盘羊与披肩榛鸡更为温驯，为什么生活在斯堪的纳维亚半岛及俄罗斯北部地区的野狼的体型比落基山区的野狼更魁梧、习性更凶猛，而两个地区熊类的情况却完全相反。

即便是在美洲大陆的不同地区之间，野狼也有非常显著的差异。总体而言，相较美洲大陆，生活在欧洲大陆的狼群体型更为高大，习性也更为凶残，这是无可争议的事实。但是具体到某一地区，情况就不一样了。不管从哪个方面进行比较，生活在落基山脉中北部山区及西部海岸山区密林中的森林狼都要比生活在大草原上的野牛狼勇猛可怕得多，不过两者之间的差异正在逐渐缩小。正如我所见，在毛皮和头骨的尺寸上，栖息在蒙大拿州西北部及华盛顿州的野狼与斯堪的纳维亚半岛及俄罗斯地区的狼群大体一致，此外，在狼爪和狼牙上，这两个地区的狼群也没有明显的区别。在我看来，不管从哪方面讲，这些身材魁梧、体型高大的森林狼与生活在欧洲大陆的近亲同样可怕。不过它们的生活环境有很大的差别，蒙大拿州西北部及华盛顿州的野狼整天与很多手握步枪的边境猎人打交道，而斯堪的纳维亚半岛及俄罗斯地区的狼则一直与欧洲大陆的农民及亚洲地区的部落成员生活在一起，即使很饿，这些森林狼群对人类也始终保持高度警惕，不敢与人类为敌。但是，倘若在严冬季节，一个人手无寸铁、只身一人在森林深处与一大群身材高大、饥肠辘辘的森林狼不期而遇，我不敢保证他能全身而退。

在落基山北部山区，个别成年狼身高可达三十二英寸，体重可达一百三十磅。生活在密苏里河上游地区的野牛狼直立身高也能达到三十或三十一英寸，体重达一百一十磅。相比之下，一只德克萨斯狼体重可能还达不到八十磅。整体而言，母狼体型小。即便是血缘关系密切、居住地区邻近的狼群，在体型等各方面也会存在巨大的差异。

即使在狼最为兴盛、经常出没的时期，生活在南方草原的狼群对大型动物也没有太大的威胁。它们很少攻击猎人的坐骑，因此在经验丰富的老猎人看来，这种狼族根本不值一提。与其他狼类相比而言，它们只是更有可能咬断用来拴马的绳索，而不会试图直接向马匹发起攻击。老弱病残才是它们最喜欢捕杀的对象。它们很少冒昧地去骚扰成年母牛或阉割过的肉牛，更不会与成年的野牛为敌。如果真的要对其他动物发动侵袭，那它们也只会选择狼在数量上占优势的情况下发动攻击。相较之下，生活在密苏里河上游及萨斯克切温地区的野狼一直都被看做是一种危险动物，而最勇猛残暴的当属落基山北部地区的狼族。生活在我牧场附近的野狼多次偷袭牲畜，因此我只能捕杀它们。不过通常情况下，它们只会捕食牛犊和病残的牲畜，这种怪异的选择让人感到匪夷所思。但是，我也听说，一只野狼单刀直入，仅凭一狼之力就杀死了一只成年公牛或母牛。它的捕猎方式十分巧妙，它以迅雷不及掩耳之势咬向猎物的大腿根或腰窝，使猎物丧失反抗能力，瘫倒在地，从而任其摆布。我几乎没有听说过狼直接咬断猎物喉咙的事件。小马驹同样是野狼的最爱，不过它们很少袭击人类的成年坐骑。不过，有时狼群也非常大胆，竟然直接在房舍周围攻击牲畜。有一次，它们甚至趁着夜色，冒险潜入了一个名叫梅多拉的小山村，与丛林狼在白天所干的勾当如出一辙。1892 年春天，我们从东部买了几只两岁大的公牛。尽管当时已是五月，但一场暴风雪却席卷了整个牧区。于是公牛摆脱了围栏的束缚，全都跑了。第二天早上，我们发现有一只公牛惨遭野狼的黑手，尸体横躺在牲畜围栏门口，当时大野狼已经吃了公牛的一部分肉。据我们推测，在经过长途跋涉后，公牛可能有些疲倦，而此时又值狂风大作、风雪交加，同时公牛尚未适应周围环境，因此有点萎靡不振。此时这头野狼正好趁着夜色潜入牧场，看到公牛站在围栏附近，便瞄准时机，在离村子如此近的地方壮着胆子发起了袭击。公牛孤立无援，只能任其摆布，这也在一定程度上助长了袭击者的嚣张气焰。

生活在落基山北部山区的森林狼外形魁梧，体格强壮，每到一处就会袭击那里所有的四脚动物。它们生性凶猛残暴，对捕杀野鹿不屑一顾，更不满足于猎取牧场的猪、羊等牲畜。天气渐冷，食物渐少，它们便会强强联合，组成不同的小组，每组大概包括四到五名成员，然后联合行动，袭击其他动物，甚至连灰熊、美洲豹等极其危险的动物都不放过。在高度警惕的状态下，雄麋鹿或驼鹿也是一种十分危险的动物，面对其他动物的攻击，它们会殊死拼杀。不过，倘若是孤军作战，野狼通常都会选择向雌鹿或家养的牛马下手。此外，在向大型动物发动袭击时，野狼大都喜欢群体作战。先由一只狼高高跃起冲向猎物的头部，以转移猎物的注意力，然后其他成员蜂拥而上，咬断猎物的蹄筋，使猎物丧失行动能力，只能坐以待毙。不过，即使是单兵作战，一只大野狼也能轻易杀死一匹普通体格的马。在我认识的人中，有一个负责爱达荷州科达伦地区的物流工作。他曾经亲眼目睹过大野狼孤身捕杀马匹的场景。当时，他正赶着驮马长队下行到一道山谷中，一匹马正在那里悠闲地啃食鲜草。这匹马来自另一支驮队，由于长途跋涉而体力不支，主人便解开绳索，让它在这里休息。山路蜿蜒曲折，不一会马便消失在主人的视野里。但是，就在此时，远处突然传来一阵阵尖厉的嘶鸣。这声音与马平时的叫声完全不同，充满了极度的恐惧与痛楚，令人毛骨悚然。一阵阵嘶叫声不断传来，他急忙回去。当他按原路返回，再次看到这匹马时，它已经被大野狼袭击了。可怜的马，腰部被严重咬伤，四肢不断向后退缩，只能勉强站着。那只狼则在几米外静静地伫立着，观察猎物的一举一动。几分钟后，马开始慢慢地恢复了元气，在积攒了足够的力量后，奋力向前一跃，全速向前奔跑。见此情状，野狼紧追其后，没出三四步便从后面赶上了，然后一跃而起，死死地咬住了马的筋骨。野狼的咬合力非常大，差点把驮马的整个腿部硬拽下来。可怜的马再次歇斯底里地嘶鸣起来，野狼疯狂地撕咬，咬断了马的蹄筋，还扯出了部分内脏。驮马应声倒地，再也无力抵抗，只能任对手宰割。我还听说过很多次类似的事件。不过，倘若马匹能够进行强有力的还击，不管是哪种猛兽都难以将其制服。这种情况虽然极其罕见，但确实发生过。一些久经战场的良驹丝毫不害怕狼群，对如何利用自身武器退敌了如指掌。它们或用前蹄将对手击倒在地，或用后腿鞭打对方，使敌人望而却步。

狼是一种十分狡猾的动物。通常情况下，在猎物面前，它们会假装在一旁嬉戏打闹，毫无敌意，从而使猎物疏忽大意，放松警惕。曾经有一次，我在一处定居者的棚屋附近看到了一只幼鹿和一只幼狼，后来都被房主猎获。当时，这只幼狼刚刚显露出凶残和嗜血的天性，有猎杀幼鹿的倾向和意图。它放开手脚，向幼鹿奔去，但跑到一半又转过身去，开始用前脚向幼鹿发动攻击。从表面上看，它像是在跟小同伴玩耍嬉闹，实际上却暗藏杀机。除此之外，它还在小鹿面前不停地打滚，与上了弦的玩偶没什么两样。就在小鹿转过身去，准备离开时，小狼毛发竖立，露出残暴的一面。它趴在地上，匍匐前进，突然一跃而起，狠狠地咬在了小鹿腰和腿的结合部。要不是房主从旁干涉，毫无疑问，只会嘶鸣、挣扎的小鹿早就成了狼的口中餐。

在没有家畜的地方，狼群几乎无所不食。从老鼠到麋鹿，无一幸免。此外，狼还是狐狸的天敌。从速度上看，狐狸完全不是狼的对手。即便距离较远，狼也能轻而易举地追上猎物，将其猎杀。不过，如果钻进矮小的灌木丛，狐狸就能轻盈地在林中穿梭，从而摆脱狼的追捕。有时，大野狼也会组团合作。一只狼竭力将狐狸轰出巢穴，另一只则静候在洞口，等待狐狸自投罗网。此外，大野狼有时也会猎杀比狐狸更为亲近的同族同胞——丛林狼。在大部分的时间里，这两种狼能和谐共处，但饥饿难耐时，大野狼也会毫不留情地将目标转移到自己的近亲身上，把它们撕成碎片后，尽情地享用美食。有一次，行进在深雪中时，我便亲眼看见一只野狼正在吃丛林狼的尸骨。此外，野狼对新鲜的狗肉也情有独钟。只要有猎杀并享用猎狗的机会，它们绝不会放过，因为它们明白能与它们相抗衡的猎狗寥寥无几。不过，之前有人曾告诉过我这样一件事：一只野狼竟然与一只走失的猎狗建立了深厚的友谊，有好几个月，当地人经常看到它们一起外出狩猎觅食，一起生活。这件事并非虚构捏造，就发生在蒙大拿州的汤普森瀑布附近。

通常情况下，野狼要么单独行动，要么成双结对，要么以家庭为单位成群结队一起活动。每只狼都有自己特定的领地，它们在属于自己的地域范围内狩猎。此外，狼是一种典型的游走动物，它们会不时地改变自己的狩猎场所，进行长距离的迁徙，以在新的地区找到新的住所。只有在极其恶劣的天气或环境下，它们才会结成同盟，结队而行。在捕杀猎物时，它们更乐于先偷偷潜伏靠近，然后突然跳起将猎物制服。不过，与美洲狮不同的是，它们也喜欢与猎物进行竞速比赛，在赶超猎物之后，直接将它们杀死。野狼步态轻盈，体力充沛，因此在与羚羊、野鹿及其他猎物的竞赛中总能笑到最后。不过，倘若情况对野狼不利，尤其是在湖泊附近狩猎时，猎物很容易就能从它的眼皮底下溜走。虽然不太清楚野狼是否真的十分狡猾，但鉴于丛林狼生性狡猾，我坚信它亦是如此。就速度而言，丛林狼根本不是长腿大野兔的对手，但要是几只狼通力合作，配合默契，那它们还是可以捕获野兔的。曾经有一次，我目睹了三只丛林狼围攻一只大野兔的场景。受到惊吓后，野兔立刻慌张逃逸，三只丛林狼便分配好战术，分头行动，一路追赶。不久后，大野兔稍稍改变了方向，却不料碰上了一头比较靠外的丛林狼，恐惧之余，便朝右跑去，又撞上了另一头步步紧逼的丛林狼。就这样，来回折腾了好几次，体力不支的大野兔只好躺在一丛鼠尾草下，静候多时的丛林狼蜂拥而上，将大野兔制服。还有一次，我目睹了两只丛林狼合力围捕一只羚羊幼崽的情景。一只狼发起佯攻，吸引母羚羊的注意力，另一只迂回前进，伺机捕捉幼崽。但在母羚羊的带领下，这些小公羊十分勇敢，毫不畏惧，竟几次把两只丛林狼逼入绝境。后来回头想想，如果没有幼崽们的干涉，丛林狼兄弟应该早就偷袭成功了。此外，狡猾多端的丛林狼有时也会壮着胆子偷袭居住点饲养的羊羔、母鸡，还有家猫。倘若居住地附近有丛林狼出没，那么有外出闲逛习惯的家猫终有一天会一去不复返。

尽管从未听说过狼袭人事件，但我对荒无人烟、遥远偏僻的西北部地区的狼族情况倒是有所耳闻。它们时常在营地周围活动，并发出阵阵嚎叫，声音十分恐怖。人们不敢远离营火，更不敢在手无寸铁的情况下，孑然一身在黑夜中行走。有一年秋天，我孤身前往群山之中，来到一条大河边缘，在一个偏僻的小湖附近安营扎寨。夜幕降临不久，有三四只狼在营地周围转来转去，发出令人毛骨悚然、凄厉无比的吼叫声。我彻夜难眠。有那么两三次，它们离篝火非常近，躲在帐篷中的我能清楚地听到这些野兽高声咆哮的声音。其中有一次，我十分肯定，在鲜肉的诱惑下，它们已经极度兴奋，差点直接扑进我的帐篷。不过，不一会儿，这些家伙便停止了嚎叫，之后的一个多小时四周都非常寂静。于是等营火渐渐熄灭之后，我便转身上床休息。但就在这时，我突然听到一阵动静，不难判断有只体型巨大的动物正向我所在的溪流边缘走来。这只动物开始过河，起初是蹚水，之后便直接游了起来，发出阵阵水声。当时，营地四周一片漆黑，伸手不见五指，不过我敢确定那是一只野狼。就在游到河流中间的时候，它突然改变了主意，开始向对岸回游。在此之后，这些夜间猎食者便销声匿迹，消失得无影无踪了。

有那么五六次，我曾在大草原或我的牧场上朝狼群开枪射击。不过由于事出意外，我未能做好充分的准备，因此很遗憾，全让它们跑了。与狼群不期而遇时，它们多会全速奔跑，寻找藏身之处，因此很难瞄准射击。或者，狼群离我很远，虽然猎物一动不动，但子弹还是从它们身旁飞了过去。终于有一次，我用步枪射杀了一头野狼。当时我们正赶着一群驮马在群山中行走，行李相互碰撞，发出嘈杂的声响。我一直弄不清楚，为什么异常机警的野狼这次却让我们如此轻易地向前靠近，不管怎样，事实确是如此。就在我们到达一条小溪前准备渡河时，我意外地发现这只猎物就静坐在离我们十米远的枯木上，与我们四目相对后，才开始慢慢离开。于是，我立即拿起步枪，瞄准射击，一枪就击碎了猎物的肩头，把它击倒在地。

要想成功射杀某些猎物，猎犬必不可少，猎狼当然也不例外，同样需要猎犬。然而令人遗憾的是，多数猎犬根本无法胜任追踪狼群这一任务。野狼战斗力惊人，十分可怕。它们长着巨大的双腭和血盆大口，在自己不受伤害的前提下，就把一大群猎犬置于死地。倘若没有经过专门训练，即便是身材魁梧的大型猎犬也难以战胜它们。据我所知，曾经有一只野狼一口就咬死了朝它袭来的斗牛犬。还有一次，一只狼闯进了蒙大拿州的一处牧场房舍，以迅雷不及掩耳之势接连杀死了两只向它进攻的大型藏獒。狼这种动物动作矫捷，性情凶猛，双腭巨大，长着锋利无比的獠牙，而且训练有素，因此在与体态臃肿、钝牙笨拙的猎犬对峙时，它总能占上风。即便是被称为斗犬的猎犬，在实战中也难以与之抗衡。在制定斗犬比赛规则时，人们看重的只是猎犬的技术要点，而不是其实用性，设置规则的初衷也并非是为了训练出一批真正有战斗力的得力帮手。训练猎犬的价值在于实战，就这一点而言，有些获奖的藏獒或牛头犬可能毫无价值。对一头体型较好的藏獒而言，倘若加以适当的训练，它完全可以与一只年轻或身材较小的德克萨斯狼相抗衡。但是我从未听说哪种猎犬曾经单独与蒙大拿州西部的森林狼作战过。与野狼相比较，猎犬身材更魁梧，体重更沉，但它的牙齿和爪子比野狼的小得多，力气也不如野狼，皮毛也不够坚硬。实际上，据我了解，只有一种猎犬能在一对一的决斗中制服并屠杀野狼，它便是体型巨大、特别凶残的杂种狗，我在另一本书《一位农场主的狩猎旅程》中详细记录了它们的英勇事迹。

美国陆军的马克西将军告诉我，有一次，他追踪一只脚上夹着陷阱夹仓皇逃跑的狼。在我看来，这件事肯定发生在威斯康辛州。当时马克西将军带着二三十只猎犬一起外出狩猎，但这些猎犬没有接受过任何与猎狼有关的专业训练，因此最终也未能截下这只受伤跛脚的狼。令人惊讶的是，一大群猎犬中，仅有几只会主动攻击野狼。有些猎犬在犹豫了一会儿后，才闷着脑袋向野狼扑去，结果却被猎物反咬了一口。一路上鲜血淋漓，把雪染成了红色。韦德·汉普顿将军也曾告诉过我，他在密西西比州骑马带犬狩猎已有长达五十年的历史了。在这期间，有好几次他都试图让自己的猎狐犬（南方猎鹿犬）组群追杀野狼，但是他发现，要劝诱自己的帮手死心塌地一路追踪野狼，比登天还难。通常情况下，一遇到野狼，猎犬们便一阵狂吠，吓得毛骨耸立，最后夹着尾巴落荒而逃。

其中唯一一只敢同野狼单挑、试图制服野狼的猎犬，也因为鲁莽行事而断送了性命。当时猎犬把野狼逼进了一片甘蔗地，就在全力追赶野狼时，猎物突然转身，一口咬住猎犬，最后将猎犬撕得粉碎。最终，汉普顿将军竭尽全力才成功动员了一大批猎犬，让它们沿着踪迹一路狂吠，不顾一切地进行追踪，终于将野狼赶出了灌木丛。这样，汉普顿将军才有机会开枪击毙野狼。后来汉普顿将军采取同样的方法，又射杀了两三只野狼。

不过，猎杀野狼最好是在视野开阔的大草原上带着灵缇进行追踪。追踪猎杀野狼的过程中，那种兴奋和刺激是其他运动难以比拟的。灵缇不必是纯种。获奖的猎犬虽然血统高贵，但在实战中通常没有任何用处。如果挑选足够仔细，牧场主就完全可以得到一群由毛发光亮的灵缇及皮毛坚韧的苏格兰猎鹿犬组成的猎犬大队，这样牧场主就可以在狩猎活动中大显身手了。倘若能与斗牛犬杂交，灵缇的部分后代可能会产生更适合狩猎的品种，但其实也可不必如此。一只灵缇如果完全进入追踪状态，并在狩猎过程中信心十足，它便可以将自己出众的灵巧性、强劲的爆发力、闪电般的速度及可怕的咬合力完美地融合在一起，将自己的能力发挥到极致，从而成为一个令人生畏的冷血杀手。灵缇异常兴奋、热血沸腾时，不管面对的是性情凶残的野狼，还是其他对手，它都会视死如归，奋勇出击，展现出无可比拟的勇气和能力。茫茫宇宙间，再没有，也从未有过哪种英勇能与灵缇的无畏相媲美，就连南北战争期间各路英雄豪杰的种种壮举都无法与其相提并论。

在落基山北部的山麓间，我曾有幸亲眼目睹了灵缇的这一壮举。当时，我正在一位名叫燕西·斯汤普的法官家中做客，他是我的一个好朋友。我的这位朋友是一个牛仔，为人友善，同时，他还是一名民主人士，曾经参加过南方军队。正如他自己所言，一直以来，他都在为自己心中的民主而战。与他距离最近的邻居是一位名叫普林德尔的山区老农，性格十分执拗，参加过北方军队，他身上每时每刻都体现着一种极为浓烈、极其强硬的共和主义色彩。

虽然两位老人各持己见，水火不容，但还是因为共同爱好走到了一起。两个人都非常喜欢带犬狩猎。斯汤普法官手下有三四只追踪犬和四只被他称为斯威夫特的猎犬，追踪犬包括一只由猎狐犬与纯种灵缇杂交而来的母灵缇，身体呈暗褐色，喜欢吠叫，速度和性情都十分出众；另外两只追踪犬是由纯种灵缇与苏格兰粗毛猎鹿犬杂交而来的。猎犬大队中，两只长满棕色斑纹的杂种狗是老普林德尔的。它们高大魁梧，性情凶猛，孔武有力，跟我在美国所有地区见过的猎犬都不同。它们的母亲本身就是一只斗牛藏獒犬与一只纽芬兰犬杂交的产物，而父亲则是一种名叫"荷兰伯爵"的大型猎犬。所谓的"荷兰伯爵"是一位流亡在外的德国贵族，从德国出走后便一直在西方各国流浪漂泊，居无定所。后来由于在开矿和养牛事业上不断失败，"伯爵"只能在山林间以打猎为生，勉强度日，最终在一个极其简陋的棚屋里郁郁而终。就所掌握的信息来看，我推测他打猎所使用的猎犬肯定是用于狩猎野猪的大型猎犬或乌尔姆狼犬。

由于我非常渴望亲眼目睹一场激烈的猎狼行动，法官先生便主动建议我们几个可以自行组织一场。他还盛情邀请老普林德尔给予帮助，请他贡献出自己的两只大型斗犬。老对手将两只分别叫"格兰特将军（内战期间北方军队的著名将领）"和"老阿比（一只白头鹰，内战期间威斯康辛州一支部队的福星）"的斗犬拿出来了，这让对南方心怀赤胆忠心的法官大人十分恼火，可方圆数里之内，唯有它们能与性情残暴的森林狼抗衡，无奈之下，法官先生只好接受。法官先生的猎犬情绪高昂，勇猛异常，不愿轻易缴械投降，只能眼睁睁地看着猎物从眼皮底下溜走。倘若没有这两只斗犬的协助，在对战中它们很容易遭受重创。

事实证明，老天还是很眷顾我们的。当时，正好有两只野狼屠杀了一只小牛犊，并把小牛拖进了一片长长的密林中。这里长满了灌木丛，一股小小的泉水喷涌而出，是动物的最佳隐藏地。一大早，我们便跨上马背，向这片仅有三英里远的最佳藏身场所前进。

整个大部队包括法官大人、老普林德尔、一位牛仔、我，还有各位猎犬。我和法官扛着猎枪，那位牛仔腰里别着左轮手枪，唯独老普林德尔徒手上阵，只拿了一根沉甸甸的鞭子。当我问他其中的缘由时，他回答道，自己不止一次向上帝发誓，没人可以阻挡他的两只神犬，它们肯定会将万分凶猛的野狼逼入绝境。我们骑着毛发蓬松的小马，以每小时八公里的速度小步奔跑前行，踏过铺满露珠的草原。两只斗犬眉宇间透出一种冷酷和凶悍，跟在主人后边一路小跑前进。追踪犬两只一组拴在一起。体形优美的灵缇在马身旁奔跑跳跃着，姿态优美而轻盈。乡间景色优美，环境宜人。就在右手边不到一英里的地方，一条小河在广阔的草原上蜿蜒前行、曲曲折折，两岸长满了三叶杨。左手边三四英里处，光秃秃的山拔地而起，在阳光的照射下映出巨大的黑影，山谷里是成片的黑松和雪松。我们骑着马悄无声息地穿过波澜起伏的草原。一路上，干涸的河道周围都是斜坡，底部长满了成片的灌木丛。

最后，我们终于来到了一处相对低矮的山谷，这里是狼群的栖息地。白天，狼群一般都会隐藏在深处，只要没什么意外情况，它们不会轻易出现。由于丛林深处食物与水源兼备，因此我们清楚地判断出两只狼尚未离开。整个山谷大概有两百多码宽、七八百码长，长满了白蜡树、榆树和雪松，丛林中间布满了多刺的伏地灌木。法官先生在勘察完现场地形后，开始分配任务。他首先将自己的步枪交给了那位牛仔，让他带着两只灵缇迂回到山谷上方的一边，让老普林德尔带着另外两只灵缇驻守在另外一边，让我留在山谷下方，以防止野狼情急之下冲出重围，他自己则骑着马直接冲进了离我不远的丛林，放开追踪犬寻找野狼的踪迹。两只大型猎犬也随着追踪犬一起进入密丛，各自分头行动。尽管这两只大型猎犬的嗅觉能力并不出众，但仍旧可以在其他猎犬叫声的引导下找到狼的老巢。有了它们的协助，其他猎犬也信心倍增，时刻保持警觉和战斗状态，随时准备着把敌人赶出密丛。如果是追踪犬自己单独行动，那么面对强大的对手，它们很有可能会畏惧不前。法官先生带着一群猎犬进入密丛后，我们稍微休息了一会儿。我们几个静静地骑在马背上，呼吸着清晨沁人心脾的新鲜空气，急切地眺望四周。不久后，从密林中传来阵阵犬吠，这说明猎犬已经发现了猎物的踪迹，正在沿着猎物留下的气味一路追赶。现场情况十分紧急，有几分钟我们甚至无法确定猎物究竟会从哪个方向突围。从它们的叫声中，我们判断出猎犬正在以Z字形路径在密丛中不断穿梭。然后从某处传来一声犬吠，紧接着便是一连串的叫喊声，这表明追踪部队现在离其中一只猎物，至少是一只猎物，比预想中的还要近。

不过，刚过了一分钟，野狼就察觉到自己处境不妙，便从密林中窜了出来。我之所以能注意到这一动态，主要是因为看到站在坐骑旁边的牛仔突然举枪射击。与此同时，几只灵缇被丛林深处的喧闹声激怒，高高跃起，跳到空中。不料由于枪声的干扰，灵缇瞬间跑错了方向。我立刻策马加鞭赶到牛仔所在地，看见了那两只长满灰色斑点的大灰狼。为了躲避牛仔的射击，这两个家伙开始径直穿过草原，向三英里外的深山逃去。此时，牛仔击中了跑在后边的灰狼的某个部位。这只野狼落在了后面，鲜血从它的腰窝两侧不断喷涌。两只灵缇紧追不舍，寻踪犬和两只斗犬也冲出了密丛，沿着血淋淋的道路歇斯底里地狂吠着向野狼追去。那只狼受了重伤，只能摇晃着身子蹒跚前行。它与身后的猎犬仅有百码的距离，不到一分钟，一只灵缇便从身后赶了上来，与野狼撕咬在一起。野狼还没有从撕咬中缓过神来，整个猎犬大队便赶过来了，一窝蜂似的扑了上去。由于身受重伤，虚弱不堪，这只狼无力与众犬为敌，只是漫无目的地撕咬了几口以示反抗。一会儿工夫，这只狼就栽倒在地，受到了猎犬的围攻。不过，从阵阵尖叫声可以判断出，猎狗还是被狼咬伤了。不一会儿，一只过于鲁莽的追踪犬便退出了战斗，肩上留下了一道深深的咬痕。一时间，咆哮声、呻吟声、犬吠声混成一片，场面十分惨烈。不过片刻后，呈围攻之势的猎犬便渐渐停止了进攻，慢慢退了回来，只剩下一两只还在继续撕咬早已断气的猎物。野狼直挺挺地躺在地上，眼神里早已没了生气，皮毛也被撕咬得凌乱不堪。

就在我们沉浸在杀死这只狼的喜悦中时，法官先生早已兴奋得挥舞起手中的皮鞭，嘴里念念有词，驱使猎犬们继续追踪另一只猎物。巧合的是，就在两只狼刚从密丛中仓皇逃跑时，追随老普林德尔的两只灵缇并没有注意到它们，所以压根儿没看见那只身受重伤的猎物，也正是因为如此，这两只灵缇保留了足够的体力。另一只未受伤的野狼刚爬上山顶，两只灵缇就像离弦之箭一样迅速地向山顶奔去。这只野狼巧妙地利用了一处洼地，调转过头来往回跑，两只灵缇一直紧追。此时，猎物离我们只有半英里的距离。于是我们几个急速向它们赶去，前方的两只灵缇速度同样飞快，让我们觉得自己仿佛一直在原地踏步。其他几只追踪犬和斗犬也都紧随其后，在马匹前给我们引路。后来，那只狼飞也似的钻进了一处长满灌木丛的洼地，然后又快步折返回来，这让我们有幸从近处亲眼目睹这场大追踪的精彩对决。最初发起追击的两只灵缇距离猎物仅有一步之遥，它们一直步步紧逼，然后又缓步前进，匍匐着向前爬行。两者之间的距离越来越小。在离猎物不到十码时，那只身材矮小的母灵缇突然发力，一举超过了身前的猎物，并狠狠地咬了狼大腿一口。剧痛之下，野狼如陀螺一般转过身来，双腭如熊夹般猛然咬动，以迅雷不及掩耳之势张开血盆大口咬向灵缇。但那只母灵缇动作非常敏捷，一闪身便躲过了野狼的疯狂攻击。经过短暂的休整后，野狼再次全力加速，狂奔而去，速度极快，唯有灵缇可与之匹敌。就在这时，另一只灵缇也飞奔到它身边，虽然没有进行真正的攻击，但由于野狼一边狂奔一边不停地转过头来威胁对手，所以灵缇的佯攻在一定程度上延缓了狼的速度。这为两只斗犬追赶猎物赢得了宝贵的时间。一时间，野狼与四只猎犬打成一团，互相撕咬在一起。其中一只灵缇瞅准时机，恰到好处地死死咬住了狼的大腿，野狼完全栽倒在地上。见此情况，其他几只猎犬立刻围了上来，扑到狼身上一阵猛咬。野狼仍不肯就此放弃，以一己之力摆脱了几只猎犬的围追堵截，还差点咬掉了一只猎犬的耳朵。之后，走投无路的野狼蹲坐下来，大口喘着粗气。尽管不敢贸然发动攻击，但灵缇们在二十码外围成圈，不停地来回巡视，防止猎物再次逃跑。不过，大局基本已定。不一会儿，“老阿比”和“格兰特将军”便火速赶到现场，如一双攻城锤一般奋不顾身地冲向敌人。见此情状，野狼立起后腿，站了起来，像角斗士一样勇敢迎敌。此刻，几只灵缇也一跃而起，如橡皮球般不停地跳跃，以扰乱狼的视线。顷刻间，第一只扑上去的斗犬同野狼扭在了一起，第二只斗犬趁机狠狠地咬住了它的喉咙。不一会儿，三个家伙全都翻倒在地。此时，其他的灵缇和几只追踪犬也参与到猎杀行动中。野狼几乎将所有的注意力都放在了斗犬身上，集中精力攻击它。趁此良机，一只灵缇像闪电一样快速咬住了野狼的后腿，并把野狼掀翻在地，野狼露出了毫无防备的腹部。见此情形，其他猎犬纷纷涌上去，狂咬野狼。咆哮声和犬吠声混在一起，非常惨烈，让人毛骨悚然。随着声音的慢慢消退，第二只狼也瘫倒在草原上，没了气息。就这样，在没有猎人援助的前提下，猎犬大队成功将第二只野狼杀死。等我们走到野狼面前时才发现，相比两只斗犬，这只野狼更沉，身材绝对更强壮高大，四肢更强劲有力，獠牙更尖利。

在此之前，我曾经好几次看到灵缇与狼群的战斗。灵缇与狼并驾齐驱，不相上下，一路狂奔，在一阵惊心动魄的搏斗后，终于将强劲的对手制服。不过，这是我第一次，也是唯一一次亲眼目睹猎犬在没有猎人援助的情况下，通过团队合作猎杀一只体型巨大的成年公狼。我有很多朋友，他们的手下都配有几支猎犬部队，猎犬部队中的猎犬狩猎技术高超，曾多次完成合攻恶狼的伟绩。之前，有人在本顿堡饲养了一群猎犬，这群猎犬前后一共杀了约七十五只野狼，直到周围数英里内的狼寥寥无几才罢休。多数情况下是猎犬们自行作战，没有得到猎人的任何帮助。有些甚至是由几只灵缇孤军作战完成猎杀事业的，期间没有得到其他种类猎犬的协助。一般是六到八只灵缇为一组，接受猎人的撕咬猎物喉咙的专门训练，用极其巧妙而高效的方式进行猎杀。迈尔斯将军告诉我说，他曾经有一次带着自己的一队爱犬在印第安人保留地的领域内进行了一次有趣的猎杀行动。当时，他们的队伍中有一只大型的短尾杂交犬。虽然这只犬血统来源不明，但毫无疑问，它继承了祖先能征善战的本领。一旦野狼开始狂奔，灵缇必定会在一两英里之内迎头赶上，不断干扰野狼，以此延缓野狼前进的速度。之后，它们便互相配合，排好围攻队形，等待斗犬的到来。斗犬急速赶到现场后，便立刻向野狼扑去，猛咬野狼。在与野狼的较量中，斗犬也会受重创。一旦斗犬死死地将狼控制住，与其撕咬、扭打在一起时，其他猎犬便会加入战斗，在毫无生命危险的情况下索取猎物的性命。

在过去十年间，来自科罗拉多、怀俄明以及蒙大拿各州的众多牧场主又培育了数群灵缇。它们能力出众，无需猎人帮助便可将猎物制服。通常情况下，在狩猎中，经过特殊训练的灵缇犬直接咬向猎物的喉咙，而用于追踪长腿大野兔的轻型猎犬在此类行动中没有太大的作用。毛发光滑的灵缇犬及毛发粗糙的猎鹿犬站立时肩膀离地面的高度接近一米，体重可达四十多公斤，速度快、有胆识、耐力强，具备了猎杀狼群所必备的一切能力。

来自蒙大拿州的太阳河圆桌俱乐部是整个西部地区最具盛名的猎犬部队之一。太阳河流域的牲畜饲养者们培育这支猎犬大队，最初只是为了清除屡次入侵的狼群。当时在这一带，狼群的破坏、侵犯活动十分猖獗，大肆残杀牛羊等牲畜，给当地牧民造成了巨大的损失。这支狩猎大队由灵缇和猎鹿犬共同组成，其中最出众的猎犬来自位于丹佛的威廉姆斯上校及范·亨梅尔先生的狗舍。整个狩猎大队由一位名叫波特的老猎人统一管理，老波特长期生活在草原上，在猎狼方面有自己独特的见解。1886 年狩猎期内，死在这些猎犬口中的野狼达到了一百四十六只，数量多得令人瞠目结舌。通常情况下，一旦犬群将狼置于股掌之中，它们不是把狼扑倒在地，就是将狼压在身下。此时，老波特就会瞄准时机冲上前去，用猎刀索取狼的性命。有一天，老波特带着六只猎犬外出狩猎，一共从树丛中吓出了十五只狼。最终有一只灵缇在搏斗中不幸牺牲，其他猎犬也负了伤，奋战得筋疲力尽。但就是借助这六只猎犬，十二只大型野狼才毙命归天，而且其中多次猎杀都是靠灵缇自身的协作和配合完成的。第一次，老波特让体型最大的猎鹿犬和粗毛的灵缇尝试捕杀。尽管这两只猎犬三天前才刚到牧场，但它们还是展示出了自己的必杀技。当时，一只身材魁梧、身强体壮的野狼在牧场房舍附近的畜栏里偷袭了一只家羊，尽情地享用完美食后逃之夭夭了。波特气急之下，带着猎犬骑马跟踪追击，疾驰了近十公里才看到凶手。发现有人跟踪后，那家伙跑了不到几十米便转过身来，露出凶残的面孔，歇斯底里地狂叫着。两只大型灵缇如离弦之箭快速向狼袭去，死死地咬住了它的喉咙，然后把它放倒。此时，另外两只猎犬也及时赶到，一齐扑了上去。还没等野狼站起身来，猎犬便将它活活咬死，出色地结束了这场战斗。

但是，一般情况下，仅凭两只灵缇犬或猎鹿犬并不能制服一头灰狼。不过，就我所知，科罗拉多、怀俄明以及蒙大拿各州发生过好几起这样的事件。三只身强体壮、经验丰富的老灵缇曾围剿过一头大灰狼。只有勇气十足的大型猎狗才会创造出这种丰功伟绩。它们团结协作，全速追踪，径直扑向猎物的喉咙，否则力大无穷的狼会直接把它们从身上甩开，然后张开血盆大口，用利齿疯狂地撕咬它们，使它们丧命。只要条件允许，猎人一般都会一次性放出六只猎犬，将犬群受伤率降到最低。倘若不这么做，在紧要关头，猎人又不插手相助，猎犬就很容易遭受重创。有时一只野狼甚至可以击退一小波猎犬部队，使猎犬大队成员非死即伤。有些猎人更喜欢毛发光滑的灵缇犬，因为它们速度极快，可以赶超猎物；有些则更偏爱毛发粗糙的猎鹿犬，因为它们力气大，能给猎物致命一击。实际上，两种猎犬无强弱之分，只要猎人在特定的场合下做出正确的选择，那么它们就都是英勇无敌的斗士。

威廉姆斯上校饲养的灵缇曾在猎狼方面取得了辉煌的战绩。

1875年的冬天,威廉姆斯上校是在黑山里度过的。当时,那里还十分荒凉,人烟稀少,整个深山就他一个居民。正是因为如此,那里也就成为了动物的天堂,其中狼居多。这些家伙非常凶残,胆大如斗,因此狩猎队的猎犬们始终都处于危险境地。与此同时,在与狼群的数次交锋中,它们也收获颇丰,战胜了不少野狼,算是为自己和同伴报仇雪恨了。倘若猎物是一只体格健壮的成年野狼,不管是在什么时候,只要条件允许,猎人都会趁猎犬与狼搏斗之际,偷偷向前靠近,以便及时给猎犬提供援助和支持,使其免受或少受皮肉之苦。在突袭中,猎犬会直接扑向猎物的喉咙。但在搏斗中,它们也会因野狼疯狂的反击而受伤,而且伤口多数是在腰窝和腹部,有些猎犬甚至在几次交战中,受了致命伤。在猎人快马赶到前,两只大型灵缇可以不止一次地将野狼摁倒在地,使狼无法起身。但倘若猎犬队孤立无援,那最少得有五只猎犬携手合作,才能将一只体型巨大的森林狼置于死地。一支由两只灵缇、一只粗毛猎鹿犬及两只混血杂种狗组成的狩猎大队曾不止一次上演过此类好戏。还有一次,一窝七只尚且年幼的灵缇也取得了猎狼的伟绩。当时,小家伙们虽然力气不够大,但无畏的勇气和得力的协助很大程度上弥补了这一不足。

有那么一两次,有人将被誉为俄罗斯狼犬的波索尔猎犬引进美国,并在西部大草原上用于猎狼活动。不过,事实证明,不管是在速度上,还是在搏斗上,这一进口品种都无法与威廉姆斯上校所饲养的美国当地品种相提并论,更无法与美国西部地区最出众的猎犬相媲美。实际上,到现在为止,我还没听说过有哪种外国灵缇品种——不管是苏格兰地区,还是英格兰地区,还是欧洲大陆,能在追逐和猎杀危险猎物中,可以像威廉姆斯上校饲养的美国当地品种一般,凭借无畏的勇气、出众的耐力、无穷的力量出色地完成猎杀野狼的壮举。